中公文庫

実歴阿房列車先生

平山三郎

中央公論新社

目次

実歴阿房列車先生

実歴阿房列車先生

1

貴君は汽車の旅行が好きかね。

お膳の上に小皿を十個ほど一列横隊にきちんと並べ終え、盃を取り上げるばかりにしておいてから、もう一度、先生は自分の目の前の御馳走の順序とわたしの前に並べたのと順序が同じかどうかを確認する。いつもと同じ手順で、いつもと同じ皿小鉢が順序正しく、同じ配列で並んでいなければ、気に喰わない。いつもそうだから、目の前のお刺身の向きや焼魚の尻尾の向きを、カン性にちらくらと動かしている間じゅう、わたしはじいっとして待っている。盃は、それが終るまで取り上げてはいけない。口の中に唾が溜まってくるときもある。

貴君は、汽車の旅行が好きかね——と先生は忙しく小皿をお膳の上で動かしながら云うのだけれど、国鉄職員であるわたしに向って、汽車旅行を好むやと問われても、そう簡単には応えられない。

出張旅行やなんかでは、割合い、退屈しない方ですね。

お膳の上の整頓がすむまでは、余計なことを話しかけると先生の手許が混乱するから黙っていた方がいい。自分でせわしなく手を動かしながら、忙しい忙しい、と云って吐息を

ついたりしている。ようやく整頓が終って、さて盃を上げてから、改まった調子で、
貴君、僕は大阪へ行って来ようと思う。

と先生が云った。へえ、とわたしは思った。先生の知り合いが大阪にいることは知っている。親類の歯医者さんで、開業した時に、先生に看板を書けというので、何と書くのかと思うと、口腔外科と云われたというのだ。

なにか、用事でも出来たんですか。大阪に——。

いや、なんにも用事なンか有りやしない。

しかし、とわたしが云いかけるのに、先生は、面倒くさそうに、
分らない人だねえ、貴君は。汽車に乗りたいから、大阪へ行くんだよ。そろそろ気候も良くなったことだし、汽車に乗って、大阪へ著いたら、大阪のプラットホームを三十分ほどぶらぶらして、一ぷくしていれば、上り列車が出るじゃァないか。

こういうとき、わたしは多くを談らない方が、いい。

それで、上り列車に乗って、東京へ帰ってくればいい。

なるほど、それで上り列車に乗れば東京へ帰っては来られるけれど、しかし、とわたしがとつおいつしていると、
それで、貴君は、汽車の旅が好きかどうか訊いたのさ。

と先生は、もう話が片付いたような顔をして、御自分の盃をゆっくり取り上げた。

昭和二十五年の秋のことである。

□

その秋というのは、先生の麹町六番町の三畳三間の新しい家が出来上がって三年目のことである。二月には桑原会《そうげん》という箏曲の会が復活して目白の徳川邸での演奏会に出席したり、四月は『贋作吾輩は猫である』が刊行されたり、戦後の、逼迫して慌ただしかった身辺が、いくらか落着きをとり戻した時期である。それに、旅行事情、汽車の旅がいくらかは楽にできるようにもなって、特別急行、急行列車などが大体戦前の鉄道全盛期並みに復活した時期でもある。

——どうも、先生が、列車時刻表の新しいのが出たら買っておいてくれとしきりに云うので、おかしいなとは思ったのだが。

もっとも、先生の汽車好きは、もともと普通ではない。わたしは自分が国鉄職員だから、汽車が好きかきらいかと訊かれれば、まあ、嫌いではないとこたえる程度だが、先生のは、これは多少、常軌を逸している。

たとえば、である。

八八五〇、あんなスッキリした、イキな機関車はないね。

などと、いきなり云い出すから面喰うのである。八八五〇というのはドイツから輸入した蒸汽機関車で、当時、十二台しかなかった、日本にきた当初、東海道線の一番いい急行列車を引っ張る機関車で、天下の嶮の御殿場線を越した、その汽笛の音は癇高く、細いぴいッという調子で、ほかの急行列車なんかの間の抜けた音とちがうから、擦れちがう時にすぐわかった、というのである。まるで知ったものと道で擦れちがったようなことをいう。それをわたしが知っていたにしても、イキだとか、スッキリしただとか云えたものではない。

そうかと思うと、いかにも感に堪えたような物物しい表情で云うのである。

汽車に乗るとき、いつも感心することなんだが、走っている汽車は、はずみがついて走っているんだから当然だが、機関車が停まっていて、しずまり返っているあれだけの図体の物を、発車の合図をうけて動かし出すという、あの初めのちからは、あれはとても人間業《わざ》ではないと思うね。

先生は汽車に乗る前には、自分の乗る列車の図体、編成を自分の眼で確かめないと気分がわるいらしい。発車時間までたっぷり時間をとっておいて、まず、先頭の機関車からゆっくり点検する。持っているステッキで、機関車の胴体をコツコツ叩いてやりたいくらいの気持らしい。そして順次、最後尾の車輛まで、時間があれば車内に這入っていって、納得するまで、眺めてたのしむ。――わたしはそんな時は、ホームに立っていて、いつもとちがって先生がびっくりするほど敏捷に車内の寝台車の具合なんかをながめて車輛から次の車輛へ乗りうつるのを追っかける。いつも荘重な先生の歩調が、別人のように軽快になっているのにおどろくのである。

多少常識をこえた汽車好きは、いまに始まったことではない。少年時代からのことで、ふつうの少年が偉大なもの、ちからの巨大なものにあこがれるのと同じ心理で、先生の汽車好きはひとつの英雄崇拝なのであろう。これは自認されていることであって、過去に書かれた「百鬼園随筆」には汽車のことが数多い。

□

明治三十五年、岡山県立岡山中学校の生徒であった先生は、自転車に乗って、岡山市の町外れから岡山駅の次の駅である西大寺駅（今の東岡山駅）まで、汽車を見るために走って行く。汽車の時刻表はもう何度も調べてあるから、第何列車が何時何分に通過すると云うのは大体頭の中に暗記している。西大寺駅まで野道で二里。凸凹道を走りながら胸裡にえがくのは、西大寺に停らず通過する急行列車が、地ひびきを駅の建物に反響させて驀然と目の前を過ぎる光景である。

自転車を駅の待合室の脇において、改札柵につかまって、時刻を待つのだが、そんな時には奇体に待合室には人影がない。あたりが静かで、電信室の方から時時かちかちという電信機の音が伝わってくる。やがて、遠くから、轟轟という風のひびきのような物音が伝わってくる。地ひびきはだんだん近づいてくる。改札の前の線路が、かたんかたんと鳴り出す。しっかり摑んだ改札の柵が、びりびりと振動して、身体全体も揺すられるような気持のする目前を、巨大な機関車が瞬きをする間に通り過ぎる。――列車の窓がちらちら過ぎて、呼吸を詰める余裕もない、わくわくした緊張が一瞬に過ぎる。目の前がぱっと明るくなって、線路がまたかたんかたんと鳴る。ほっと息をゆるめて、改札口を離れ、自転車に乗って帰ってくる。野道を走りながら、たった今見た壮大な光景を何度も心のうちにくり返して味わい、堪能する。そして、また来て見ようと思うのである。

□

季候もそろそろ良くなったから、大阪へ、汽車に乗って、特急列車に乗って、行ってみようと思う。大阪には別に用事はないのだから、ホームをうろうろして、すぐその晩の上り列車で帰ってきてもいい、貴君もつき合いなさい――と云われて、半信半疑で、わたしはどっちでもいいような返事をした。実際に、そんな気ままで、気まぐれな旅行が実行できるかどうか半信半疑だったのではない。身辺坐臥のこと、すべて萬端、思い立ったら、考えついたら、すぐ明日にでもという具合に物事がはかどるような先生ではないのである。お酒をのんだうえで、座興にそんなことを云い出したとは決しておもわないが、たとえ考えた末であっても、それが実行されるのは、まだまだ大分日時がかかるだろうと、いくらか高をくっていたのである。

初めて話が出たのは、昭和二十五年十月はじめ。三畳三間の、庭に向いて書斎、客間、茶の間の、茶の間の丸いちゃぶ台を前にして、先生は柱を背に、わたしはもう盃を二三杯重ねていたかもしれない。

用事もない旅行を思いついた時に、先生の胸裡に旅費についての成算があったのかどうか、わたしは知らない。具体的に実行される時期を、わたしが高をくくった気持が記憶にあるから、この時は、それは未だ先生の空想だけだったかもしれない。先生の手許に、まとまったお金があったためしはないのだから、それが実行される時期はいつのことだか解らないとわたしが判断したのは、つまりは先生のお金の都合についてわたしが軽率に高をくくったことになる。

——この時の旅費その他の工面については「特別阿房列車」に詳細に書かれてある。それによれば、それはわたしが心配するほどの事ではなかった。

□

『……元来私は動悸持ちで結滞屋で、だから長い間一人でゐると胸先《むなさき》が苦しくなり、手の平《ひら》に一ぱい冷汗が出て来る。気の所為《せゐ》なのだが、原因が気の所為だとしても、現実に不安感を起こし、苦しくなるから、遠い所へ行く一人旅なぞ思ひも寄らない。もし今度の思ひつきを実行し、一人で出掛けたら沼津辺《あた》りまで行つた頃、已《すで》に重態に陥つた様な気がするであらう。』（特別阿房列車）

いったんこうと云いだしたからには、簡単に考え直すような先生ではない。考え直さないで実行するからには、一人では、とても出掛けることは出来ない。やむを得ず、ではない。わたしが行くより外にないから、行かなくては仕様がない。

いいでしょう、先生が行くときは、お伴《とも》しましょう。

その時分、先生の家に少少取りこみがあって、三日にあげずわたしは先生の茶の間のちゃぶ台の前に坐っていた。

それから一週間ほどして、先生から、なにか細ごまと書いたハガキが、赤坂局内青山の私へ来た。ハガキは十月十日附。その日までに先生の家には二度伺っているが、大阪行の話をしたかどうか記憶がない。先生の手紙は、いつも、すべて片仮名で、その日のハガキはメモ風に走り書きしたエンピツ書きだ。

軍機ノ保持ニ関スル件（十月十日附）

例ノ杜ノ前デ杯ノ間間ニ記《シル》シテ行クノデスカラ　ソノオツモリデ　尤《モット》モアラカジメカウ前置キシタラ　サウデモナイカナ或《アルヒ》ハ更《サラ》ニ然《シカ》ルカ　ソレハ貴君ノ判断スルトコロトス何シロカウ前置キガ長クテハ肝心ノ用事ハ葉書ノ半分ニモ書ケナイ　半分ヨリモモツトヒロイネ今日ハ」一ツ　ソノ件ハロ外セラレザル事ソレハ已《スデ》ニワカツテマサアネ　二ツシカシ必要アリテ云ハザルヲ得猿事《エザルコト》アリ　ソノ場合小生ノ帰リハ三等トハ云ツテハイケナイ　コレハサウダトシテモ云ツテハイケナイ　明星カ銀河ノ一等寝台デ帰ルト云フ事ニシテオク事　三ツ　ソノ汽車ポッポニ乗ルオ金ヲ借リニ行クデセウ　俊夫サンニ話セバ小説新潮ノ巻末ノ時刻表ノ関係ニテオ金ヲ借リ出シタ途端ニ洩レル虞レ濃厚也　ココ

ガ思案ノシドコロデス　ヲバサンガカヘルノデココデオシマヒトスレドモマダタラヌ
三ツガ六ヅカシイ問題ダネ　赤坂ハ赤　青山ハ青　クシンスルネ
（註・宛名「赤坂局」は赤エンピツ、「青山」は青エンピツで書いてある。「三ツガ六ヅカシイ」
とあるのは、三ツは、旅費のことに触れている。ヲバサンはお手伝のおばさんのことである）
茶の間のちゃぶ台を据えるうしろの柱は、先生が背を凭れるので、その部分だけ色が変
ってる。その床柱に凭れて、汽車の時刻表をながめて、くしゃくしゃに詰まった時刻の数
字を、ながめるというのではなく読み耽けって、いつまでも感興が尽きず、毎晩のように
夜中になる。その間に心おぼえを走り書きしたのである。
十月二十二日、十二時三十分東京駅発の特別急行第三列車「はと」号で大阪へ行くこと
に決めた。

2

百閒著作集の巻末には、かならず「著作目録」が附いている。著作本は、大正十一年稲
門堂書店刊行、いちばん初めの創作集『冥途』から、昭和十九年七月青磁社刊行の『戻り
道』までが「其ノ一」となっている。つまり『戻り道』は、昭和二十年終戦までの最後の
文集である。戦後の著作本は「其ノ二」に入れて、二十年を境にして区切ってある。戦前

の著作本『戻り道』まで二十四冊。「其ノ二」の二十一年以後は『新方丈記』から最近の『波のうねうね』まで十九冊。計四十三冊。これには、編纂本、増刷本、文庫新書判本は含んでいない。（編纂本というのは、著作本の中から同じ系統の作品を蒐めて編輯した本）

その、『戻り道』をひらくと、ハガキ大の挨拶状が挟まっている。二十年もむかしの印刷物だから、だいぶ色あせている。その頃わたしはその挨拶状の文章をおしまいまで正確に読めなかったかも知れない。正確に、というよりは、こういう断り書きを寄贈本に附した真意が、ほんとうはよく判らなかった。

前文御免被下度《クダサレタク》本日別便ヲ以《モッ》テ新刊ノ拙文集「戻り道」一部御手許《オテモト》ニ差出《サシイダシ》申候間御笑納被下度候只今ノ模様ニテハ拙著ヲ貴覧ニ供スルハコレヲ最後トシテ今後当分ノ間不相叶儀《アヒカナハザルギ》カト被存《ゾンゼラレ》申候ナホ右御落掌ノ上ハ甚《ハナハ》ダ恐縮ナガラ一筆御通知相煩度《アヒワヅラハシタク》当節ノ事ニテ著否心許無《ココロモトナ》ク被存御手数御願申上候　不乙

昭和十九年　月　日　／　東京麹町五番町十二番地　内田百閒

戦争がはじまってから、『船の夢』（十六年七月）『沖の稲妻』（十七年十一月）『百鬼園俳句』（十八年十月）そして編纂本ながら、『大貧帳』（十六年十二月）『琴と飛行機』（十七年二月）『我が弟子』（十七年三月）『友達』（十七年五月）と、単行本は続いて刊行されてはいたけれど、切迫した時代の雰囲気で、これを最後として今後当分の間相叶わないだろうと思ったのである。それを、寄贈本の間に別刷りの挨拶としたのである。

『戻り道』の奥附は、今となっては解説を要するかもしれぬ。

昭和十九年七月廿六日初版印刷　　　　（五〇〇〇部）
昭和十九年七月三十日初版発行
定価（停）二円五十銭　特別行為税相当額　十銭
売価合計二円六十銭（出版会承認　い４３０５８１号）

とある。装釘・谷中安規。――痩せた狼がべったり腰を下ろして向うむきになったのが、ひょいと此方を見つめている木刻画。本文の文章に、一つ一つ同画伯の木版装画が挿入されている。戦中では、ちょっと得難い造本の随筆集である。尤も二円六十銭という定価は当時としては安くはなかった。（この本は戦後の二十一年七月青磁社から増刷されて、増刷本としてもういちど陽の目をみた、増刷改訂本の方は北海道青磁社刊、表紙カバーの装釘画を変えて、おどけた猿がクス玉か何かをかざして、やはり、ひょいと振り向いた姿勢で、戦中の腹の空いた狼の図柄とはなんとも対照的に明るい装釘であった。谷中安規・風船画伯のしゃれた趣向である）

――その初版『戻り道』を、はじめて先生からわたしはいただいた。

『戻り道』の目次をみると三十数篇の文章が並んでいるが、そのうち、明治の鉄道の思い出を書いた「通過列車」「初乗り」「夜汽車」「寝台車」「洋燈と毛布」「乗り遅れ」「その時分」の七篇は、当時、昭和十七年、鉄道省から国鉄の奉公運動機関誌として月刊発行されていた「大和《たいわ》」という週刊誌大の雑誌に連載されたのである。

「大和」編集部は鉄道省大臣官房現業調査課といういかめしい課にあって、編集者は三人いた。（編集長の三崎重雄は戦中、『蒸汽車誕生』『鉄道の父・井上勝』などの著書があったが、戦後間もなく亡くなった。あとは長田豊とわたしの二人である）

職員の「勤労意欲を鼓舞」する目的で十六年十一月創刊された雑誌だが、毎号、聖戦完遂の時、だとか、南方資源と経済戦などと空疎な文字の羅列で、わたしたちは雑誌をつくる効用とか愉しみにぼんやりした疑問をもちながら、惰性的なしごとをつづけていた。

雑誌の内容は、えらいひとの若干の訓示をふくめた原稿以外は、半分以上を部外の文筆家・知名人に依頼していた。毎月、部外の依頼原稿は三人の編集者のなかでいちばん新米のわたしが外をとびまわることになった。随筆欄に、百鬼園随筆をどうだろうとわたしが云い出したのは、昭和十七年の春のことで、しかし三崎編集長は首をひねった。

君は百鬼園随筆の愛読者だから、たとえ原稿は貰えなくとも、一度くらい会ってきてもいいだろう。が、しかし、まず、原稿は貰えないだろうな。それに、うちの原稿料じゃァ……。

内田百閒という作家は、非常に気むずかしくて、原稿をかんたんに引きうけないどころか、初対面のものには気に喰わなければ口も利かないという噂はかねがね聞いていた。戦後には誰誰の全集とかいって、元気に作家活動をしている作家の全集が刊行されて、だれもふしぎだと思わなくなったが、『全輯百閒随筆』は、それまでの全作品を収録して、すでに昭和十一年に出ている。随筆だけで全輯六冊をもっている、百閒随筆は、随筆の王様だなどと編集部では噂していた。その先生に原稿を依頼するには、なるほど、あまりにも鉄道省の雑誌は薄ッぺらすぎた。「大和」は創刊当時、編集の指導を文藝春秋社の桔梗利一氏にうけて、吉川英治、矢田挿雲などの連載もあったりして官庁発行の刊行物としては少しばかり風変りな雑誌ではあった。表紙生澤朗氏の油画の誌名の上に「奉公運動機関誌」と書かれてあったりした。——編集長が、「随筆の大家」にたいしていくらかの劣等感をもったのも無理はない。わたしにも、同じような先入観があった。

その時分、中村武志さんは東京鉄道局文書課の情報という係にいて、鉄道部内の新聞発表などの広報のしごとをしていたが、わたしなどより以前からの百鬼園随筆愛好者で、「百鬼園先生言行録」とか、当時の百鬼園随筆のユーモラスな随筆に心酔して、随筆集『夢作随筆』『続夢作随筆』などを自費出版したのは、昭和十年頃のことである。いちど、尊敬する百閒先生にお目に掛かりたいとおもって、方方伝手《つて》をたのんで、小山書店の小山久二郎氏と一緒に、ようやく先生の書斎に通ることができた。合羽坂にいたころの先生の家で、一時間ちかく先生と対座することができたが、なんにも話題がなくて、黙って向きあったままだったというのだ。二人とも、お愛想はもちろん、むだ話のできないたちだから、これは当然のなりゆきで、それでも「夢作随筆」の作者は、先生が膝にしていた黒い前掛けがひどく気に入って、家に帰ると早速、同じような前掛けを作らせた。それをわたしに話してきかせる二十七、八歳の中村さんは、かねての念願が叶ったといううれしい表情ではなかった。——それを聞いているから、百鬼園先生の存在はわたしには畏敬というより、恐ろしい気持の方がつよい。

それに、機会を得てじぶんの尊敬するひとに会ってみたいという積極的な気持がわたしには欠けている。しかし、新米の編集者では、あのひとの原稿はとても取れないだろうといわれれば、反撥する気持はいくらかある。あんまり自信はないが、とにかく当って砕けろというような、重ッくるしい気持で、わたしは東京駅前の広場をつっきって日本郵船ビルへ這入っていった。そこの六階の六四三号室に、その先生はいる筈である。

3

先生は、昭和十四年の四月、日本郵船株式会社の嘱託になっている。はじめ、N・Y・Kの嘱託にならないかという話を伝えてきたのは東大の辰野隆博士からで、そのあと一二度、郵船会社の小倉副長が直接訪ねて来た。嘱託としてのしごとは、日本の会社では前例のない、文書、書類の文章添刪《てんさん》である。会社への出勤はしごとの性質からいって午後になることが多いから昼すぎからでいいが、しかし毎日出勤してくれとのことである。毎日は困るから一週間に一日だけ抜いてくれるように云って、水曜日は不出社、週五日出勤という約束にして貰う。法政大学教授を昭和九年の秋に辞任してから五六年この方、洋服というものを著たことがないが、いよいよ話が決まって、四月末に丸ノ内の郵船会社に洋服を著て出頭してみると、内田嘱託のために部屋が一つ用意されてあった。給仕も付けてやるという。それで、いくらか気が変って、会社の用事がないときには自分の書斎をここへ移したつもりになろうと思う。部屋と会社とに気持を馴らそうと思った。

その気持になって部屋で一服していると、ときどき友人が訪ねて来る。まずおどろくことは、洋服姿でいることで、また、部屋が中庭に向った立派な部屋だから、まるで重役のようだと云って賞めるのもいる。チャールス・ラムは文士であって東印度会社にいたが、エッセイストとしてのラムの文業はその会社に負うところが多いといわれるが、今度、この会社に嘱託となったことは東西軌を一にするものだなどと云って、おだててくれる人もいる。もう一人の友人は、部屋の入口にある番号を見て、なるほどいい番号である、郵船会社にもしゃれた人もいるものだ、というから、何故だと訊くと、部屋番号は六四三、すなわち、無資産に通ずる。この部屋の主人にまったくふさわしく、津津たる妙味がある、と云った。

部屋の壁に色の変った箇所があるので、ある時、会社の人に、戸棚でも置いてあったのかと訊いてみたら、この部屋は部屋全部が金庫であって、壁にあとになって残っているのはその金庫の扉のついていたところだと説明されたので、急に福福しい気持になった。かねがねお金がほしいと思っていたら、「私自身がいつの間にか金庫の中身になってしまった」と悦に入った。

□

郵船へつとめるようになっていちばん閉口したのは、長年、朝は牛乳に英字ビスケットにリンゴ。昼は、蕎麦のもり、かけをたべてすっかりそれに馴れている。昼、そばを食うのは空腹を一時おさえているので、旨いものをたべると自分の身体にいけないからそばで養生しているのである。いろいろ考えたが、いい分別もないので、結局、なんにも食べないことにした。空腹のまま会社へ出かけるのだから、二三度、目の前がぐらぐらして机の端につかまることがある。廊下を歩くと、時化《しけ》にあった甲板のように、向うの方が急に高くなったり足元が落ちていったりする。夕方は一刻も早く家に帰らないと卒倒しそうで、電車では間に合わないような気がする。

そんなことをしばらく続けたが、あまり腹がへるので、或る日、節を屈して丸ビルでそばを食って見た。

『あつらへたお膳は目の前に来たけれども、辺《あた》り一面が大変な混雑で、私のすぐ右にも左にも、鼻をつく程近い前にも知らない人が一ぱいゐて、みんな大騒ぎをして何か食つてゐる。腹のへつた鶏群に餌を投げてやつた様な有様で、こつち迄いらいらして、自分の蕎麦《そば》を食ふ気がしなくなつて、半分でやめて、外へ出てほつとした。』

□

郵船へつとめ出したのは前にも書いたように、昭和十四年で、俸給は月額二百円。しごとは、社内の文書に目を通して必要とあれば添刪する。会社に頼まれて新しい文書を作成することはしない、会社の作ったものを見て直すだけという条件である。この条件は、昭和二十年暮に会社をやめるまで原則として守られたが、例外が二三ある。

昭和十五年新造された一万七千噸《トン》の豪華客船「新田丸」の宣伝文「新田丸問答」四六判半折の小冊子一冊。会社の広告文であって文章というべきものではない。

『「新田丸は一万七千二百噸だ」

「随分大きいのだね。鎌倉丸はそれよりまだでかいのか」

「鎌倉丸は一万七千五百噸だ」

「その位しか違はないのか」

「船の長さは新田丸の方が長いよ。百八十米《メートル》ある。鎌倉丸より二米長い。こんな長い船は日本にないんだ」』

——というような問答で新田丸がいかに優秀な客船かをわかりやすく説明してある。もう一つの例外は、郵船ビル玄関にある天水桶の賛である。会社創立明治十八年秋からの

「社礎ノ鞏固《キョウコ》ナルヲ象徴スル好個ノ記念物」である天水桶の賛を起草したのが十五年初夏で、その後十七年になって戦時の情勢が切迫し、天水桶は横浜市民博物館に引き取られることになる。そのために「天水桶送別ノ辞」を書いた。

「新田丸問答」「天水桶の賛」「天水桶送別ノ辞」が、著書のなかに記載され、収録されたのは戦後、三十七年夏刊行された文集『けぶりか浪か』である。「送別ノ辞」は郵船会社の記録に残っていて、それを写し取ってくれたのは、俳人・村山古郷さんである。村山古郷氏は、この天水桶当時、学校の教師をやめて、先生の紹介で郵船会社の総務課に勤務していた。俳誌「東炎」の編集を手伝っていた。

百閒先生に「大和」の原稿を依頼するために、わたしは、いきなり郵船の六四三号室を訪ねるような無遠慮はしなかったとおぼえている。庶務課の大橋古日《ふるひ》氏を通じて、原稿依頼の用件を伝えてもらったような気がする。大橋さんは「東炎」の編集発行人である。

エレベーターで六階へ上る。その部屋の扉の、くもりガラスの真ん中に、大きく、内田囑託、と書いてあった。

ドアをあけると、重重しい衝立ての前に小さなテーブルがあって椅子が二つ備えてある。衝立ての脇に給仕さんがいて、取り次いでくれる。向う側に、部屋の真ん中に、窓を左にして、びっくりするくらい大きな机を前にして、先生が坐っていた。大きな眼で、こちら側へ向き直った。

普通の事務机の二三倍はある大きな机の端に「既決」「未決」とかいた木札のついた金網の四角い籠が二つ。部屋の中は、香が焚いてあるらしく、芳香がした。正面に大きな拓本の額が懸っている。風拂萬年枝。花瓶に盛った花。そして、これはその後、ちょくちょくこの部屋を訪ねたときに気づいたのだが、竹の棒の先に牛骨だか、馬骨だかのちいさな掌がついているマゴの手が、きちんと真ッすぐに置かれてある。これも後から気づいたのだが、机の上の文房具類はもちろん、辞書その他の物品が、すべてきちんと、一分の狂いもなく整然と並べられてある。

初めて先生にお目に掛って、どんな風に原稿執筆のおねがいを切り出したのか、さっぱりおぼえがない。こちんこちんに気持が固くなっていた。

鉄道の雑誌だから、鉄道に関連した文章をと特におねがいしたわけではないのだが、原稿は、その場ですぐ承知して下さった。それも、どうせ書くなら、毎月連載の方がいいと云われる。

余り気張りすぎていたので、拍子抜けがした。こっちの緊張を解くためであろうが、金矢忠志というむかしの学生がいて、それをからかいに時時鉄道省へ行ったが、館《たて》美保子さんは、元気でいますか。

というようなことを訊かれた。館美保子は国鉄本社職員で、詩人で、わたしもよく知っているとこたえた。そんなことよりも、なんにしても、あんまり簡単に承諾されたので、うれしくッて仕様がない。

最初の原稿が「通過列車」で、以後、毎月、「百鬼園散録」とした連載随筆を「大和」に掲載することになった。しかし、毎月の原稿締切間近かになると、二三回は郵船ビルまたは麴町五番町の自宅へ足を運ばなければならない。七八枚の原稿も、一週間くらい掛るのである。

原稿用紙は市販のものではなく、昔の学生・岩瀬高次の刻んだ板木を自家で刷った、ウス緑色の、マスの上に奈良の薬師像の台座に刻《ほ》ってあるという狐が刷り込んであった。

原稿は出来上がっているときは、必ず、くるくると筒に丸めて、丁寧に元結《もとゆい》でむすんである。その丸めた原稿の紙筒を、ステッキがわりに持ってあるく洋傘の中に入れて、先生は自宅から郵船へ持ってくるのだそうである。

元結でゆわえた筒の原稿綴をありがたく先生からいただく。――そのまま、有難く頂戴してくればいいのだが、若い編集者は、どんなことが書いてあるか、気になるし、社へ持って帰るまで待てないから、つい筆者である先生の目の前で披《ひら》いて、読みはじめる。また、いただいて披いて読まなければ、折角書いていただいた先生を前にして失礼にあたると思う気持もある。――二回目に戴いた原稿「初乗り」を、郵船の部屋の応接卓の上でわたしは結んである元結を解き、披きはじめた。先生がこちらの手元を見て、

――原稿を、ひとの前で読むもンじゃァありませんヨ。失礼ですよ。

と、教えるようにたしなめられた。わたしは縮みあがった。

その原稿の欄外に、
毎月続ケテ用キル看板ハ百鬼園随筆デハ如何《イカガ》デス或《アルヒ》ハ百鬼園散録ニテモ可ナランカ
とある。

「初乗り」の冒頭を写してみる。

『明治四十三年六月十二日山陽線の岐線宇野鉄道が開通した。当時は宇野鉄道と云ひ宇野線とは呼ばなかつた様《やう》である。さう云へば山陽線も山陽鉄道の名がまだ残つてゐたかも知れない。今から三十何年昔の話で私は高等学校の三年生であつた。

当日の朝早く、たしか五時頃であつたと思ふ、岡山驛へ出かけて宇野行の切符を買つた。……』

先生の記憶は実に見事である。わたしは手許の「日本鉄道略年表」をひらいてみる。なるほど、「明治四十三年・六月十二日、宇野線岡山・宇野間開通す」「同日、鉄道院に於て宇野・高松間航路を開く」とある。

開通した第一番の列車に乗って行くと、水田の畦のあいだに牛がぼんやり起っていたのが、煙を吐き地響きを立てて走ってくる汽車にびっくりして一せいに逃げ出した。そこいらにいる牛を追い散らして、開通一番列車が宇野駅へ著いたが、海がきらきら光っているだけで、桟橋はあったが聯絡船の姿はなかった、汽車を降りてなにをすると云うあてもないので、すぐに又引返した、というのである。

明治四十三年六月中旬宇野線開通のとき、高等学校三年生、二十二歳。というのは、当時の高等学校以上の新学年は秋に始まった。それで六月は六高の三年生三学期。同年秋九月、大学の新学期が始まったので、笈を負うて上京。東京帝国大学文学部獨逸文学科入学。

しかし、我儘放題に育って、いよいよ東京へ出ると決まってからも、大騒ぎをして荷ごしらえはしたが、祖母や母は一人息子を手離すので何も手につかないでおろおろし、肝心の先生自身も口では景気のいいことを云ってはいるが、気持の底では、見も知らぬ土地へ一人で行きたくない、一人になったらどうなるかという事が心配で堪らなかったのである。

それで、出発するのが伸び伸びになって、とうとう九月の半ば頃になって、一年先に帝大に行っている友人かち、もう新学年の講義がはじまっているという手紙を受けて、やっと思い切って出掛けることにするのである。

4

明治二十二年、五月二十九日、午前十一時頃、生れたときは、お産が手間取って、七福神のほくろく様のような長頭だったと云う。岡山市古京町一四五（旧称では九八番邸）で、父は、久吉。母、峯。祖父、榮造（明治二十一年十月五日死去）。祖母、竹。

両方の耳の上に小さな糸びんを垂らして、金太郎の腹当てをしている。糸びんの頭の方は剃りあげた丸坊主の赤ん坊の写真が残っている。四ッか五ッになって、おけし頭になった。頭を坊主に剃りあげて、頂上だけ毛を残して丸く垂らす、その残した毛の真ん中にも剃刀をあてて、ちょう度二銭銅貨くらいの大きさにまん丸く中剃りをした。

幼稚園はそのおけし頭で行った。紫の毛糸で編んだ四角な袋の中に日課表をいれてそれを肩に下げて、環翠小学校の幼稚園に通った。小学校は、環翠尋常小学校で、頭は丸刈りだったろう。泣き虫で、学校までついて来てくれるばあやの姿が見えなくなると、あたり構わず大声で泣き立てた。

受持の先生はやさしい磯島五百見老先生で、母もこの先生に教わったという。泣き声がやかましくて、授業ができないので先生が閉口した。祖母が学校へ出頭して謝りに行った。

小学校四年生。――その時分、漢文の素読など習っている友達はいなかったが、小学校から帰ると、「大學」を風呂敷に包み漢学の先生の家に通わされた。漢学の細木原先生は、床の間の前に赤い毛布で膝を包み、大きな眼鏡をかけて黄色いしみのある顔で、はじめは狸が化けてるのではないかと思った。机の前にかしこまり、本を両手で捧げて、戴いてから、その上にひらくと、細木原先生は本の字を逆にみながら、コーモリ傘の骨で、字を突いてくれる。骨の先が返り点でひっくり返る、ちらくらして忙しそうに行ったり来たりする。一生懸命聞いているのだが、何のことだか解らない。仕方がないから、骨の先を見つめていると、それが段段、字の横に外れたり、しまいには動かなくなってしまう。先生の音読する声があやふやになり、鼻の穴から抜けるようだと思っていると、ひとを前に坐らせたまま細木原先生は眠ってしまう。いびきをかいている先生にお辞儀をして、帰って来る。しまいには細木原先生は、坐ったまま、毛布の中でおしっこを垂れ出した。それで、素読に行かなくてもいいことになって、やれやれと思った。

当時、尋常小学校は四年までで、あとは高等小学校がまた四年ある。中学校に行くのは高等小学の二年を終ってから、試験をうけて入るのであるが、小学校を終って高等小学校に入ったら、受持の先生は、森谷金峯といって書家であった。習字の時間はいちばんやかましく、まず墨の持ち方、磨り方からむずかしく云われた。そのうち、書の稽古にやられる事になる。東京の選書奨励会に出した書が選に入り賞をもらったので、家の者が天狗になったのである。金峯先生の上の先生で磯山天香という先生に入門した。

造り酒屋である生家の屋号が、志保屋であるから、志道、という号をつけられ、落款の印も、黄薇外史、と作ってもらった。外史とは官に仕えていないもののことだと天香先生から教わったが、当時、十一歳だった。

金峯先生は二学年の終りのときに転任したので、三学期から森作太先生に教わった。森先生のおかげで、三学期から中学校に這入ることができた。

明治三十五年、県立岡山中学校に入学。県中と略称したのちの岡山一中であり、現在の朝日高校である。

木畑竹三郎先生に最も目を掛けられた。木畑先生は、大学予備門が一ツ橋の外にあった頃、夏目漱石と同級であった。

琴を習いはじめたのは中学へ入ってからで、自分の好きな琴を習うのでは随分苦労した。初めて習ったのは鹽見筆之都勾当で、免状などにはどういうわけか鹽見ではなく、杉山権勾当と書いた。古風な琴の弾き方で、地唄の三味線もうまく名の聞こえた名手だが、習いにいくと座敷に蚤がいて、気になって中中おぼえられない。鹽見先生は目くらのくせにその蚤をつかまえて、どうするかと見ていると、指頭でひねりまわして口に持っていく。つぶすのかとおもうと、そうではなく、口に入れて歯で嚙みつぶしてしまうので、びっくりして気持がわるくなる。鹽見勾当から信用されて、頼りにされていろいろの事を手伝った。お弟子さんが一曲上がるごとに許し金をとって免状を渡す、その免状を書いてくれと頼まれたから、そのころから俳句をやっていたので、六朝体の字体にかぶれていて、その字体で、磯千鳥とか、西行桜、八重衣などという曲名を、金釘の折れたような字で書きまくった。そして、当道正嫡権少教正権勾当杉山筆之都、と署名し判を捺す。鹽見勾当は暮しが段段苦しくなり、家賃がたまって、引越しをするというから、新しい家の交渉などを手伝って、引越祝いに柱時計を持っていったら、非常によろこんだ。一と月ばかりすると、その柱時計が柱から消えたが、鹽見勾当はなんにも云わない。そのうち鹽見さんの紹介で、池上伊之撿校に就いた。癇性で、琴の前に坐らせたまま、三十分でも一時間でも、自分の膝頭をたたきながら、間拍子を取って、なんだか口の内でぶつぶつ呟いている。

その頃、床屋へ行くと、そこのおやじが発句をつくるので、お客を相手によく俳句の話をしていた。店の者にも俳句を作るのがいたから、自分でも作ってみたりした。

輪くぐりの用意に急ぐ湯浴みかな

十三四歳の頃作ったのではそれくらいしか記憶していない。

第五回内国勧業博覧会が大阪で開かれたのは三十六年三月で、父母に連れられて見物に行った。父は三品取引所に出資していて、その取引所の井上徳三郎の大阪の家が北久太郎町にあったので、その家に滞在して毎日博覧会や大阪名所を見物した。西洋人が運転している自動車を初めて見たり、芦辺踊りも見に行ったが、きれいな舞台で踊っている藝妓の中に父の目あての美人がいることが父の気配でわかった。ウォーターシュウトにも乗った。ボートが辷っていって泥水をはねて著水したが、あれが古いいわれのある阿弥陀池だったのか。

大阪へ連れて行ってもらった目的は、博覧会を見物にいくだけではなく、前前からねだっていた山葉のオルガンを買ってもらう約束だった。大阪に泊まっていた或る日、父と一緒に心斎橋北久宝寺町の三木佐助楽器店に出かけて、そこで荷造りして岡山へオルガンを送らせた。オルガンは、ペダルをふむ足が前から見えるベビーオルガンではなく、その上の型のちゃんとした恰好のもので、三十五円だった。（このオルガンは、後年、東京へ出てからも、いつも座敷においてあって子供達の玩具になっていたが、暮しの不始末の借金で高利貸しに差押えをうけた時、本所辺の古道具屋が落札して持って行ってしまった）
父・久吉は商業会議所の議員に選ばれたり、ラムネ会社の株を持ったりして、交際も広くなったが、一方、店の方はお留守になったらしく、使用人の使い込みが二三度あったり、新倉の桶の呑み口が飛んで、十八石か二十石の酒が土間に流れ出してしまった事故もあった。仕込みをした酒全部がとつぜん税務署から差し押さえられた。酒税三千円とかの納入がおくれて父がその工面をしているうちに処分を受けたのだ。間もなく志保屋は看板をおろし、大戸を閉めて、昼でもくぐり戸から出這入りするようになった。家の中ががらんどうになった。
この年の二月に、日露戦争が始まっていた。

□

十六歳の明治三十八年、父亡くなる。四十一歳であった。

脚気の療養のため岡山市の町外れにある佛心寺という山寺の一室を借りていたのだが、八月三十日——

『最後の日、父が起こしてくれと云ふので、父の姉がそつと後《うし》ろから抱き起こした。それで北向きに坐つて、暫《しば》らく庭の方を見てゐたが、「これでいい、もう死ぬ」と云つて、

伯母に後を抱へられた儘《まま》、静かに目を閉《と》ぢた。』（たらちをの記）

明治三十八年一月号の「ホトトギス」に、漱石の「吾輩は猫である」の第一が掲載された。以後「猫」は同誌に飛びとびに掲載された。その頃、岡山の中之町にある本屋、森博文堂で新刊雑誌を買いつけていたのだが、たちまち漱石の文章にひきつけられた。漱石は「帝国文学」一月号に「倫敦塔」、「ホトトギス」四月号には「幻影の盾」、「中央公論」十一月号に「薤露行」などを次ぎつぎに発表した。「吾輩は猫である」上篇が出たのは十月で、やはり森博文堂で、第一版を求めた。中篇も、下篇も、待ち兼ねて買って、長く愛蔵した。（古い蔵書はすべて戦災で焼失したけれど、この「猫」初版三冊は日本郵船のロッカーにしまってあったので、現在でも大事に残っている）

この頃、ホトトギス発行所から正岡子規の石膏レリエーフを売り出したので早速為替をくんで送ってもらった。

十七歳——明治三十九年。中学五年。

内田雪隠という筆名で「中学世界」に投稿した小品文「雄神雌神」が入選した。選は大町桂月である。

□

この年の三月、「文章世界」が創刊された。「文章世界」は「中学世界」に集まる原稿が整理できないため、博文館主の大橋新太郎が主筆に田山花袋を起用して発刊した文章指導雑誌であるが、のちには文章鑑賞、ついで文学雑誌に成長した。

　その「文章世界」十月号に、こんどは、内田流石という筆名で「乞食」が優等入選した。選者・田山花袋である。「文章世界」には詞藻欄があって論文・叙事文・叙情文を載せるようになったが、投稿家としては、室生残花（犀星）、久保田暮雨（万太郎）、加藤武雄、生田春月、などの名が見えて、毎号小品文、俳句（内藤鳴雪選）、和歌（窪田空穂選）などで妍をきそっている。

「文章世界」に入選した写生文は「乞食」のほかに「按摩」「靴直し」「大晦日の床屋」「西大寺駅」「初雷」「参詣道」「私塾」などがあって、いずれも内田流石の筆名である。のちにこの八篇の文章は「続百鬼園随筆」（昭和九年刊行）に「文章世界入選文」として収録された。この外にも入選文はある筈だが、後年、著書のなかにそれを「筐底稡稿」として収録する際に、拙ない作品として落したのである。

『陽気の所為《せゐ》で神も気違ひになる、と云ふ句が趣味の遺傳の初めに書いてあつた。』

　という書き出しで当時の親友の死を悼んだ文章「鶏蘇佛」が書かれたのもこの頃か。趣味の遺伝、というのはこの年の五月大倉書店から刊行された漱石の短篇集『漾虚集』に入っている同題の文章である。「鶏蘇佛」の末尾は、

……僕は嘗《かつ》て君と共に花を蹈んで惜しんだ少年の春をいつまでも偲《しの》ぶであらう。

入る月の波きれ雲に冴《さ》え返り

と結んである。またこの頃の句に、

一株の桃に知りけり羅漢道

がある。羅漢道とは六高が出来る前、背後の山腹に五百羅漢があった。

『田舎《ゐなか》の中学校の授業が終つて、校門を出ると両側に濠《ほり》がある。その中に浮いた様《やう》な道を歩きながら、友達と夏目漱石を論じた。私は初めから、そうせきと読めたけれど、友達の中には、セ石だの、ライ石だのと読む者があつた。

漾虚集の出た当時で、私はその読後感を書いて町の新聞に寄稿した。新聞がまたそれを採用して、詞藻欄に載せたものだから、急に鼻が高くなつて、一人前の漱石崇拝者を以《もつ》て任じた。』

（昭和九年・漱石先生臨終記）

町の新聞というのは、山陽新報である。山陽新報とほかに中国民報にはときどき投書した。はじめて宮島へ遊びにいった紀行文「宮島行」は、どちらかの新聞に何回も連載した。もっと「鼻持ならぬ」のは「石髪前記」という漱石張りの文章で「文章の調子を思ひ出すと冷汗が出る。町内の岡崎屋の眞さんと、明石から須磨まで夜の浜辺を歩いて行つて、浦づたひと云ふ感傷を製造した」のであると、だいぶ後になって、四十何年後の昭和二十五年、山陽新報の求めで当時を想起した文章を寄稿した。漾虚集の読後感というのは、『漾虚集』を評す」であって、「大人《おとな》の真似《まね》で、装釘を評し、内容を論じ、誠にあきれた生意気小僧であつた」と書いている。中学生の頃書いた文章は切り抜いて保存し、東京に出てくる時も大きな皮文庫に入れてあったが、気恥しくて出して見るのもいやだが、といって破って捨ててしまうわけにもいかない。それが、戦災できれいさっぱり消え去ったのである。

――冷汗の出る記憶が、きれいさっぱり消え去ったのだから、今さら『漾虚集』を評す」をここに持ち出さない方がいい。新聞の切抜ではないが、それをわざわざ写してきて、わたしに呉れたひとがいるのである。それでわたしは、迷ったのだが、やはり『漾虚集』を評す」は先生の手元で蔵ったままにしておく方がよい。

5

高等学校の新学年は秋の九月で、入学試験は七月中にあった。試験を終った後、ちょう度、大阪朝日新聞が比叡山の上で夏期大学を開催するというので、急に行ってみたくなった。わがままな一人息子で、一週間ではあるが他人にまじった生活をそういう機会にしてみるのもいいだろうと、祖母や母も賛成してくれた。

出発前に、十分旅費と小遣をもらった上で、祖母が胴巻に十円紙幣を縫いこんでくれながら、このお金は使ってはいけない、もしやという場合の用意にこうしておくのだから、とくれぐれも注意された。

岡山発上りで京都に著くと、駅から俥で予約してある三條の宿に著いた。夕食のあと胴巻から十円札を引っぱり出して宿を出た。京極あたりの本屋で、欲しかった筈の大意抄七冊と荻生徂徠の琴学大意抄写本とを買ったら、十円の大方はなくなってしまった。翌日、比叡山に登って知らぬ人との三人の合宿生活を一週間して、坂本口から三條の宿屋へ帰ってきた。一人旅に馴れたような気がするので、この機会に伊勢にまわって来ようと思う。予定外の旅費は家へ手紙を出して宿へ送ってもらうことにする。伊勢参宮をすませ、何日目かに三條の宿へ帰ってくると家から為替が来ていた。いよいよ帰ることにして宿の払いをしたら思ったより安い。それで安心して、書付の金額を払った上、宿屋では茶代を置くものだと云われているから、別に、これはお茶代、といって宿代と同額の金をお盆の上に追加した。馴れないことだから、わくわくして、お金の出し入れをしてやっと一人になってほっとしたら、急に空虚な気持がし出した。急にどきんとして顔色が変わりそうになった。蟇口をあけてお金の音がしないようにそっと数えてみたら、京都から岡山までの汽車賃が二銭足りなくなっていた。やっぱりそうだったかとおもって、急に泣き出しそうになった。

汽車賃だけで二銭足りないのだから、駅までの俥代、電車代もない、辨当は勿論お茶をのむ事もできない。そんなことより、二銭足りなくては汽車に乗ることができない。思いつめているところへ女中が受取りとお土産を持ってきた。細かいのがなくなったから、帳場へ行って今のお茶代の中から、と、おどおどしながら云うと、女中は勘ちがいして、これがお茶代の受取りですと書付を目の前に押しつけた。いや、ちょっと二銭いる事があるのだが――と云うと、女中が、それなら、すぐ前に両替屋がありますさかい、一寸取りかえて来てやろうと云うので、益益まごついた。そんな事をすればますます足りなくなる。俥を呼ぶとか、お土産だったらすぐ買わせますとか云われ、賑やかに見送られて宿を出る。重い荷物をかついで泣き出しそうになり、汗をふきながら色色考えつめてゆくと、『三條の宿の番頭や女中がひどい悪者の様《やう》に思はれ出した。特に女中が、それでは両替屋へ行ってやらうと云つた一言は、恨み骨髄に徹する様な気がした。』

……この時の事を書いた「二銭紀」は、昭和十二年小山書店刊行『随筆新雨』に収まっている。おもしろくって、何べん読んだか知れない。「二銭紀」は単におもしろいだけではなく、中学を卒業したばかりの内田少年の気持の動きが鮮明にえがかれている。それは少年の日の郷愁に似た哀しみをおびている。

――二銭足りなくて、どうなったか。詳しくは「二銭紀」に拠られたい。

中学を出て高等学校に入る頃は家にさえ居れば琴を弾いていた。中学を卒業する前に、町内の借家に移ったが、その隣りの荒物屋の主人は救世軍の軍曹なので、或る時こんな事を云い出した。「これから先いろいろお困りのことと思うが、さいわい榮さんは音楽がお好きのようだから、いっそ学校をやめて音楽の方で身を立てるようにしてはどうです。お世話するのも御恩報じの一端と思うが、私の伝手《つて》で頼んで、榮さんが救世軍の軍楽隊に入隊するように話しましょう」

それを聞いて、驚いて、祖母から丁寧にことわって貰った。

□

岡山の第六高等学校へ四十年に入学——。

六高は古京町の町裏の田圃の中に、それより七八年前に新設されたばかりである。校長酒井佐保先生。一年級のときの級長中島重、副級長竹井廉。星島二郎、土居時良、石川正義などが同級生である。

四十年五月号の「文章世界」に、抒情文優等入選として、

友と別れし夜　　岡山市古京町九二　内田盧橘子

という署名で、四百字原稿紙で四枚ばかりの小品文が掲載されている。「筐底稡稿」にも落とした昔の文章で、ここに紹介することは、また先生に冷汗を流させるかと思うが、——雨の相生橋を渡りながら、あす故里岡山を去って東京へ行くという年下の友人・いてふ子《し》の身の上を思いやった文章である。『ある夜、彼と談《かた》つたとき、わしは父が死んだ時に泣かなんだと云うたら、わしも泣きはせなんだぞなと云うた。他人に、若《も》し御父様が生きて御出《おいで》なさつたら、などゝ云はれるのは嫌ひぢやと云うたら、いけんぞなあ、と応じて変な顔をした』——この十八歳の友いてふ子も父の墓を故里に残して行くのである。

この号の巻末に「読者通信」欄があって、つぎの通信が載っている。

△「流石」は狂歌師や狂句師の号の様に思へ出して、嫌ひになつたから下の如《ごと》く改む。

盧橘子低山雨重　栟櫚葉戦水風涼　白樂天

右報告候也。(內田盧橘子)

流石がいやになって、盧橘子に改めたのだが、これも長くは続かない。まだ、「百閒」の号は用いられていない。

高等学校二年生になった。志田義秀先生が国語教師として六高へ赴任してきた。志田先生は素琴と号して、日本派の藤井紫影に俳句を師事し、大須賀乙字と親交があった。三十六年東大国文科卒業、四十一年六高にきた時は三十二歳である。それで、素琴先生の影響で、学生がむやみに俳句をつくりだした。中島重は胡倒、中治不泣、土居蹄花、石川正義は耶沈《やちん》などと号して「俳諧一夜会」をつくり運座を百回まで続けた。はじめのうちは三十人位集まったが、終《しま》い頃には不泣と二人になって、意地になって句を案じた。出来た句はみんな校友会雑誌に載せた。校友会誌がまるで俳句雑誌のようになったので運動部から文句が出たりした。夢中になって俳句をつくるのだから学業の方がしぜんおろそかになる、素琴先生にお小言を食うことがしばしばだが、それでも「危く落第を免る二句」と前書して、

渋柿をやれと喰らへば秋逝《ゆ》きぬ

芋の葉の露が南瓜《かぼちゃ》の葉に落ちて

素琴先生にそれを示してますます渋い顔をされた。俳諧一夜会から、はじめて、百閒と号した。百閒というのは、岡山市の東北郊に山陽本線の旭川の鉄橋があって、その少し東に百間川の鉄橋がある、空《から》川で、堤と堤の間が百間あるから百間川という。中学生のころ、国文典の教科書を持ってその土手にねころんで、草いきれの中で動詞の活用などを暗記したりした。で、俳号を百閒としたのだが、もう一つには当時、新傾向俳句が盛んで、一碧楼、六花など上に数字を冠せるのが流行ったので、その流行を追ったという気持もあったらしい。中塚一碧楼は同郷で、岡山で句会があった時同席した。一碧楼は、

避病舎の風景に芒《すすき》秋晴れて

と詠んだ。たいへん感心した。避病舎というのは笹山という墓地の山鼻にあった。新傾向俳句には大分関心を持っていたので当時の句帖は手がつけられない。ほとんど失敗作のなかで、

檻《をり》の虎見てあれば昼花火とどろ

形なき雲澄むに柳散《ち》るしきり

などをおぼえている。このころから素琴先生がちっとも讃めてくれなくなった。

俳句も熱心に作ったが、漱石の小説に刺戟されて、文章もしきりに書いた。――子供のころから行きつけの床屋に娘さんがいて、ろくろく顔もおぼえてはいないが中学生だった

時分に病死した、噂では肺病だったそうで、そういえば後から思いだしても影が薄かったようである。——その娘の死んだことを小説に書いて、「老猫物語」と云う一篇にまとめた。—小説「老猫物語」はその後の著作集に収録していない、自作を自選して、「筐底稺稿」としても落第にしたのである。

「老猫物語」は書き上げてから、もっとも尊敬する漱石先生の許へ送って批評を乞うた。ところが、そこのところが、どうもはっきりしないのである、原稿として送ったか、或いは校友会雑誌に載せたものをお目にかけたのか記憶がない。だいいち、校友会雑誌に載せたのかどうかもハッキリしないのである。そういえば「老猫物語」は、題がちがうかも知れない。「老猫」だったかも知れない。題はどちらにしろ、その小説は、「ホトトギス」四十年十月号に載った寺田寅彦の「守宮《やもり》物語」に影響されて書いたのである。それが気持の底にあるのが自分で気にくわぬために、のちに自選して落選にしたのだとかんがえられる。

明治四十二年、二十歳。小説「老猫」を漱石に送って、その返書が残っている。日附は七月十五日（木）牛込区早稲田南町七番地より、岡山市古京町内田榮造あて。

拝啓御手紙と玉稿到着致候《いたしさうらふ》直《ただ》ちに拝見の上何分の御批評可申上筈《まうしあぐべきはず》の処《ところ》只今拙稿起草中にて多忙故《ゆゑ》夫《それ》が済む迄しばらく御《お》待被下度《まちくだされたく》候

尤《もっと》もホトトギス掲載方御希望につき原稿は虚子の方へ一応廻付致し可申《まうすべく》候虚子が適当と思へば此次位に載せるならんと存候《ぞんじさうら》へども其辺は編輯の権なき小生には何とも申し

かね候
右御返事迄　草々
七月十五日　　夏目金之助
内田榮造様

漱石が、只今拙稿起草中にて多忙故、というのは、朝日新聞連載のために「それから」を五月末に著手したことを指す。「それから」百十回は同年八月十四日に脱稿、執筆に七十六日かかっていると小宮豊隆氏の『漱石の藝術』にある。「それから」を脱稿したあと、八月二十四日（火）附で、二回目の手紙を漱石は書いている。

御手紙拝見老猫批評の件頓《とん》と失念致居候《いたしをりさうらふ》甚だ申訳なく存候小説脱稿後種々の用事重なり居候処へ急性胃カタールに罹《かか》り臥蓐《ぐわじよく》の為め何やら蚊やら取紛《とりまぎ》れ申候あしからず御《ご》海恕《かいじよ》願《ねがひ》候《さうらふ》
蓐中早速「老猫」を拝見致候筆ツキ真面目にて何の衒《てら》ふ処なくよろしく候。又自然の風物の叙し方も面白く思はれ候。たゞ一篇として通読するに左程《さほど》の興味を促《うな》がす事無之《これなき》は事実に候。今少し御工夫《ごくふう》可然《しかるべき》か。尤も着筆の態度、観察其他はあれにて結構に御座候へば其点は御心配御無用に候。虚子の評によれば面白からぬ様に候へども小生の見る所は虚子よりも重く候。猶《なほ》御奮励御述作の程希望致候

花筵《はなむしろ》一枚御贈被下候由難有《ありがたく》候小生病気全快次第旅行にまかり出《いで》候につき留守中到着
候節は御返事も怠り可申につき其辺はあしからず
先《まづ》は御返事迄　草々頓首
八月二十四日　　　　　　　　　　　　夏目金之助
內田榮造様

6

明治四十三年。この年、ハレー彗星が現われた。郷里の古京の町の裏の土手。空川をへだてた荒手の藪の中に大銀杏があって町全体にかぶさっているように思われる。ハレー彗星はその大銀杏の右寄りの空に現われたそうである。

『日が暮れて間《ま》もない闇の奥から、きらきらする見馴《みな》れない星が、うしろに長い光の尾を引いて、こちらに迫つて来る様《やう》であつた。尾の尖《さき》の薄くなつた辺は、ぼんやり広がつて、白い霧を吹き散《ち》らした様に消えてゐる。』

妖しい箒星の出現は無気味な噂で人の心を不安にした。高等学校三年を卒業する少し前のことで、この天変の現象はいろいろな意味で内田青年の気持の裡に強烈な印象を残した。それにこの秋には、なつかしい郷里のすべてのものを残して、一人で東京へ出なければならない。見るもの聞くものが、名残り惜しく郷愁を感じる。——

ようやく、ここで宇野鉄道に「初乗り」した年代まで来たわけであるが、さきにも書いたように、自分では何とか景気のよいことを云っているが、本心は東京へひとりで行くことが、心配でたまらないのである。

親類や近所へ暇乞いに行っても、あとに残るお祖母さんやお母さんがさぞ心配するだろうというような話ばかりで、だれも激励してくれない。水が変るから身体に気をつけろとか、東京に行ったら人にだまされるなというような忠告ばかりで、気が滅入って、一人で上京するのが何とも心配で堪らないのである。

伯父の一人が、お前は汽車が大好きだから、これで二等で行けといってお金をくれた。懇意な二三の人に見送られて、いよいよ列車に乗り込んだ。窓から顔を出して挨拶しようとするのだが、ホームの灯がぼやけて見えるほど涙がたまっていて、いまにも泣き出しそうである。祖母と母は見送りには来ない。家を出る時、おいおい泣いていた。汽車が出て、間もなく旭川の鉄橋に掛かったとき、車輪の音が自分ひとりを取りまいているようで、次ぎに停まった駅から引っ返そう、と本気に考えつめた。

東京。著いた駅は汽笛一声の新橋駅。日暮れで、人力車にのって、下谷の七軒町の素人下宿に著いた。翌朝、お膳に坐ってお椀の蓋をとると、赤い味噌汁のなかに唐茄子の切れっぱしが浮いていた、こんなものが食べられるか、そう思っただけで胸が一杯になった。

郷里では朝味噌汁をのまない、たまにすれば白味噌に限られていて、唐茄子を味噌汁に入れるなどはどんな貧乏人でもしない。夜のお膳の魚の煮方も気に入らない。——何日目かにその下宿を引払って、こんどは、小石川久堅町の素人下宿へ移った。

その下宿では、夕方、夕刊を配達する新聞配達の腰につけた鈴の音、豆腐屋のラッパの音も気に入らなかった。それらの音が夕暮れの郷愁をさそうので淋しかったのだろう、あんな豆腐屋のラッパなんか聞きたくもない、なんとかして郷里に帰りたくて、そわそわした。学校も、友達もいないし、面白くなかった。神田の神保町へ出た時、電車を乗りちがえて、雨にうたれ、風を引いたらしい。異郷で病気になって、熱が出て、心細いということを大袈裟にかんがえたあげく、一先ず郷里に帰ってという口実をつくり、それから一日二日して熱も大したことはなくなったので、さっさと岡山へ帰ってしまった。

一旦郷里に帰ってから、また東京へ何時《いつ》出直したか、はっきりしない。二度目に上京した時は、大学正門前森川町蓋平館別荘に下宿した。

明治四十四年、二月、内幸町の胃腸病院に入院している夏目漱石を訪ねた。

途中、立ちどまって袴の下からのぞいている旧式な木棉のズボン下を、膝の所までたくしあげて、すべり落ちないように、ふくらはぎでぎゅっと縛っておく。初めて、漱石先生にお目に掛かるのに、ズボン下が袴の下から見えるようなだらしのない恰好ではいけないと思ったのである。

漱石先生の病室は二階の日本間であった。郷里にいる頃から手紙を差上げ、また御返事もいただいているが、顔を見るのは初めてなので、固くなって畏《かしこま》り、お話を色色承った。

——後年、百閒先生は或る講演で次のように語っている。

「私が中学から高等学校に入った当時、漱石先生は旭日昇天の勢いであって、私も漱石崇拝者の末端に加わったわけであります。漱石という人に若い当時の関心を寄せて、それからも何十年も立っていますけれど、その気持が今日までずっとつづいて今でも新聞に夏目という字があると直ぐ目につきます。夏目漱石でなく、他の名であっても、夏目とあれば眼が見逃がさない。新聞の一ぱい詰まっている活字の中からその字づらだけが浮き上がって来ます。そう云う事は若い時分の感激が習慣になって残っているのでありましょう」

胃腸病院の病室で、かしこまって漱石の話をうけたまわっているのだが、あんまり固くなっているので漱石の方から気を使って色色と話題をかえて話しかけてくれる。しかし、田舎から出てきたばかりで、ろくろく受け答えもできない。もう帰りたいと思っても、切りあげる時期がわからないのである。そのうち、足がしびれて来て、感覚がなくなってきた。さっき道端で、えらいことをして来たと気がついた。わざわざ膝の下にズボン下をぎゅっと挟み込んでその上に坐っているのだから、じっとしていてもそのまま横倒しに引っくり返りそうになった。漱石先生はまだ話のつづきをしているが、もうこの上は一刻も身体が支えられない、急に挨拶して、ふらふらしながら間境の襖を開けて、控室の方へ一歩足を踏み入れたら、膝を突いて前にのめってしまった。控室にいた看護婦にぶつかりそうになったが、それどころではなく、足をさすったり、ひねったりして、ズボン下の襞を下ろしたら少しは楽になるだろうと袴の裾をまくっていたら、うしろから漱石先生が、「痺れたかね」と云って立っていた。

□

三月二十四日附の漱石書簡がある。

拝啓先日病院へ御光来被下候《くだされさうらふ》時は臥床中とて甚《はなは》だ失礼申候其後《そのご》病勢漸《やうや》く退却去月二十六日退院の運《はこび》に至り候間《さうらふかん》御安心可被下候《くださるべくさうらふ》

偖《さて》御恵投のインベの茶器一組正に到着難有《ありがたく》御礼申上候わざ〳〵小生の為に御求め御国元より御持参被下候趣《おもむき》一層嬉しく候不取敢《とりあへず》御挨拶迄　艸々

三月二十四日　　夏目金之助

その月の末、胃腸病院を退院した漱石を、早稲田南町の漱石山房に訪問することになるのだが、初めは一人では気が進まないので太宰施門と一緒に訪問するのである。漱石山房の面会日（木曜日）は、これよりさき三十九年十月からはじまっていた。当初は、寺田寅彦、野間眞綱、野村傳四、栗原元吉、そして虚子に「木曜日の午后三時からを面会と定め」た旨書き送っている。——太宰施門とともに訪問したのは木曜日ではなかったけれど幸い通されて上がった書斎には、小宮豊隆さんがいて、その席で先生から、これからは木曜日に来るよう云い渡された。それで面会日は木曜日であることを知る。はじめのうちは——、『小宮さんなどが先生と色色話して居られるのを、横から怖《こ》は怖《ご》は聴いて居りました。』『田舎《ゐなか》の中学生時代から、同じく田舎の高等学校を終るまでの何年間、私は先生の文章によつて、先生を崇拝し又先生を慕つて居たのですが、いよいよ東京の大学に来る様《やう》になつて、やつと先生に会つて見ると、どうも何となく怖《こは》くつて、いくらか無気味で、昔から窃《ひそ》かに心に描いてゐた様な「先生」には、中中《なかなか》近づけさうもないのです。』（『百鬼園随筆』・明石の漱石先生）

小宮豊隆、高濱虚子、安倍能成、森田草平、鈴木三重吉、寺田寅彦、津田青楓、野上豊一郎、松根東洋城、岩波茂雄といったひと達が漱石を中心に相集って談論風発する楽しいサロンであるとともに、きびしい精神の鍛練の場でもあったようである。お弟子たちは、尊敬する漱石の、仕草やちょっとした癖を、同化作用のように真似していた。あるひとは、漱石が笑うときの癖の鼻の横に皺をよせて漱石のように笑った。あるひとは、漱石そっくりの歩き方をした。すし屋ですしを一緒に食っても、漱石がのり巻をくえばのり巻を、玉子焼に箸をつければそれにならった。

百閒の場合は、すこし違っていた。もうすこし徹底していたと云ってもよい。——漱石山房の書斎の窓ぎわに、それで「吾輩は猫である」が書かれたという大きな机が置いてある、その机の寸法を取って、それとまったく同じ大きさの机を指物師に註文して、自分の六畳の書斎の真ン中に据えた。また、漱石が書きつぶして反古にした原稿を机辺に積み重ねてあるのを、二三人で許しを得て貰ってきた。書き汚した原稿は、漱石先生の文章の推敲のあとが辿れる貴重なものである。「道草」を執筆していた時分の原稿だった。家に持って帰って、一枚ずつめくって推敲のあとを見てゆくと、中には書きかけの余白に直線だけ丹念に引いたのや、幾何の図形のようなのもあって、筆が渋って先に進まない苦しみが目に見えるような気がする。その中に、へんなものが附著している反古原稿がある、よく見ると鼻毛である。それは後に、漱石遺毛として長く保存することになった。

漱石の原稿の反古を大事に貰ってくる話は、「漱石先生の書き潰し原稿」に書かれているが、それを「夏目漱石読本」という雑誌は埋草の笑話にしている。漱石は小説を書きながら鼻毛を抜く癖があり、抜いたのは机の縁に並べて立てる、しまいには抜く鼻毛がなくなると、小説の調子が落ち、筆が進まず、また鼻毛ののびるまで待つ他はない、それを、漱石が便所か何かに立った隙に摘み取って紙にくるんで「宝物としていつまでも大切に保存している人がいる、その人の名は内田百閒」というのだから、ばかばかしい。

漱石の遺品では、漱石が明治天皇御大葬の時著て左袖に喪章を巻いて写真を撮ったその洋服、「行人」「心」「硝子戸の中」「道草」「明暗」などをそれで書いたオノトG万年筆などを、先生は愛蔵していられたそうで、むかし、昭和九年九月、文藝懇話会主催、三越で催された「文藝家追慕展覧会」で、わたしは硝子越しに見たことがある。

現在では、先生の家の三尺の床の間に、短冊が一枚、短冊かけに懸っている。

漱石句集の大正三年一月、

　内田榮造に

　春の発句よき短冊に書いてやりぬ

という句が載っているそうだが、その短冊である。短冊は銀箔であったそうで、真黒に変色してしまい、顔を近づけて見ても、一字も読めない。真黒な短冊が懸っているだけである。

□

漱石の新著や縮刷本の校正をしていた頃は、漱石先生の書いて下さった書画をいろいろ持っていた。で、それを自分の書斎のあちこちに掛けていた。

或る日、漱石が前ぶれもなく来訪して、書斎の床の間や壁にやたらに掛っている漱石の書や画をおもしろくない顔をして見廻した。「潮來天地靑」と書いた長押《なげし》の上の額、床の間の「智に働けば角が立つ、情に棹させば流される……」、柱に下がった短冊掛の俳句と「土左衛門の賛」そして漱石の坐った向い側の壁には画仙紙大の紙に漱石が絵を習いはじめたばかりの頃の巌石の画が掛っている。ちょうど「漱石展覧会」の真ン中に本人の漱石が坐っている具合である。二三日したら漱石から手紙が来た。

大正四年九月七日　小石川区高田老松町四十三番地内田榮造へ

拝啓先達《せんだつて》は失礼あの時見た懸物と額のまづいにはあきれました何《ど》うかして書き直すか破りすてたいと思ひますが君も銭をかけて表装したものだから只破る譯に行くまいから不得已《やむをえず》書き直しませう軸の方は引きかへますが額は半きれへかいたもの故《ゆゑ》長さの寸法を教へてもらつてその字丈《だけ》を取りかへたらと考へます　寸法を（著物の寸法をはかる物指で）はかつて教へてくれたまへ　以上

夏目金之助

漱石山房木曜会でのさまざまな挿話、内田百閒というお弟子から見た夏目漱石を、先生の文章から拾ってゆけば際限がない。

朝日新聞の連載小説は年一回の約束だったそうだが、それを執筆する時期になると、毎週の木曜会の雰囲気がいつものように和やかなものではなくなる。漱石は余り口を利かなくなる、話しかけても返事をしないことがあり、応《う》け答えても、平生聞き馴れない激しい調子だったりする。お弟子たちは、先生の御機嫌を損じないように、虎の尾を踏まないように、お互いに警戒しあっているのだが、それでも失敗するひとがある。

『一座の空気が引締まり、先生の眉宇の間が動いたと思つたら、嘗《かつ》て聞いた事もない、険《けは》しい言葉が、先生の口から出た。

「生意気云ふな。貴様はだれのお蔭で、社会に顔出しが出来たと思ふか」

詰られた人が、青ざめてゐる。

私共は呼吸が詰まりさうで、身動きも出来なかつた。』（『無絃琴』・虎の尾）

□

話を最近にとばす。最近といってもつい八九年前からだが、何何文学全集に百閒先生の著作を収録する。ついてはその巻末になるべく詳細な年譜を附ける必要がある。その年譜をわたしが作る。これは、その年代によって横にひろがっている先生の記憶による挿話を、タテに順序立ててつなげてゆけば、大体の年代記はつくれる。よくわからないところがあれば、先生にただす。先生の記憶がまったくあいまいな場合もあり、即座に所番地までおぼえていることもある。明治三十五年に開催された第五回内国勧業博覧会、とこれまでの文章にありますが、三十六年が正しいんです、というような場合もある。「百閒年譜」は、三種類かの文学全集本の巻末に入っているが、発行年代が新しいものは、年代のまちがいが訂正され、細かな点が追加されている。

明治四十三年　二十一歳

東京帝国大学文科大学文学部獨逸文学科ニ入学ス。十月、下谷七軒町、小石川久堅町等ニ下宿シ、一旦郷里へ帰ル。後正門前森川町蓋平館別荘ニ下宿ス。

——小石川久堅町等、の等は、外にも下宿を変えたらしいのだが、よくわからない。蓋平館別荘は、石川啄木などが寄宿したこともある下宿屋だそうだ。

明治四十四年　二十二歳
一月、「本日愈大学在学一年延期之事ヲ決ス」（百鬼園日記帖）二月廿二日、東京麹町内幸町胃腸病院ニ夏目漱石ヲ訪フ。岡山ニ帰省。播州明石へ講演ニ来タ漱石先生ヲ旅館衝濤館ニ訪ネル。

――このへんまではいいのだが、四十五年、大正二年、三年あたりになると、わたしの「年譜」は、あいまいになってくる。

大正三年　二十六歳　東京帝国大学を卒業。小石川指ヶ谷町、白山御殿町、駒込曙町等に借家、のち高田老松町四三（元・津田青楓宅）に転居。

四十四年から大正三年までの二年間をあいまいにして、強いてせんさくしなかったのは、先生の「虎の尾」を踏むのを避けたのである。

四十四年には、郷里で先生は結婚された。これは、昭和十一年六月号中央公論に発表した「相剋記」（文集『有頂天』収録。のちに改題して「蜻蛉眠る」）の中に、

『久吉は一番上の子供である。今から二十四年前の冬、美しい小春の日が照り渡つてゐる日のお午頃《ひるごろ》、郷里の町で私の長男として生まれた。』

とあって、昭和十一年から二十四年前とかぞえてゆけば、四十五年の冬ということになる。先生が思い出すことをいやがるだろうことを強いて訊ねなくとも、わかることなのだ。

もっとも「相剋記」という作品は、青地豊二郎という架空の人物が物語る小説形式になっ

ていて、作品全体は会話のカッコで前後を閉じられている。しかし、そうすることで、この作品を「小説の世界」の物語とすることによって、描かれた家庭内の不和、一切を放棄して一人下宿屋暮しをするというような深刻さが薄らいだとは思われない。この時期の先生のこころの動静を真正面からみる勇気がわたしには欠けている。

7

漱石の新著本、縮刷本の校正・語句の疑問を問いあわせたのにたいして、漱石が丁寧にこたえている書簡が残っている。（「漱石書簡集・續」）たとえば、

煽風器と扇風器と「どつちがよきや知らず候へども、一つに御纏《おまと》め願ひ候」

「跪坐《ひざまづ》く、とあり、是《これ》は名詞にくの字をつけたやうにて変なるが構はぬにや。然《しか》し夫《それ》でよければ小生差支《さしつかへ》なし」

「促《うな》がした」「促した」「小生はどつちにても差支なし、是も統一ありたし」

「彼女を（ぢよ）とした所と（をんな）とした所とありました」

だけ、は「丈」ではなく「丈だらうと思ひます」

「気不精（キブツセイ）伸して（ノシテ）無意味（無気味デハアルマジ）東京デハ無気味ト云ハズ」「そんな。小生は其んなと書かず、尤《もつと》も前に假名ばかりつゞいて読みにく

い時は別なり」
「彼女ドッチに読ンデモヨロシ」「何分　コ、ハナニブン」
「妾《アタシ》と私《わたくし》と使ひ分けるのです。間違でハアリません」「小《ちひ》さい　です」「姐《ねえ》さんと直して下さい」

校正のこまごました注意や註文だけの書簡があるかと思うと、大正二年十二月七日附には、その終りに、

「昨日音楽会へ参りました帰りに玄関で奥さんにあひました。向ふでも気がつかないやうだし僕も面倒だから挨拶をやめにしました　大いに失敬」

とある。小石川区白山御殿町百十番地宛となっている。

漱石は、語句に余りこだわらなかったので、それが活字として印刷されて校正する際に、その不統一なのには困ったそうである。ぼんやりを盆槍、バケツを馬穴、インクを印貴（又は印気）などの宛字はまあいいとして、いちばん困ったのは送り仮名が統一されていないことだった。漱石歿後、大正六年に「漱石全集」第一版が刊行された時、森田草平、林原耕三とともにその編纂・校正に当った際、「相談協議の結果、行文上の先生の用字癖、慣用の送り仮名等を基礎にして、一つの『校正文法』を作らうと云ふ事になつた」。それを百閒がまとめて「漱石全集校正文法」という謄写版刷半紙四五十枚の冊子を作ったのである。その中で百閒が特に明確にしたことは、「恐しい」か「恐ろしい」か、「聞える」か

「聞こえる」か、等の、いわゆる動詞の不変化語尾の問題であって、爾来、百閒はこの自分のたてた方針を自分の文法として文を行っているのである。

□

この時分の思い出を回想して津田青楓氏が書いている。（現代日本小説大系月報・昭和二十六年版・寅彦・三重吉・草平・勘助・百閒集）

『内田君はいつでも真顔でゐる。普通人はものを頼む時とか、愉快な話をする時とかは笑顔をつくるものだが、内田君は何をしやべつても、画に描いたやうに一定の表情以外は余り感情を表はさない。それでゐて、こつちは腹をかゝへて笑ひたくなるやうなことを、いくらでも次から次へと話す人だ。彼にとつてはあたりまへのことを云ふのだらうが、凡て皮肉に受けとられる。』また、森田草平の思い出に関連して『「内田にはかなはない。会へば必ず借りられるんだからと思つて――こんどこそは借りられてやるものかといくら決心してゐても、会つてしまへば結局借りられてしまふ。あいつはまるで魔法使ひみたいだ」そんなことを言つて、内田君の借金上手を憤慨してゐた。』

百閒の初期の文章「掻痒記」に、この時分の生活が如実に書かれてある。

『大学を出てから、一年半ばかり遊食した。既に妻子があり、又老母の外《ほか》に祖母も健在であつた。』という書き出しで、その頃の「重苦しい遊食時代」が語られてある。一緒に大学を出た友人は、仙台や名古屋の高等学校の先生になって赴任した。百閒も、自分の出た岡山の高等学校にきまりそうになったが、立消えになった。その高等学校の『生徒だつた当時、生田流の琴と俳句とに身を入れ過ぎて、学校をなまけ、三年生の時は殆《ほとん》ど毎朝遅刻したので、さう云ふ舊悪が邪魔になつたのかも知れない。』と書かれてあるが、とにかくそういう時期に、頭におできが出来て、眠っている間も頭を掻きむしる程に痒くて仕様がない。大学の病院に行って、髪の毛を切ってもらい、薬をつけて繃帯を巻いてもらう。翌くる日はその内側が痒くて、その部分を揉んだり捻ったりするのだが、何んの利き目もなく、拳固をかためて繃帯の上から頭をなぐりつけたり、起ち上がって床柱の角に自分の頭をどしんどしんぶっつけた。半年ほどすぎた初夏になってようやく癒ったけれど、何んとなくさっぱりしないので、熟慮のすえ丸坊主になろうと決心する。老松町の床屋に入って頭の髪を剃ってくれと云うと、手前のところでは、坊主はお剃りいたしませんと断わられた。到頭、漱石山房の近くの小さな床屋に這入って、丸坊主にして貰ってから、ちょうど木曜日の面会日だったので、漱石山房を訪ねる。

『同席の人達も、不思議さうな顔をして、私の坊主頭を眺めた。

「頭がすつかり癒《なほ》りましたので、坊主になつてまゐりました」と私が挨拶をした。

「ふん」と漱石先生が云つて、鼻のわきを少し動かした。

それから暫《しば》らくして、先生は私の頭から眼を転じて、傍にゐる小宮さんの方に向かつた。小宮さんはその当時、長い髪に油をつけて、綺麗に分けてゐたのである。

「小宮なぞには、からう云ふ真似は出来ないだらう」と先生が云つた。それから少し笑つて、「坊主になれるかい」と小宮さんに確かめた。』

——多分、この「掻痒記」の時代であろうと思う。困って、友人にも知らせないように質を置いたところが、期限がきても受け出すお金がない。流しては困る物ばかりである。しかし、どうしていいかわからないので、漱石先生に、秘密な話を聞いていただきたい、と前置してそのことを訴えた。すると、漱石は、そんな事くらい知らないのか、利子をやればいいのだよ、と云って笑われた。帰って利子がどのくらいか調べて来いと云われるので、そうしたら、利子のお金を出してくれたというのである。

また、もう少し後年、いよいよ切迫して、煩悶した結果、湯河原の天野屋に逗留している漱石先生にお金を借りるために出掛ける。旅費は目的地までも怪しいくらいしかない。湯河原駅に著いたら一頭立ての幌馬車がいて乗れとすすめるので乗ったが、蟇口の中には二十銭銀貨一枚しかない。銀貨をつまみ出して縁のぎざぎざを爪で掻いてみながら、この馬車賃に足りなかったらどうしようと心配した。宿についたら幸いその馬車は天野屋の迎えの馬車で只であった。漱石先生にもお目に掛かれて、貸してやるけれど東京に帰って、自分がそう云ったと云って金を出して貰えと云われる。その時のお金は二百円か二百幾円かの大金であった。それで、ほっと安心して温泉に入り、ビールを飲まして貰って御馳走を食べて、のびのびした気持で寝た。翌日は、帰りの旅費とお小遣を五十銭銀貨ばかりで何円か貰って、呼んでいただいた俥に乗って帰ってきた。

『さう云ふ用事で行ったお客でも、宿屋の宿帳から見れば普通の湯治客と変りないから、毎年年賀状を寄越す。』と「漱石先生臨終記」に書いている。

□

芥川龍之介との交友がはじまったのは何時頃《いっ》からであったろう。

大学の四年目というから大正三年か、ギリシャ・ローマ文学史の講義の時間に、コット講師がしきりに当てる名前がめずらしいのでおぼえてしまったという。コット講師は、アキュタガアワ、と呼んでいた。この時分は、名前をおぼえただけで交友はなかった。

芥川との交友を書いた「竹杖記」(昭和九年秋文藝春秋発表のときは「竹笑記」)には、どうして親しくなったかは書かれていない。

『芥川が漱石先生の所に来だしたのは、ずつと後である。そこで私は更《あら》めて芥川と知り合ひ、どう云ふわけだか芥川は私に親切であつた。友情と云ふよりも、友の恩として記憶するところの方が、私には多いのである。』

芥川が自分で書いた年譜によると、「大正四年十二月、久米正雄と共に夏目漱石の門に入る。林原耕三の紹介に拠る」ということになる。芥川は二十四歳、まだ大学を卒業していないがすでに帝国文学に「羅生門」などを発表していた。

百閒は遊食生活一年半を過ごして、ようやく、大正五年、二十八歳で陸軍教授に任官、陸軍士官学校附に命ぜられた。すなわち市ケ谷の陸軍士官学校にドイツ語教官として奉職したのである。俸給月額四十円。就任するといきなり主任から申し渡された。

教官の制服はフロックコートが原則だが、平常はモーニングコート、或いは地味な色ならば背広服を著ても大目に見ます。ただし、帽子、ネクタイなどは万事その心掛けをもって、不体裁にわたらぬよう。帽子は、山高帽子をかぶりなさい――というのである。当時、山高帽子は和製で十円くらい、本場のクリスチイ製だと十五円から二十円したから、とても手が出ない。なるべく安いのをさがして買おうと思って、牛込の神楽坂の通りをぶらぶらしたら、洋傘の張り替え直し屋の店の棚に、山高帽子が一つ載っかっていた。聞くと古いのを繕ったのだそうで、二円五十銭だという、少し頭には大きいけれど紙でも詰めれば間に合う、飛びついて買った。（それを包んでもらって通りへ出たら偶然森田草平さんに出会って、この暮に、そんな大きな買い物をぶら下げて、どうも官立学校の教官になると大へんな景気ですなあ、と云って冷やかされたというのであるが、森田草平氏との深い交友については「実説艸平記」にくわしい）

『いくら諸式の安かった当時でも非常な薄給であったが、何しろ学校を出てから一年有半、収入なしで暮らした挙《あ》げ句《く》なので、月給が安くても貰はないよりは難有《ありがた》い。』

月俸四十円が非常な薄給かどうか現在ではよくわからない。初めは嘱託で月手当金四十円ということで、間もなく本官になって、年俸五百円、これを月給にすると一円六十六銭昇給したことになる。それから又すぐ、六百円になり、次いで高等官の最下級俸の支給をうけることになって年俸七百五十円。
『その出世の早き事、豊太閤の出端も之《これ》に及ぶまいと考へた。』（『続百鬼園随筆』・俸給）とある。

芥川龍之介は大正五年七月に英文科を卒業して、その十二月、横須賀の海軍機関学校嘱託となって、英語を教授するようになった。月俸六十円だった。

士官学校に奉職以後、学校にかぎらず、外出するときは必ず神楽坂の蝙蝠傘張り替え直し屋で買った山高帽子を被《かぶ》るようになった。へらへらな中折帽よりは被るにも置くのにも気持がいいからである。詰襟の洋服に山高帽子、それに洗い晒しの白い軍手をしてどこにでも出掛けた。大分あとになってのことだろうが、芥川がこの山高帽子を変に気にし出した。芥川が友人に云ったというのである。

「山高帽子という奴は、あぶないよ、二重橋からどんどん這入って行って、お廻りさんの厄介になる連中を見たまえ、みんな、きまって山高帽子を被っているから」――その話を伝えた友人が、笑いながら「芥川はまた、むやみにそんな事を気にするたちだからね、僕もまさかと思ったけれど、しかし君にしても、そう云われれば、あんまり安心の出来る人でもないんだから、実はすこし心配してたのさ」――百閒はその話をつたえ聞いて、無理に笑うより外に返事の仕様がなかった。芥川の神経がそんな風に疲れてしまったことが、

さみしかったにちがいない。そんな風にならない頃の芥川は、特に親しく話し掛けて、

『「君の事は僕が一番よく知つてゐる。僕には解《わか》るのだ」

　と云つた。

「奥さんもお母様も本当の君の事は解つてゐない」

　それから又別の時に、

「漱石先生の門下では、鈴木三重吉と君と僕だけだよ」

と云つた。』（『実説艸平記』・「亀鳴くや」）

□

『大正五年の冬、十二月に入つてから先生の病勢は危迫を報ぜられた。門下の者が交替で、泊《とま》り番をきめて先生を看病をした順番が、幾度目かに私に廻つて、八日の夜は病室に隣つた部屋の爐辺に、不眠の一夜を明かした。』（『鶴』・漱石先生臨終記）

十二月九日　夏目漱石歿。

8

『鶴』は随筆文集として第四冊目の著作集である。昭和十年二月、三笠書房から刊行され

た。背皮、白絹張りの堅牢な造本で四百頁、二円五十銭である。その頃の本は普及版のような装釘を簡略にしたので一円くらい、普通の単行本が一円五十銭から一円八十銭どまりで、二円の本は高いと思った。ちょうど岩波書店の第二回目の『芥川龍之介全集』全十巻が毎月配本されてくるのが六百頁以上あって一円五十銭だった。いっぱしの百鬼園随筆ファンを気取ってはいたが、二円以上の本は、なかなか手が出なかった。

『百鬼園随筆』『続百鬼園随筆』『無絃琴』と随筆文集を愛蔵していたが、さて、新しく出た二円五十銭の『鶴』を買うかどうか随分迷ったが、結局買えなかった。『鶴』の目次をみると、「郷夢散録」として幼年時の日清戦役の軍歌の思い出が載っていて、それが四百頁のうち百頁以上を占めている。なんとなくおもしろくない気がした。芥川全集一円五十銭に二円五十銭、計四円の本代はとてもわたしの小遣からは捻出できない。

中村武志さんは『百鬼園随筆』以来の熱烈な愛読者で、もちろん『鶴』も出るとすぐ買ったのを知っているから、読んだあとを借りて間に合わした。日清戦争や黄海の軍歌の思い出は十八九歳の少年には興味が薄かった。

――『鶴』が出て、翌翌月の四月号「東炎」に、「鶴の二声」という短い文章を百閒先生は書いている。「東炎」は大森桐明・内藤吐天主宰の俳句雑誌。投稿の随筆欄は内田百閒選。――先生は東炎同人である。その「東炎」の同じ四月号に、佐藤慵斎（春夫）が、百鬼園先生少少お疲れの態に拝察する、『鶴』は先生の文集の中では余り結構でない方に属する……と戯評を書いたのである。それで、先生が、反撥した。

『「旅順入城式」に通つた嶮路ではなささうだが、「鶴」の道を行けば同じ所に出られるらしく、旅順口を取巻く山山がもう向うに雲の様《やう》な姿で現はれかけた様に自分で思つてゐる。もう一息か二息かで、文章上の種とか材料とかが無くなつて来れば、行程はいよいよ捗《はかど》るものと考へる。』

『材料で話を進めるのは前座のする事だと小生は考へてゐる。種を早くみんな吐き出してしまはなければ本当のものを作り出せないと考へてゐる。小生が、種切れの苦しまぎれに持ち出したかと見える幼少時代の軍歌の思ひ出（郷夢散録の事）と慵齋先生は邪推したけれども、大違ひの勘五郎である。』

『……いつまでもそんな種が腹の中にごろごろしてゐて邪魔だから、小生本人から申し出て郷里の新聞に寄稿して吐き出した。』

その「郷夢散録」を『鶴』に組んでみると約百頁で、ただ原稿ただ原稿と考えていたのが、『鶴』の予定価二円のところを、頁数が多くなって二円五十銭にすると版元が云ってきた。それだけ割のいい印税を著服することになるのでありがたいが、それで本の価《あたい》が高くなって『今度は売りにくいから版を重ねる事が少いとなれば陽報は再び転じて陰損となる。』『慵齋先生は小生が疲労してゐると気の毒がつて下さるが、本人は少しも疲れてゐない。「二十年来、たゆみなく、練りに練りたる我が歩兵」と軍歌を高唱しつつ旅順口に進軍中である。』

愽齋先生失眠の為か、「鶴」に感心してくれぬ事を知ったので、一筆を弄《ろう》する――と前おきにあって、百閒が時に応じて筆にする戯文めいたものだが、そのころの先生の文章に就いての心がまえのほどがうかがわれて、現在よんでも興味ふかい。文題、鶴の二声も、なんとも洒落れている。二声目だからというわけではないだろうが、この短い文章は、『鶴』の次の文集『凸凹道』の附録「雑俎」に収録されてある。当時、軍歌を高唱しながら旅順口に進軍中の先生の足音が、わたしにいくらかでも伝わっていたかどうかは、きわめて疑わしい。

――『鶴』から「鶴の二声」にはなしが逸《そ》れたが、いま、これを書くために披《ひら》いてみた『鶴』を、もう一度ひらいてみると、真紅の見返しに墨で、

進呈　平山三郎君

昭和二十三年六月十五日

従五位　百鬼園

と書いてある。昭和十年に刊行された本に、なぜ二十三年と書いてあるかは、考えてみると、すぐ判った。

二十三年六月というのは、麹町五番町にあった先生の家が終戦の年の五月二十五日の空襲で全焼し、同じ町内の松木さんの邸の塀の、三角にとがった隅の、椎の木陰の小屋に丸

三年間居て、ようやく現在の六番町の三畳三間の家が出来上がったのが、二十三年五月二十三日。その松木さんの三畳の小屋というのは、うち一畳は低い棚になっていて、ふだん坐ったり寝たりするのは二畳だけで、天井も壁もない。トタン屋根の裏側に葦簾が張ってあり、壁の部分は四方みんなゴザが打ちつけてある。それまでは松木邸の爺やが寝泊りしていた掘立小屋で——塀を出ると直ぐ前は四谷見附の土手である。その小屋から、新築された六番町の家まで一丁ほどの距離だから、引越し荷物は両手に抱えて持ち運んだ。蔵書類は、大事なものだけ日本郵船のロッカーに運んであったから、著書は全部焼失を免かれた。

丈夫な包装紙でしっかり縛った包みには、五六冊ずつの本が入っている。包みの表には、たとえば、冥途一冊、百鬼園俳句帖何冊とか、ハッキリ書いてある。戦争末期、先生はこのいくつかの包みを、何日かかかって日本郵船のロッカーに運んだのである。それを新しい家の縁側に腰掛けて、固くきっちりと結んだ紐を解いていると、いかにも戦争がほんとうに終ってまた平生の日日がめぐってくるという、のどかな気分になってくる。——本は刊行順序に一応並べてみて、庭に向いた出窓の下の造りつけの書棚に収めた。

先生の著作本のうち『鶴』と、もう一冊わたしが所持していないのは『旅順入城式』で、その事を先生は三畳の小屋の時分からよく覚えていて、引越しがひとまず片づいた六月十五日に、署名日附入りの『鶴』を取っておいてくれたのである。

「余分なのが一冊だけあって、よかったよかった」と先生は嬉しい表情だった。

9

戦中の先生の葉書が二通ある。一通は昭和十八年三月二十二日鉄道省「大和」編輯平山宛。

今日ハ御面倒ナ事ヲ御願ヒシテ相スミマセンデシタ　前週ノ半《ナカ》バカラ風ヒキニテ発熱シ休ンデキマス　今日ハ少シラクニナリマシタガマダ二三日ハ起キラレヌ様《ヤウ》デス　御約束ノ臺灣ノ原稿ガノビノビニナツテ申訳アリマセンケレドサウ云フ事情デスカラモウ少少猶豫《イウヨ》御願ヒ申シマス　出ラレル様ニナツタラ電話ニテ御知ラセ申シマス　百閒拝

昭和十八年と書いたが、実は消印が不鮮明なので推定だが、前にもかいたように「大和」という鉄道省の雑誌に鉄道の随筆を連載したのは十七年から十八年六月にかけてであって、「臺灣ノ原稿」というのは、どういう原稿だったのか「面倒ナ事」がなんだったたか、記憶がハッキリしない。これを十九年とすれば、「大和」は十九年三月には廃刊になっている。だから十八年として、その当時、「大和」創刊時の課長が台湾の鉄道部長に出向していたから、その課長に台湾の雑誌に先生の原稿を貰ってくれと頼まれていたのかもしれない。先生はそれより前、明治製糖の中川蕃氏に招かれて台湾旅行をしている。台湾にもう一度行きたくて、夢に見るようだとしょっ中云われていた。それで、原稿をおねがいしたようなおぼえもある。

十八年六月号の「大和」で、先生の「百鬼園散録」連載は終っている。終回は「その時分」という、やはり明治の鉄道の思い出である。その原稿が、例によって、一日延ばしに出来上がる日が延びて、それでは、明後日の午後、家に取りに来るようと云われて、わたしは、はたと困った。五月何日か、その日わたしは自分の結婚式があるのだった。それを云うと、先生は、それは知らなかった、どうも、おめでとう、と云われた。そこまでは覚えている。――二十年前の、昭和十八年の古手帳があったのでその時分のことをあちこちさがしてみたが、走り書きのメモばかりで、判然としないが、五月三十一日（月）の欄に「夜百閒先生日食ごち走」と書いてあるので、はっとした。五月に原稿をいただいて、それで連載が終ったから、それで御馳走になったのか、あるいは結婚のことで御よばれいただいたのか、まったく記憶がない。御馳走になったことはたしかだが、その席は誰と一緒だったか、まるでおぼえがないのである。たいへん申訳ないことで、非常に気に掛かるけれど、しかし、先生にこんどお目にかかって、あの時御馳走していただいたのは、あれはどういうことだったンでしょうなどと伺うわけにもいかない。先生は欠かさず毎日日記をつけていられるから、ちょっと古い日記帳を見ていただいて、などと聞けるものではない。

連載の随筆は八回で終ってしまった。もともと「百鬼園散録」は何回連載するというはっきりした約束はなかったのだが、十八年の半ば頃になると戦局がいよいよ切迫し、官庁関係出版物整備要綱というような統制があって、雑誌は交通協力会発行となり、雑誌の性格も変った。随筆の連載をつづけてゆくことが色色の事情から困難になったことを、編集長の三崎重雄とわたしは、日本郵船の先生のところへ了解を得るために訪ねた。

原稿のことで先生にお目に掛かる機会がなくなった。十七年秋から十八年六月までに、先生の著書を持参して、署名して下さいとお願いする機会はいくらでもあったが、それはしなかった。

先生のところへ用事はなくなったけれど、その後、五番町の家へ一升瓶を大事に抱えて、伺ったことがある。当時の事情で、先生はお酒が手に入らないで困っていることは前前から承知していたので、やっと入手した瓶詰を持っていったのである。

四谷駅から雙葉女学校の前を土手に沿って、軍需大臣官邸だという長い長い塀が切れて、その塀の切れた所に、あぶなく通り過ぎてしまう所に五番町の先生の家がある。狭い玄関の土間の向うに障子がいつも閉めてある。玄関の壁の天井に近い隅にやもりが一匹吸いついている。いつ行ってみても同じ位置にじっとしているので、しまいにはそれがゴム製かなにかの作り物だと気がついた。原稿のことでお訪ねしている間は、その障子の向う、つまり座敷に上がった事はない。

一升瓶を抱えて初めて座敷へ通された。郵船からまだ帰宅されないと奥さんが云われるのである。八畳の座敷の正面に、漱石の書が懸かっている下で、煙草ばかり吹かして大分長い時間待っていたが、さっぱり先生は戻って来ない。ふと気づいて、外へ出て、郵船の方へ電話した。むろん先生の家に電話はない。――すると、先生は郵船の六四三号の個室で、わたしが一升瓶を捧げ持ってくるのを、首を長くされて待っているのだった。すっかり恐縮して、打ち合わせの行きちがいをお詫びした。――どうもその時分からわたしは少少そそっかしくて、早のみこみなところもあって、それで先生には随分と迷惑をかけているようである。

□

もう一枚は次のような文面で、十九年九月七日、私製はがきの表に「郵船にて」とある。

御電話ノ後デ気ニ掛カツタ事ハ一件ヲコチラカラ持ツテ行カレルノダトスルト餘程《ヨホド》早クカラ冷蔵庫ニ入レテ貰ハナケレバ冷《ツメ》タクナリマスマイ　当節ノ時候ニテハ折角《セッカク》ノモノガ生《ナマ》ヌルクテハ惜シイ気ガシマス故《ユエ》御抜カリモナイデセウガ宜敷《ヨロシク》御願申舛《マウシマス》　出来レバ一日前ニ入レテ貰ヒタイ位デス」定量ト申スハ平時ノ事ニテ昨日モ有リ明日モアルナラソレデ宜《ヨロ》シイト云フ事ニ致シマスケレド戦時ハ格別ニテイクラデモ有丈《アルダケ》平定シマス　之亦《コレマタ》萬萬御含ミ下サイ

説明を要しないだろうが、この時は、「一件」を、多分五六本、今のステーションホテル、その時分の鉄道ホテル食堂に持ち込んで一献した。この時は、中村さんとわたしの三人で、たいして御馳走があるわけではなかったが、一テーブルに二本のあてがいぶちをまたたく間に済ませ、テーブルの下に風呂敷でくるんで持ってきたビール瓶を次次に抜いて、まわりのテーブルの視線を集めた。註文通りに冷蔵庫に入れておくような器用な真似はできなかったが、量的には堪能し、「有ル丈平定」した。その頃の国民酒場で、空カンに入れた割ばしのクジに当たると、入口でビールを一本栓を抜いたのを渡される。コップも椅子もないから卓の前に立ってラッパのみをする、場内は硫黄マッチの煙がたちこめて馴れないと咳がでる。用意のいいのは、ビールの肴《さかな》を紙きれに少しつつんだのとアルミのコップなどを持参している、それでも結構ヤレますヨ――というような話をして、よろしかったらこんど御案内しましょうかと云ったら、先生は慌てて手を振った。――窓を全部黒いカーテンで仕切って、わたし達は鉄カブトにゲートル巻。先生もたしかゲートルを余り上手にではなく巻いていた。食事中は鉄カブトを椅子の背にぶら下げておいた。その鉄カブトの冷たい感触をいまだにわたしはおぼえている。

10

『百鬼園日記帖』『続百鬼園日記帖』は、昭和十年四月と翌十一年二月とにわけて、三笠書房から刊行された。大正六年から十一年までの日記がそのまま刊行されたのである。二冊の自序的「凡例」の「一」だけを再録する。
一　概見スルニ大正六年ハ著者ノ年齢二十九歳ニシテ鬱悶《ウツモン》ノタメ頻《シキ》リニ過去ニ拘泥シ死ヲ恐レ沈屈ノ情発スル能《アタ》ハズ七年ニ入リテ少シク立命ヲ得タルニ似タレドモ八年ハ再ビ憂悶ト焦燥ニ始終シ外ニハ身辺交友ノ間ニ不祥ノ事多ク内ハ生活ノ破綻《ハタンヤウヤ》漸ク彌縫《ビホウ》シ難《ガタ》シ
一　続篇ハ大正八年ノ後半ヨリ始マリ奔命ニ衣食シテ九年ニ入レバ焦燥益《マスマス》甚シク十年十一年机辺ニ在《ア》ル事漸クマレナリ

□

大正六年から十一年頃までの生活を年譜風に概略すると――。

六年、陸軍士官学校勤務のかたわら、岩波書店第一版、漱石全集の編纂・校正のために、森田草平、石原健生とともに築地活版印刷所十三号室に通う。

七年、芥川龍之介の紹介によって、海軍機関学校兼務教官を嘱託された。

八年、三十歳。マイステル、ゼロニモ、ホフマンを翻訳。五月、「盡頭子《じんとうし》」を書く。「件《くだん》」の腹案なる。本郷春木町中央会堂で、宮城道雄の自作箏曲発表演奏会を聴く。

九年四月、新大学令の施行と同時に法政大学教授、獨逸語部を担当する。五月、宮城道雄に初めて箏を習う。

十年、「新小説」一月号に「冥途」を掲載。四月号に「短夜」、五月に「木霊《こだま》」、六月号に「蜥蜴」、七月号に「烏《からす》」を掲載する。

十一年、二月、創作集『冥途』を稲門堂書店より刊行。八月「春心」「先行者」「大宴会」「梟林漫筆」などを執筆。――

「梟林漫筆」は一章から八章まで一章一章区切られた原稿用紙十八枚くらいの文章で、のち、十年以上も経過した昭和八年の「百鬼園随筆」に収録されることになる。「百鬼園随筆」が、いわゆる洛陽の紙価を高からしめたという時分は、いっぱんには百閒随筆の図抜けたおもしろさ、魔法のような文章、にじみ出るユーモアなどという新聞広告の文句のようなことが印象づけられていた。たしかに「百鬼園随筆」のおもしろさは、有名な貧乏話、借金道の極致、高利貸のはなしなどのある「貧乏五色揚」とか、なんともユーモラスな「百鬼園先生言行録」「間抜けの実在に関する文献」などが代表していたかもしれないが、それらの間に「梟林漫筆」とか「梟林記」のような文章が何気なく入っているのを読み落していたような気がする。「梟林漫筆」は、日記の「凡例」で書かれてあるように大正六年から十一年にかけての、息がつまってきそうな日常の感想のなかでも、比較的明るい挿話が短章として綴られてある。この時期は、大学を卒業して一年半遊食したという時期よりも、もっとやりきれない時期ではなかったかと推察される。

「日記帖・凡例」の最後には、
一　本書ノ性質上読者ガ拾ヒ読ミヲ避ケラレン事ハ特ニ著者ノ悃願《コングワン》スルトコロナリ

とあるが、これは少しムリな註文である。この日記帖の、もひとつ奥の実生活を知りたいと思う興味からは決して読まないつもりではあるが、たとえば、大正八年七月――。『三日木曜。朝士官学校へ行つたら俸給が上がつてゐた。十一給俸八百五十円。それに割増五割で千二百七十五円。それに機関学校の六百円を加へると千八百七十五円になる。借金さへなければ生活には困らないだらう。少少《せうせう》上がつたつて金が足りないのには格別変りもないからつまらない。』

――などと読めば、「百閒年譜」大正八年の項に、ついそれを入れたくなるのだ。

たとえ十年以上昔の日記でも、『文章ハ推敲《スヰカウ》ヲ施《ホドコ》シアラズ凡《スベ》テ当時ノ日記帖ニ記入セル儘《ママ》ナリ』で、よく活字にして刊行してしまったものだと今になって思う。昭和十年頃に、現存している作家が日記をそのまま発表するという例は他にないようだ。しかしわたしは、この当時、それがどんなに特異なことであるか、またこの日記帖が先生にとってどれほど貴重なものであったかも理解できなかった。

浅墓《あさはか》なる読者であったわたしは更に浅墓なことに、『続百鬼園日記帖』の奥付の後ろについている諸家の読後感想のなかで、森田たまさんが、

――「既に百鬼園日記帖の上木された以上さしつかへないと考へ、書簡集はいつ頃出るのでせうとおたづねしたところ、それだけは勘辯して下さいと內田先生は苦い顔をされた。／だが私の考へによれば日記帖も書簡も人の眼にふれずしまはれてあつた點に於て、――

書簡の方は相手の眼にふれてはゐるけれどこれはただ一人の事だからやはり日記帖とあまり変りがない。それなのに日記帖だけ美しい本となり、書簡の方はいろいろな他人の筐底に空しくいつまでも秘められてあるなどとは甚《はなは》だ手落ちのさたではないかと思ふのである。／（中略）百鬼園先生にお眼にかかつて最早や十年、その間に頂戴したかずかずのお手紙は、葉書の一枚も欠かす事なくしまつてある。一枚の葉書といへども其処《そこ》にはかならず百鬼園先生の面影がありありと浮き上つて見えるからである。（後略）」

と書いてあるのをよむに及んで、なるほど、これはもっともな感想であると同感した。「日記帖」もさることながら、まったく「百鬼園書簡集」が出るようなことがあれば飛びついて買うのだが、と考えたことであった。

□

日記帖をよんでゆくと、『冥途』に収めた十八章の創作がどんな日常生活の中で書かれたかがよく判る。しかし春陽堂から刊行する筈だったのが、稲門堂の小柴権六氏から十一年二月に刊行されたいきさつはどこを読んでも出て来ない。大正八年四月下旬、春陽堂の木呂子氏が冥途の出版の用で来たが、まだ原稿の整理も出来ていないから、「何《いつ》れ直した上で又知らせる事にして帰す」とあっさり書いてある。それから三年目、大正十年の秋になると、しきりに、「冥途」の原稿整理、という文字が出てくるが、「続百鬼園日記帖」の記載は九月で中絶し、翌十一年は八月だけの抄録となっている。つまり、二月に出た第一創作集である『冥途』については「日記帖」ではなにも知ることができない。だいぶ後になって、『冥途』について大体次のような感想をのべている。

……『冥途には夢があるかも知れないし、僕のポエトリーがあるかも知れない。あれは五年、十年、或《あるひ》は二十年掛かつて組立てたものです。』

11

終戦の年の二月二十五日、日曜日、わたしは鉄道省に出勤して宿直する番にあたっていたから、午後おそく雪の降りしきっているなかを、阿佐ヶ谷駅から中央線上りに乗ったが、断続する空襲警報におびやかされて電車がさっぱり先へ進まない。一時間近くもかかってようやく四谷駅までできたが、いつ発車するか判らない。麴町一帯は大丈夫だとは知っていたが、ここで降りて、五番町の先生の家の前を通って様子を見ようと思い、電車を降りてしまった。前日から降りつもった雪が暗い四谷の土手にうず高く白かった。

土手を右へ曲がって、長い塀の端《はず》れの、先生の家の二階家が近づいてきた。一帯に停電している中で、その二階の窓辺が、行燈をともしたように、ぼんやり明るい。明るさは微かな気配がして動き、ローソクの灯かもしれないと思いながら、鉄カブトをずり上げてわたしは家の前をゆっくり通りすぎた。夕方の七時ころなのに四辺《あたり》は静まりかえって人影もなかった。地震やカミナリがあんなに嫌いな先生が、今日のような激しい空襲爆撃の音を、どんな風にすごしたことだろう。二階の書斎の窓辺がほのぼの明るかったことが、いくらかわたしの気持を救った。市ケ谷から一口坂、九段坂上まで凍《い》てた雪道を急いで歩きつづけたが、靖国神社の脇を神田の町の方へ降りて行きながらわたしは立ち止ってしまった。予期していた雪の町並の眺望はなく、火煙が大きな渦を巻いて神田の町町一帯を包んでいた。

三月上旬わたしに赤紙、第二国民兵の召集令状がきた。東部六部隊の営庭の面会所に、中村武志さんが面会に来てくれた。お握りに、ゆで玉子に、改造文庫の作者別萬葉集と、虚子の歳時記を持ってきてくれた。麹町の先生の家の前を先月の大雪の晩通ったというような悠長な話をする暇はなかった。大いそぎで握り飯にかぶりついた。――それから一週間後、銃剣を持たない地下タビを穿いた丸腰の兵隊達は、下関から関釜連絡船の船底のカイコ棚様ベッドに詰め込まれて釜山に著いた。ワラをしいた有蓋貨車に乗りこむと列車は行先もわからず朝鮮半島を北上して行った。

□

五月二十五日の東京空襲で、先生の五番町の家は焼失した。

東京の大半の町町が焼野原になってゆく詳細な記録は、『東京焼盡』に日日の日記として残っている。何月何日グラマン機が何機どっち方面から侵入して来たか。何日に配給のお酒が何合あって、という事を知りたいひとも、戦中の耐乏生活をもう一度感覚的に体験したいひとにも、この空襲日記はたいへん貴重な本である。その前書に次のように誌している。

序ニ代ヘル心覚《ココロオボエ》

○本モノノ空襲警報ガ初メテ鳴ツタノハ昭和十九年十一月一日デアル
○ソノ前ノ十七年四月十八日ノどうりつとるノ空襲ハ後ノツナガリガ無イカラ触レナイ
○初メノ内ハ一機ノB29デ空襲警報ガ鳴ツタ
○後ニ空襲擦《ズ》レガシテ編隊デ来ナケレバ警戒警報デ済マセル様《ヤウ》ニナツタ
○廣島長崎ノ件ノ後ハ又一機デモ空襲警報ガ鳴リ出シタ
○ソレハ降服直前ノ二十年八月十日過ギノ事デアル
○十九年十一月二十九日夜半ノ焼夷弾攻撃ニ依《ヨ》ル神田日本橋ノ大火ヲ皮切リニ
○殆《ホト》ンド連夜ドコカニ火ノ手ガアガリ
○二十年一月二十七日午後曇天ノ銀座ノ爆弾攻撃
○三月十日ノ本所深川淺草カラ九段ヘ掛ケテノ大空襲所謂絨毯《イハユルジユウタン》爆撃ニ続イテ
○四月十三日夜半ノ空襲デ四谷牛込ノ大半ハ灰燼《クワイジン》ニ帰シ
○同月十五日ノ未明ニハ品川大森蒲田ノ一帯ガ火ノ海トナツタ
○サウシテ五月二十四日カラ二十五日二十六日ニ及ブ仕上ゲノ大空襲トナリ

○二十五日夜半ニ家ヲ焼カレタ
○焼カレタ後ノ焼ケ出サレノ明ケ暮レニ忘レラレナイ数数ガ残ツタ
○ナゼ疎開シナカツタト云フニ行ク所モ無カツタシ又逃ゲ出スト云フ気持ガイヤダツタカラ動カナカツタ
○何ヲスルカ見テキテ見届ケテヤラウト云フ気モアツタ
○ソノ晩ハもろとふノ麺麭籠《ぱんかご》カラ焼夷弾ガ足許《アシモト》ニ落チテ来タ
○アノ時ヨク死ナナカツタト思フ
○十年前ノ日記ヲ披《ヒラ》イテ辺《アタ》リ一面ノ燄《ホノホ》ノ色ヲ思ヒ出ス
○原稿ノ整理ニ就《ツ》キ平山三郎君ノ協力ガナカツタラコノ本ハ日ノ目ヲ見ナカツタデアラウ

昭和三十年二月十七日　百鬼園識

□

昭和二十一年の春匆々、先生の罹災している小屋をお訪ねした。北支の唐山市、そして密雲から北京・天津を経て、塘沽《タンクウ》から、LST（上陸用舟艇）にのせられて命からがら復員したのが敗戦の年の暮の二十七日である。カーキ色の兵隊服でわたしは青ぶくれにむくんでいた。

先生は、支那服の上ッ張りのようなものを著て、たいへん痩せて見えた。その時、二畳敷の小屋に上がらせて貰ったのかどうか忘れたが、学生机の前に先生が坐っているだけで小屋の中はいっぱいのように見えた。わたしが小屋に上がれば、奥さんはしぜん小屋の外に押し出されてしまうような気がした。

それから、ひんぱんにお訪ねすることになる。四谷見附の土手には、防空壕をそのまま穴居生活している人達もいたから、汚れた軍靴とカーキ色の服でわたしは平気だったが、先生の小屋（と再三云ってわるいが、前に書いたように、それは掘立小屋であることはまちがいない）の座敷に上がって、先生が坐っている机の右どなりのわずかな空隙に身体を入れ、坐ると、身動きができないのである。背中は、戸棚である。左側は字引とか書籍が積み上がっている。右の方は、いま跨いで這入った一升瓶や御飯ムシの様なものが、いずれも、きちんと整頓されて置いてある。幸いわたしは、あぐらをかくより膝を折って坐ってた方がいいのだが、しかしそれも時間が余り長いと、感覚がなくなってくる。先生の話の途中でも、失礼して、ちょっと立ち上がらせてもらう。膝頭をぐりぐりと揉んで、しばらくは息もできないような気持で、それから又坐り直すのだが、足を前に伸ばそうとしても、膝の前には机の両脇の脚があるから伸ばすわけにはいかない。先生と机を向い合った場所、つまりわたしの右側に坐っている奥さんが、ほんとに痛そうだわ、と気の毒がってくれるのだけれど、返事ができないほど痛いのは事実なのである。

その年のわたしの古い手帖、五月二十九日の欄に、先生誕生日、夏目伸六氏と唐助さんと御馳走になった。夜十一時。などと書いてある。あの狭いところに三人も坐ったとは到底考えることができない。何かのまちがいだろう。

先生のところへ、三日にあげずお邪魔するのは、御馳走になるためばかりではない。北シナにいて、いつ日本に帰れるか一切わからない時分、戦友の甲府の材木会社の社長が、万一、日本へ帰れたらお前は何をやりたいというから、——自分の好きな作家の作品を、好きな装釘にした本を作る出版をやりたいなとこたえた。それが帰国できたのだから、あの時の話を実現しよう、金は心配するなと材木会社社長が云うのである。カンヅメや闇物資を追っかける商売が大手を振って横行していた時期だが、材木社長が云うことはまんざらウソでは無さそうなので、それでは、百閒随筆集を出版しようと考えた。

先生に相談したら、国鉄のまじめな勤め人（とは云われなかったかもしれない）が、そんなことに手を出して大丈夫か、と危ぶまれた。

戦後すぐの先生の著作集は、二十一年四月に『丘の橋』、五月に『私の先生』、七月に『戻り道』、八月に『立腹帖』と出ているが、いずれも増刷本、または戦前の文集から編んだ編纂本ばかりである。先生は、鳥籠の中のような小屋の生活で、新しく原稿紙に向うことができない。書かれるものは、短い文章ばかりで、桝目もなにもない仙花紙のような紙片にエンピツで書かれていた。

二十一年二月一日創刊の「べんがら」という小冊子は、村山古郷編集兼発行人の俳句冊子である。その号に、先生の「三馬《さんま》」という文章が掲載されている。——晩の御飯の支度を待っていて、

『用意が出来たら机が餉台《ちゃぶだい》に早変りをする。小屋の隅《すみ》にほつたらかしてあつた机をその儘《まま》借りたのであるが脚《あし》が離れさうになつてゐて時時抽斗《ひきだし》が下にぶら下がる。小屋は三畳敷でその内一畳は低い棚が出張つてゐる為に坐ることは出来ない。残りの二畳の畳の上にも色色の包《つつみ》が頑張つてゐるから家内と二人でやつと膝を容《い》れるだけのお座敷である。夜になると机を低い棚の上に載せなければ寝床を敷く所がない。朝になると机を下ろさなければ棚が使へない。その為にがたがたしてゐる机がますますゆるんで来るらしい。今にちやんとしたところに落ちつき、ぐらぐらしない机に向かふ事が出来たら、肘《ひぢ》をついた時などの気持が違つてちつとも揺れない机は却《かへ》つて変だらうと思ふ。』

謝礼、つまり原稿料などというものは云うまでもなくありはしないが、先生は学生机の上でエンピツでメモを書くようにコツコツ原稿を書いた。俳句誌「べんがら」は暫らくの間、先生の戦中日常を連載した。

先生に危ぶまれたけれど、とにかく出版屋をやろうと思う。本屋の名前を先生に決めてもらった。べんがら屋書房がいいだろうと云われる。ほかに、ちんぴ、という案があった。七味に入ってる蜜柑の皮のことだろうが、ちんぴはかんべんしてもらった。べんがら、は

染料に用いるべんがらで、紅殻、または、榜葛刺とも宛字する。出版屋の方は、榜葛刺屋書房とした。村山のべんがら、平山のべんがら、と先生に余計な混乱を起させないためである。

□

べんがら（榜葛刺）屋書房の処女出版は内田百閒著『御馳走帖』である。二十一年九月末刊行、定価二十円。装釘は鈴木信太郎画伯、中身はザラ紙で二六〇頁のハリガネとじ。「序に代へて――昭和二十年夏の日記を抄綴す」が、巻頭に八頁載っている。

七月十三日金曜日。午後出社ス。会社ニテ古日カラ麦酒《ビール》一本貰ツタ。夕帰リテ井戸水ニ冷《ヒ》ヤシテ飲ム。コノ頃ノ麦酒ハマヅイナドト素人《シロウト》ガ申スナレド然《シカ》ラズ。タツタ一本デモ初メカラソノ覚悟デ飲ンダカラヤレタ。家ノ焼ケ跡ノ玄関ノ戸棚ノアツタ所ト台所トノ二ケ所ニ麦酒罎ノ王冠栓ノ焦《コ》ゲタノガ小山ノ様《ヤウ》ニ盛リ上ガツテヰタノヲ思ヒ出シタ。

七月十七日火曜日。（中略）午後団子腹ニテ颯爽《サッサウ》ト出社ス。雨大イニ降リ出ス。夕帰ル。東京驛ニハ屋根ガナイ。傘ヲサシテ改札口ヲ通ル……。

屋根のない東京駅、その広場の芝生で或る午後、胡瓜とどじょういんげんを売っているのを見て、とっさに買う気になる、胡瓜二本一括りを二括り四円、いんげん十八本で一円、計五円。八月二日、古日さんがお酒一升買っておいてくれた、百七十五円。翌三日、古日さんと一献、肴は配給の茄子二個焼いたのと、トマトの残りと貰いものゴジルと云うもの、生葱キザんだのを酢味噌、味噌豆瀝粉米、一合許り残った丈にて大体片づく——。
戦中の日録の一部を序文にして本文は戦前の、馬食会、船の御馳走、大手饅頭、謝肉祭、などの御馳走を主題にした文章を集めた。附録として、お祭鮨魚島鍋、餓鬼道肴蔬日録、お膳日誌、が収録された。餓鬼道日録の註に曰《いわ》く。
昭和十九年ノ夏初メ段段食ベルモノガ無クナツタノデセメテ記憶ノ中カラウマイ物食ベタイ物ノ名前ダケデモ探《サガ》シ出シテ見ヨウト思ヒツイテコノ目録ヲ作ツタ
作った時と場所は『昭和十九年六月一日昼日本郵船ノ自室ニテ記』とあって、
さはら刺身生姜醤油　／　たひ刺身　／　かぢき刺身　／　まぐろ霜降りとろノぶつ切《ぎり》　／　ふな刺身芥子味噌　／　べらたノ芥子味噌
など、いつも食べていた物、人からおくられてその味忘れ難き物などを約八十種ほど列記した、おしまいの方は、岡山のお祭鮨、こちめし、汽車辨当、駅売りの鯛めし、押麦でない本当の麦飯、などが挙げられてある。「お膳日誌」の方の副題には、
オ数《カズ》ノ名前ヲ知レルハ貧乏人也《ナリ》
オイシイ物シカタベヌハ外道《ゲダウ》也
オイシクナイ物ヲ好ムハナホ外道也
昭和十一年七月二十七日
合羽坂城主　百閒

とあって昭和十一年の或る期間のお膳の上の御馳走メモが列記された。

『御馳走帖』は、敗戦の翌年の、御馳走どころか満足に食べるもののない時期、また読むものが満足にない時期に、一萬部刷って、全部売り切れてしまった。奥附をみると、発行者、杉並区天沼三ノ八〇六　鈴木正、同、榜葛刺屋書房となっている。——名義人はこうなっているけれど、これは前にかいた山梨のわたしの補充兵の戦友であって、同時に同書房の出資者である。出版についての事務、営業的な雑務一切は中村武志さんとわたしがやった。戦前、戦中の本にくらべれば、ハリガネとじ、ザラ紙で非常に見劣りがするが、『御馳走帖』が出来した翌十月中旬、目白の中村さん宅へ先生に来ていただいた。三人だけでささやかな出版記念小宴を行ったのである。

そのころは奇妙な時代だった。日本において発行せらるるすべての出版物は連合軍最高司令部民事検閲局の検閲を受くるものとす——などという制度があって、『御馳走帖』の校正刷を持ってわたしは、田村町の関東配電ビルかにあった民事検閲局ナントカ出版課をおそるおそる訪ねたことや、検閲条項（？）の中に、〈墨による記事の削除、二重刷による変更及び空白の残置もこれを許さず。とくに伏字、例へば点々（……）丸々（〇〇）ばつばつ（××）の使用は使用目的の如何《いかん》を問はずこれを禁ず。〉また、〈「大東亜戦争」「大東亜共栄圏」「八紘一宇」「英霊」の如き戦時用語の使用はこれを避くべし……〉などというケンエツのはなしをして、先生の書くものには、なんにも引っかかりがなくてよかったです、とその晩の酒間の話題にした。しかしそんな話をするにも声を低める気持だった。先生は、ボクは英霊という言葉がいやで、英霊という文字を使わないで英霊のことを書いた文章があるなどと云った。(『戻り道』収録・西日)

この頃、船橋にいた村山古郷さん主宰「べんがら」と、杉並阿佐ヶ谷「べんがら」と、先生が云うには船べんとアサべんと合同宴をやろうという先生の提案で、お金を先生から戴いたりした。また、某氏が先生に書いてもらったのれん「べんがら」で有楽町の当時の邦楽座の裏の空地におでんや屋台を出したひとがいて、そこへ開店祝いに麦酒をのみに行ったりした。先生が種をまいた「べんがら」があちこちに混乱した時期があったけれど、直接には先生に関わりは少ないので省略するが、かんがえると時期的な順序が前後混乱して、どうしてああいうことになってそうなったのか今では判然しないような、ひどく怱忙な時期である。市川の土居蹄花さん宅で御馳走してくれるから連れて行ってやろうと先生が云われるのでお伴したら、土居さんの客間はタイル張りの風呂場にタタミを置いた部屋だった。そこで酒盛りがはじまったが少しもふしぎではなかった。それで、先生から谷中画伯のことを聞いても、そんなにおどろかなかった。

谷中安規画伯が、駒込の焼け跡の原ッぱの真ン中で、手製のバラックに雨露をしのいでいるそうだから、雑誌のカットを頼んでやってくれ、と先生が云われたのである。安規画伯は、先生の著作集の装釘はもちろん、童話集『王様の背中』、時事新報の先生の唯一の新聞小説「居候匆々」の挿画など描いた、異色な創作版画家である。戦中東京滝野川のアパートに住んで戦災をうけたあと消息が知れなかった。いくらか放浪性と奇行瓢逸な画伯を、先生は風船画伯といって非常にその才能を高く買っていた。

谷中はネ、と先生が云うのである。興がひとたび湧《わ》くと、夜中でもなんでもはね起きて、下宿の床柱や板ノ間に彫刻刀をふるって彫ってしまうんだ。——また、百閒宅へおよばれしての帰り、四谷の交番のお巡りさんに挙動不審でつかまった。交番の前まできたらお月さんがあんまりきれいだから、その場に下駄を脱いで、その下駄の上にちょこんと腰を下ろして、のんびりお月見をしていたからである。

雑誌のカットを註文してやって下さいというのは、そのころ中村さんは国鉄に復職してわたしと一緒に運輸省機関誌を編集することになっていたからで、その創刊号のカット画を頼むために、わたしは、七月中旬の暑い最中、国電駒込駅を降りていちめん焼野ヶ原のなかをうろうろとさがしまわったのであるが、やっとさがしあてて、わたしはその焼けトタンで囲んだバラックの余りのひどさに思わず這入りそびれた。

前後するが、先生から風船画伯あての手紙が活字になって、妙ないきさつから残っている。

芳墨拝誦《ハウボクハイショウ》シマシタ。世間ノ風ガ随分荒レテキマスカラ風船ノ繋留索、イヨイヨ強靭《キヤウジン》ナランコトヲ祈リマス。同封ハ薫風見舞ノシルシニ御目ニカケマス御受納下サイ二百坪ノ畑ハ一坪ガ一歩《イチブ》ニテ三十歩ハ一畝《イッセ》ナレバ二百歩、即チ七畝足ラズデセウ。十畝ニナルト一反《イッタン》デスカラ大地主ト申スベキカ、大農ト称スベキカ御自愛ヲ祈上候《イノリアゲサウラフ》

宇田川知足画伯虎皮下　五月某日　馬園拝

この書簡を冒頭にした谷中安規記すところの「かをるぶみ」が画伯の遺稿として「藝林閒歩」（二十二年三月号）に載ったのである。益益脇みちへそれるが、その「かをるぶみ」によると、風船画伯は二十年卯月十三日夜半大空襲で戦災者となって、牛の住んでいた牛小屋の半焼小屋に起きふし、二百坪近い空地の一角に植えたかぼちゃが思いがけなく大繁昌。やがて終戦。――『なんと荒涼としたやけあとの光景でありましたらう。天日もこの世ならぬ照らし方、狐狸《こり》さへすまはぬ程の、それは先生の処女作、アメリカ国ポオ氏やドイツ国のA・T・ホフマンと比肩すべき日本的異怪の作、冥途よりうけるフンキキと一脈通ずる凄相《せいさう》さを感じさせました。もとのおやしき町の広荘な邸宅をとりかこむへいとへいとの中にはさまつた閑雅な二階建、かたみの松だになく、やけたと申しますよりは忽然《こつぜん》として消えてしまうたとしか思はれません。』『土手ぞひの小道のかたほとり、やけのこつた塀の隅、ホツタテ小屋でありました。全く百馬先生かくれ家《が》の段とでもかたりいでたいおもむきでした。おくさまは姉さまかぶり軒下で七輪の下をあふいでいらつしやる。そこへもうろうとあらはれたこの男をみとめオヤとおどろき顔は声となる。ママ宇田川さん。アナタ宇田川さんで御座いますね、その声に小屋から先生の顔、やア風船さんよくこられま

した。おたつしやでなによりでした、風船さんの消息のその後、あとをたえたで、これは到頭、風船玉がハレツしてめでたく昇天なされしか無事でいらつしやればいいにと時々案じてをりましたが、御無事でなによりでした。わが大画伯の頭上へもここなる大文豪の足下へもその威武に恐れをなしてか、爆弾、焼夷弾の方でよりつけなかつたものと見えますな、支那服を身につけられた先生の御様子には、むかしもいまも一向おかはりは見うけられませんでした。』

——風船画伯は、不時のお金が入ったりすると動坂あたりの闇市でサッカリン入りコーヒーなどを見境いもなくのんでしまう。主食といったら「おかぼちゃ」だけで、だから、なるべく早く谷中の所を訪ねてやってくれと先生は云われるのである。

それで、わたしは、人が住んでいるとも思われないその焼けトタンの中に声を掛けたのだが、かぼちゃの蔓のからみついた焼け柱の間から、真黒に油ぎった羅漢さまのような人物が出てきたときは、思わず後ずさりした。汗でぎらぎらとかがやいた真黒な裸体だった。腰にまといついた下帯様のボロきれは垢でかたまり、そこは正視することがはばかられた。

その夏、谷中画伯をなん度か訪ねた。依頼したカット画の描き残した部分を画伯はわたしの見ている前で丹念に仕上げてくれた。木刻画といっても材料がないから、黒く塗り潰した画用紙に白いポスターカラーで画を黒く残してゆくというやり方で、眠った虎の背の上で笛吹童子が描かれた。童子はうっとりと目を細めて横笛を吹いているのだが、谷中さんは、音が出ているかな、いい音が出るかなと無心に呟きながら絵筆を運んだ。虎は眠っているのではなく童子の笛の音に聞き惚れているらしかった。

谷中安規遺文「かをるぶみ」の末尾は、

百馬城主　内倉百馬園先生

虎皮下の下のそのまた下

おかぼちやさま国建設委員長

雲居復興農園主風船画伯

となっている。「藝林閒歩」（編集部註）として、この遺稿は昭和二十一年七月に書かれ、「編集部によつて清書された。彼は同年九月九日朝東京都滝野川区中里町五九の自製バラックにて孤影むなしく逝去」したと誌されてある。

べんがら屋書房の第二出版は、漱石に就いて百閒の書いた文章を集めて上木しようとした。先生は、メモに、「漱石雑記帳」、「漱石散記」、「――散録」、「――散筆」といくつかの書名を示されたが、雑記帳に落ちついた。『漱石雑記帳』は「漱石山房の記」という旧い文集に「漱石山房の夜の文鳥」と「漱石雑話」を加えたもので、全部組み上ったけれど、或る事情でその紙型を湖山社という出版社にうりわたした。べんがら屋書房の資力では当時うなぎのぼりの闇紙価には到底追いつけなかったのである。これで、第一次べんがら出版屋は潰れたことになる。

12

二畳の小屋のちゃぶ台代りの学生机の上では、原稿用紙をひろげることもできなかった。戦後すぐの文集は『新方丈記』（新潮社）であるが、収録枚数、四百字詰原稿にして百枚位の薄手の単行本である。大半は戦中戦後の日記であって、その外「椎の葉蔭」の短い文章は前記のように俳句冊子べんがらに八回連載した。短い原稿は有り合せの紙片にエンピツで書き、それをわたしが原稿紙に書き写したりした。この時期に刊行されたのは増刷本、編纂本が多い。『私の先生』『立腹帖』『御馳走帖』『頬白先生』『俳諧随筆』『花柘榴』『さむしろ』『長い塀』は二十一、二年にかけて編纂刊行された編纂本である。編纂本は、ひとつの系列に属するものを一冊に集めた本で、たとえば『俳諧随筆』は俳句に関した文章を順序立てて編集した本である。編纂本は一二を除いてわたしが編纂し、校訂した。

二十一年八月一日（封書）
麦酒《ビール》ノ御配慮誠ニ難有《アリガタク》存ジマシタ
竹内ノ事　愛育社ノ事等何卒宜敷《ナニトゾヨロシク》オ願ヒ申シマス
昨日櫻菊書院ノ小生ノ本ノ事ニ就《ツ》キ夏目伸六サンガ来マシタ　ソノ事デ貴兄ニオ願ヒ致

シ度《タ》イ事ガアリマスノデ実ハ今日アタリ入《イ》ラツシヤルカト心待チニオ待チシテヰタトコロデス　今日××君ノオ使《ツカヒ》ヲ戴イタトコロヲ見ルト今日ハ御都合ガ悪イノカト思ヒマスカラ明土曜日オ差閊無《サシツカヘナ》ケレバオ帰リニ一寸《チョット》寄ツテ下サイマセンカ或《アルヒ》ハマタソノ後ニナツテモ結構デスガ成《ナ》ル可《ベ》ク早クト云フ事デドウデスカオ願申《マウシマス》〼　明日ノ午後遅クカラハ櫻菊書院ヘ出カケルツモリデスカラ一時過ギ迄ニハ片附ケキテオ待チシテキマス

榮

八月七日　（ハガキ）

櫻菊書院カラ更《アラタ》メテ　続百鬼園随筆ト有頂天ヲ探シテ買ツテクレト云ツテ来マシタカラ又ドウカ宜シクオ願ヒ申シマス　大判ノ冥途ハ取リ戻シマシタカラコノ次ノ折ニ御持チ下サイ　今日ハヘンナ風ガ吹クノデ屋根裏ノゴミヲムシツテ落トシソコラヂユウゴミダラケデ困リ升《マス》

八月二十九日　（ハガキ）

竹内ノ事ニテ先日来ノオ骨折リノ趣《オモムキ》誠ニ難有存ジマス　然《シカ》ル処《トコロ》天理王ノ命ハ今日ニ到リテ未《イマ》ダ御下ゲ渡シノ神意動カズ甚《ハナハ》ダヒカラビテ干瓢《カンぺウ》ヲ秋風ニ吊ルシタル如《ゴト》クナレバ一番タシカト思ハレル明三十日ノ長イ塀ガ外《ハッ》レマセヌ様《ヤウ》ドウカ今日ノ内ニ電話ナリニテ何

トカオ打合セシテ置イテ下サイマセンカ　申ス迄モナイ御心遣ヒノ事ト思ヒマスケレド

アンマリ待チ兼ネテ一筆オ願ヒ申シマス　榮

「神意動カズ」という出版社は養徳社のことで、『私の先生』という編纂本を出した。狭い小屋の中で、どっこいしょと先生は立ち上がる時、よっとこしょッと掛声を掛けていた。ようとくしょッ。ようとくしゃから早く印税を持って来いというくらいの気持である。長い塀は編纂本の書名。

□

九月二十七日

昨日ハ午后大井サンガ来テ一旦《イッタン》帰ツタト思フト夕方マタヤツテ来テ月桂冠ヲ一本上リロニ置キマシタ　ソレガ皮切リニテ一夜アクレバ今日ハコノ辺ノ配給デス　コチラハ金鵄正宗ナリ　サウナレバヒトリデニ入手出来ルロガ幾ツカアリテ一両日ニ二三升ハ大丈夫デス〔近日中ニマタイツカノ様ニ一献《イッコン》シマセウ〕モウ今日ハ小生恒心アリテチラクラシテキナイ　シカシ又ヂキニ無クナリマスカラ又モウクサラナイカラロヲカケテ下サツタ分ハ全部取リニガサヌ様ニ願ヒマスケレド一日半日ヲ争フ事ハナイカラ一寸オシラセ迄

大井征氏は法政大学フランス語教授、第二教養部長。（大井征先生からわたしはフランス語を無理矢理に詰め込まれた。ぎゅっという目にあったが、そのぎゅっという目にあった原因は、すべて百閒先生のお陰で、しかしこれは別な話になる）――先生からお酒の入手についてはこの頃も頼まれていたが、なんとかして手に入れたのは、たいがいわたしがお相伴して、御馳走になった。せまい机の袖に、ねじ込むように坐り込んで、一献がはじまるのであるが、夕方から始まって、たいがいは終電になった。御馳走の主体になるものは、しゃァしゃァと先生が称するかしわをフライパンでいためたものである。じゅンばりと云うのもあった。油あげを焼いておしたじを掛けると、じゅンと沁みこんで、それをばりばりとたべるのである。昼間は学生机の、夕方からはちゃぶ台に変るお膳の、あんなに楽しくおいしい酒宴は、もう二度と味わうことはできないだろう。この机のちゃぶ台では大橋古日さんとも同席した。そういう時は、小屋の中は、四人で身動きができなかった。

身のまわりに積み上げたものにぶつからぬようわたしは時時立ち上がる。膝小僧をもみほぐし痛みが去るのを待つ。

昭和二十二年一月十五日夕（封書）

海鼠《ナマコ》ハ磨イテ切ツテ味ヲツケテ拵《コシラ》ヘタノヲ阿佐ヶ谷ノ方ノ魚屋デ売ツテキルサウダガソンナノハイリマセンカラ丸ゴト一匹ノ儘《ママ》ノヲ見ツケテ買ツテ下サイ右御願ヒノ仕方ガ曖《アイ》味《マイ》デアリマシタカラ申添ヘルナレドモ海鼠ヲキザンデ売ルナドト云フ方ガ奇妙ナリト思考ス　コノ封筒ハモウコレ一枚ニナリマシタ小生ニハ何年カ前ノニホヒガスルノデ貴兄ニ宛《ア》テテオ仕舞《シマヒ》ト可仕《ツカマツルベク》申《マウシ》候《サウラフ》

この封筒は、「東京市麴町区丸ノ内／日本郵船本社六階／　内田榮造　／電話丸ノ内二五一一　二五二一　二五三一――と印刷してあって、「六階」が朱印で「四」と訂正してある。住所の箇所がペンで消されて「麴町五番町十四」と直されてある。

□

六月二十一日（速達ハガキ）

過日オ話シノアッタ静和堂ノ企劃ノ件ニ就《ツ》イテハ既ニ十八日北村ニ話シマシタノデソノ事ヲオ傳ヘシ又今後ノオ打合セヲシヨウト待ッテヰマシタガ中中《ナカナカ》御見エニナラヌノデ一寸一筆示シマヰラセ候ソノ他オ話シ致シ度《タ》キ事山ノ如《ゴト》シ

七月三日三更（速達封書）

平山君　今丁度十二時ニナルトコロデス　遠クノ方デ警戒警報ノ様《ヤウ》ナ音ガシマス　少少酔ッテヰル段オ役所ノエレヹーターノ前デオ話シタ様ナ工合《グアヒ》デス御諒読下サイ　両三日来貴兄ヲ待チテ麦酒《ビール》ガ沢山アッタノモ飲ミ終リ　35°ノ Brandy モモウ無クナリマシタ　今日ハオ盆ノ配給ト云フノガ合成酒デ手許《テモト》ニ先《マ》ヅ八合用意出来マシタカラ今日アタリ御立寄リナラバ一献致サウト思ッタノデスガソレモ一人デ大半片ヅケマシタ一両日中ニハ来ラレルト思ッタノデス　竹内ノ方ノ事ヲ教ヘテ下サイ　先方ノ下ゲ渡シガ遅レル様ナラ　出カケテ北村ニ頼ミ促進サセテ貰ハナイト已《スデ》ニイツモノ通リアンナ有様《アリサマ》ニテラメ

ナノデス一寸ソノ左右オ洩ラシ下サイ　櫻菊書院ノ上田君ハ部長ヲヤメタサウデス今日来テ話シマシタ一騒動アッタ様ナ話デス　ソノ内又御役所デ字ヲ書カシテ下サイ　今度ハ竹筆ト紙ヲ持ッテ行キマス　匆々不乙　三日三更

「ラメナノデス」のラメは駄目の鼻に抜けた音で、先生のふざけた用法。別のハガキには、（コレハ焼酎デ鼻ヲ痛メタ人ノ発音也ソレ心スキ可《べ》キ事ニコソ）と註がしてある。「御役所」へ何のために字を書きに先生が見えたのか、失念した。ひとから揮毫をたのまれて、やむをえず引き受けても紙を展《の》べて筆をふるう場所がなかったのである。

□

七月十二日夜　（速達封書）

竹内ノ事ハ本当ニ難有御座イマシタオ蔭《カゲ》デソノ後天下泰平ニ過ゴシテキマスガ××君ノ来テクレタ時ハ宏壮ナ館ノ中ニヒツカキ集メテモ百円ハ無カツタトコロデ有リマシタ

暑イ中ノ御骨折リ誠ニ申訳無ク存申候

時計ガオ持チ下サツタ日ノ午后四時二十分デ止マツタキリデオトナシクナツテキマス

針ガ重ナツテ引ツカカツテキルノデ　ソコ丈外《ダケハツ》シテモ十二時間ノドコカデ又ヒツカカルカ矢張リモウ一度専門家ヲ煩ハシテ下サイ

随分長イコト御立寄リニナリマセンガチトイカガデスト申スノハ昨日合成酒ノ配給アリテ合成酒ト雖《イヘド》モ新進デスカラ先ヅオイシイ方デス両三日中ナラ御一献申ス丈ハ有ルダラ

ウト思フノデスガ　チトイカガデス随分長ク御立寄リニナリマセンヨ　現下ノ金融界ノ趨勢等ニ就キ卑見ヲ陳ジ度《タ》イト思ヒマス

九月二十日（速達封書）

御忙シイ処ヲ申兼ネマスガ又一ツ頼マレテ下サイ　小屋ノ炊事ニ困リ果《ハ》テテ特ニ雨ノ時ハドウニモナリマセヌノデ到頭電気焜爐ヲ使フ決心ヲシマシタ電流ノ事ニ就イテハ母屋ノ御主人ニモ相談シ諒解ト許可ヲ得マシタカラ　ドウカ一ツイイ電熱器ヲ見立テテ買ッテ下サイマセンカ　餘リ強イノハ駄目ダト思ヒマスガ500ト云フノナラヨカラウト云フ見当デキマスケレド実ハソノ辺ノ事ハヨク解《ワカ》ラナイノデス　タダ優秀ナノデナイトアブナクテハ不馴《フナ》レデハアリ又小屋ノ條件カラ色色後デ困ルト思ヒマスカラ宜シク御見立テ下サイ　モウ一ツソケツトノコレモ頗《スコブ》ル上等ナノヲオ願ヒ申シマス　熱クナツタリパチパチ云ツタリスルノデハ使ヘマセンカラ　右御願《オネガヒ》迄

電熱器のすこぶる上等なのをと云われたが、当時は先生を満足させるような良い機能のものが無かったようで、二段に切りかえられる白い琺瑯びきの電熱器を買って行った。スヰッチを入れる時、やはり火花が少し出る。その白い火花を先生はひどく剣呑んがって、ちゃぶ台代りの机の上に持ち出して、いざスイッチを入れる段になると、大袈裟に身構えて、慎重な顔付になった。燃料の不自由な時分だから電熱器はどこの家でも使っていたの

だが、先生はいやがって使わなかったのである。——この手紙のあと、九月二十五日附の手紙の文尾に、

「電熱器ヲ使ツテキマス　文明ノ利器ナリト存申候」

と書かれているから、万更《まんざら》、厄介物ではなかったのだろう。——この文明の利器は随分長い間調法に使われて、この翌年五月に新居に移ってからもお膳の上が鍋もののときは時時持ち出された。ソケットの箇所でパチパチと小さな火花が出る。そのたびに、平山の見立てたものは危なくッて仕様がないなどと冗談を云われながらも先生は不自由だった小屋の頃の事を思い出されるらしい。その電熱器がちゃぶ台の上に据えられるとわたしも、しゃァしゃァ、じゅんばりを思い出して口の中に唾が留まってきた。

□

九月二十五日夜　（速達封書）

立テ続ケニ速達郵便ヲ出シテ清閑ヲ擾《ミダ》シ相済ミマセン　時候ガイイノデ用事ガ次ギカラ次ギカラト起コリマス　先日一寸オ話シマシタ新潮文庫ガ大体キマリマシタ　三百五十頁《ページ》位迄ノ量ガ売リヤスイト云フ話デス今度ノ文庫版ハ一頁ノ詰メガ16行42字デスソレデドウカ相談ニ乗ツテ下サイ又原稿ノ事モキマツタラ宜敷オ願ヒ申升　喘息《ゼンソク》ガハツキリシナイノデ困リマス

十月十九日　（封書）
倫敦《ロンドン》仕立ノ背広ヲ著テ居リマスカラ道デ出合ツタ時御見ソレ無キ様御注意下サイ
モツト寒クナツタラ晩香坡《バンクーバ》渡来ノ外套ヲソノ上ニ著用シマス　コノ方ハ已《スデ》ニ御見知リ置キノ品ナリ
ソノ他御願ヒノ件二三
鉄道ノ記念切手ハドンナノデセウ　餘リヒドイ物デナケレバ少少買ツテ置キ度《タ》イノデス
フアウストノ二部ハ出テキマセンカ　花柘榴ノ二度目ノ署名ヲシマシタ
チトイラツシヤイ Brandy 相調《アヒトトノ》へ居候《ヲリサウラフ》
ロンドン仕立のという背広は、明治製糖中川蕃氏からの古い服。バンクーバ渡来の外套は則武貞吾氏の古いもの。記念切手云々は、機関車好きなこともあるが、どういうわけか人の顔の入った郵便切手を先生は好まぬのである。

十二月八日　（封書）
一昨夜ハ御馳走様デシタ又大イニ大酔シヂヂイノ癖《クセ》ニ申訳無イ次第デス御両親様奥様ニヨロシク御取リナシ下サイ　比奈子チヤンヲ蹈ミ潰《ツブ》サナクテマアヨカツタト思ツテヰマス
昨日ハ流石《サスガ》ニ宿酲《フツカヨヒ》ニテ到頭一日小屋ノ中ヲ片附ケズニ寝テヰマシタ今後ハ心掛ケヨウト

更《アラタ》メテサウ思フノデス
阿佐ヶ谷ノ通《トホリ》デ買ツタ金メツキノ新ラシイペンデ書イテ見マシタ又ソノ萬年筆ガ当分使ヘル様ニナリマシタ

先生にはしばしば杉並天沼の小宅へ来て戴いた。以前は、天沼なんぞというところは狐狸のすむところだと軽視されていたが、その幾度か来ていただいた或る日の帰途、阿佐ヶ谷の通りの文房具屋で金メッキの萬年筆を求めたのである。

蹈み潰されなかった比奈子はわたしの長女。この年二月に生れ、先生の命名。生れる前から命名をおねがいしてあった。女が生れるとは思わなかったので、あるいは女が生れる場合まで考えなかったので、先生はいろいろ候補名を列記して下さった。杉一郎、杉之助、杉人、杉之介、杉一、杉丸、まだあるが、いずれも杉が附いているのは杉並区の杉に因った。しかしどれもわたしには気に入らない。どれがいいかと云われても、これがいいというのがない。杉彦というのが枠外に書かれてあり、これはいいと思ったが、しかし、これは、先生が法政大学の多田基先生の長男につけられた名前である。同じ杉並区に住んでいる多田先生の息子さんの名をそのままいただくわけにはいかない。それに、まだ、男の子が生れるとは限らない。生れないうちから予想される男の子の名前について文句を云っても仕様がない。生れたのが女だったので、先生はためらうことなく、比奈子、と半紙に書いて下さった。その比奈子のお宮詣りに句をいただいた。

オ宮詣リノ比奈子ヲ祝フ
　ひひなよりは大きくなりぬ桃咲けり

雛祭りには必ず先生に来ていただく。かならず雛段に飾るお人形をいただき、それを飾った前で紙《の》を展べて、桃の節句の句を二句ずつ作っていただいて書いてもらうのがしきたりになった。

13

昭和二十四年、六十歳、還暦をむかえた。華甲の宴が二度催された。

初夏には日本橋の小料理店で鉄道関係のものが中心になって行われた。先生は「鉄道文化の会」の顧問という肩書をもっている。この会の会長は平山孝さん（元鉄道次官）で、しかつめらしい規約や目的は持たないが、時時集まって歓談する会である。お祝いに真赤なネクタイを贈られ、その真赤なネクタイをしめて先生は十分に酔われた。

秋には虎ノ門晩翠軒で、法政大学関係のお祝いの会があった。陪賓として主治医の小林安宅先生、法政大学時代の同僚が御二人の外《ほか》は、多田基、北村孟徳、清水清兵衛、中野勝義、平井誠、平野力、剛山正俊、栗村盛孝、などの諸氏二十名全部むかしの学生である。

——はじめお酒でその内ビールになり、陽気に君ケ代を歌い出す前後からウイスキーになった。先生が手洗いに立って宴会場に戻って来てみると、様子が少しおかしい。さっきまで自分の席でがやがや云って飲んでいた老学生共が一列になって行列し、正面の椅子の上で顔に白い布をかぶっている北村さんを順順に拝んでいる。その前には御飯を丸く盛って一本箸がつっ立っている。死んだ真似をした北村さんの脇に本職の金剛寺住職である剛山さんが枕経をよんでお勤めをしていた。先生の告別式の予行演習をやっているのである。……北村さんの顔の白布をめくって、そこいらに残ったお酒の中に割箸のさきを浸したので唇をぬらしている、北村さんは箸の先を旨そうにべろべろ舐《な》めている。もういいよ、解ったぜ、と先生が云ったら北村佛がむっくり起き上がって、先生今晩は誠にお目出とうございます、どうか長生きをして下さい、と云った。

□

二十五年、五月二十九日、第一回の摩阿陀会を催した。まあだかい、先生、還暦をすぎまして、まあだかいという、余りよろしくない洒落である。その第一回の回文、宴会の案内状は小田急の重役、北村孟徳さんが起草し、先生が若干手を加えた。

吾ガ百鬼園先生ハ当代ノ文宗ナリ　客歳《カクサイ》仲秋吾等手ヲ額《ヒタヒ》ニ加ヘ晩翠樓上名月ヲ杯ニ砕キテ先生ノ寿ヲ為シタリ　萬歳千秋ノ楽シミハ未《イマ》ダ央《ナカバ》ナラズト雖《イヘド》モ先生ガ痩容孤節ノ意轗軻《カンカ》不遇ノ情　易水《エキスイ》ノ風色ヨリモ烈《ハゲ》シキモノアリ　乃《スナハ》チ兀兀《コツコツ》文字ノ三昧《サンマイ》ニ行ク先生ヲ拉《ラツ》シテ更《サラ》ニ重ネテ歳歳ノ寿ヲ積マントス　積ミテ窮《キハ》マル所ナカランヲ祈ルナリ　方丈ニ先

生ノ声アリ　摩阿陀ダヨト　君見ズヤ武藏野ノ空ニ白鶴ノ廻翔スルヲ　新緑苦酒ノ候ヲ迎ヘテハ高鳥老龍ト雖モ壮志ヲ鼓《コ》セズンバアル可《ベ》カラズ　乃チ百鬼園先生誕生五月二十九日黄昏六時半新宿武蔵野ビヤホオルニ先生ヲ擁シテ華甲《クワカフ》一年ヲ乾杯セン　願ハクハ宴資十五萬銭ヲ懐《フトコロ》ニシテ来リ会セラレヨト云爾《シカイフ》

肝煎《キモイリ》　多田基　北村孟徳　平山三郎

当夜は、まず多田先生が起って、先生へのお祝いのことばを述べた。それから先生がおもむろに立ち上がって大ジョッキになみなみ注がれたビールを見事に乾杯して、挨拶をされる。時間を計ったことはないが、この先生の劈頭のお話がたいへん長い。たいへんおもしろいが、実に長い。第一回のこの日には……昭和六年、法政大学航空研究会主催の学生訪欧飛行の費用のお金を募《あつ》めるための音楽会が神宮外苑の青年館で催された。国産の百五馬力の軽飛行機青年日本号の操縦は当時の学生、栗村盛孝さんで。その音楽会で平井誠さんがヴァイオリンの独奏をして聴衆を感心させたが、感心したその聴衆のなかには上野音楽学校一番の才媛といわれた早川美奈子嬢がいて、車を待たしてあってどこかへ行ってしまった……というような話であった。摩阿陀会は三十九年夏現在で第十五回目をすませ、お正月三日にこれは先生がわたし共を一ぺんにまとめて、まとめてと云うのは一人二人ずつお正月の年賀に来られては収拾がつかないから、まとめて東京駅階上ステーションホテルに招いて下さるのが「御慶ノ会」で、これは昭和二十七年一月三日からはじまった。いずれの宴も、まず先生が起たれて、ジョッキグラスに注いだビールを乾杯、それから先生の長い長い話がはじまる。長い時には二十分から三十分位話がそれからそれへと散らかる。散らかったあいだわたし共は両手を膝にして盃に手を出さないで待って、いや、拝聴して待っているのである。

14

二十五年十月二十二日　日曜日。——いつも出張旅行で持ってあるく皮の鞄を持ってゆくつもりでいたが、ちょう度、取手の部分がほぐれてしまって修理に出してあった。先生の旅行の話は、はじめはあいまいだったが、決まったとなると急に足元から鳥が立つようにあわただしくなる。それで、皮の鞄の修理の予定もそれに間に合わない。いくら大阪まで行ってすぐ帰ってくるといっても、まさか風呂敷包みでは恰好がわるいだろうから、これも取手が少少傷んではいるがズックのボストンバッグがあったから、それに石けんにタオルを入れて、約束の十時に先生の家へ行った。

玄関に立って、ズックのカバンを上り框《かまち》に置いたら、先生が大きな眼でじろりと見た。

——それが貴君のいう、旅行カバンかね。

と云った。云われてみれば、余り立派ではないが、外に無いのだから仕様がない。

座敷へ上がって、旅行用具をボストンバッグへ詰め込んだ。先生はすべての物事について用意がいいから、旅行先のあらゆる場合を考慮して必要以上の雑品が用意されてある。ずっと後、東北地方へ旅するときには東北は停電が多いらしいからその時の用意に棍棒のような百目ローソクを二本持参すると云われるから、そんな太い重いものは始末にこまるからと云って一本で勘辨してもらった。——この時も、もし停電したら不用心だからというので自転車の先にくっつける電燈を持ってゆくと云う。仕方がないから、バッグの奥に押し込んだ。

用意が整って、さて一ぷくしてからわたしを目の前に坐らせると、かねてからかんがえていたことを云われる時の重重しい調子で、先生が云われることには、

「なが年、貴君とお酒をのんで、どのくらい飲めばどうなるかという加減はお互いによく知っている。いましめて、旅先でしくじることのないようにしよう。しくじると云うのはひとに迷惑を掛けるという事ではなく、自分で不愉快になり、その次のお酒が不味《まず》くなると云うような、そういうことを避けようと云う意味であって、僕は別にむずかしい事を云っているんじゃぁない。いいね」

おやおやと思った。先生が云われるところの意味は、よくわかる。

どのくらい飲めばどうなるかという加減——。まだ土手の掘立小屋に先生がいた頃、銀

座のルパン亭か、ケテルスで散散お酒を飲んで、数寄屋橋あたりまで来たが、もう一軒どこかで一寸だけ、ということで日動画廊の脇の小さなバアで何かをのんで、やっと帰ることになって朝日新聞社の前までふらふら来たら、そこのアスファルトに大きな穴ぼこがあって、もつれ合った足がからんでわたしが下になって転んだ。じゃりじゃりした鋪道に顔をこすりつけ、わたしに蹴つまずいた先生が倒れたものだから、暫らくは立ちあがることもできない。タクシーなどない時分だから、それでも有楽町駅まできて、どうまちがったのか、神田の駅のホームで先生がステッキをホームの下に落したのを、わたしが取りに線路に飛びおりたりした。四谷の土手の塀の中にようやく帰ってきたら、奥さんがわたしの顔を見て、びっくりした。いそいでオキシフールで顔じゅう拭いてくれた。朝日の前の穴ぼこのじゃりじゃりがくっついた頬と唇辺の傷口にそれが痛烈に沁みわたった。凍《い》てつくような寒い夜だった。わたしは翌日、寝たきりで頭が上がらなかった。

――先生が云われるのは多分そういう不測の事態についてなのだろう。云われるまでもない、十分にわたしも心得ているのだけれども、先生に改まって云われると、まったくそうであって、べつに異見を申しのべることもない。同感である旨を表示するためにわたしは黙って頷いたのである。それで先生もいくらか安心したのか、しかし、まだ物足らぬような顔で続けて云われるには、

「そういう心掛けでいて、しかし滅多にない機会だから、できるだけ上手に、おいしく、

そうしてうんと飲んで来よう」

自動車は頼めばあったが、わざわざ市ヶ谷駅から国電に乗って東京駅まで行った。電車の中で先生は「はと」の特急券が買えるかどうかしきりに心配した。東京駅が近づくにしたがって気持がせかせかしてくるらしい。乗車口の改札に待っていて貰って、八重洲口出札へいったら、案の定、はと号は一等も二等も三等も全部売切れだった。発売日に手配しておけば買えるものを、それをしないで乗車直前にせかせかするものだから、売切れは当然のような気がするし、なんだかわたしの責任のような気もする。間が抜けたような気持で、先生が待っている乗車口改札へ戻ってきた。

先生が、さぞがっかりするだろうと思った。ところがその先生が急に元気が出て来て、それでは駅長室へ行って相談してみようと云い出した。そして、さっさと駅長室の方へ歩き出したのである。

東京駅長はGK氏で、先生は面識があるけれど、今日は日曜日で出勤してはいないだろう。それに出札窓口で現に全部売切れているのを、駅長室に行って頼めば買えるかどうか。わたしは余り期待していなかった。国鉄本社職員であるわたしは、そういう事が有り得るかどうか半信半疑だった。ごく官僚的にかんがえてみて、有ってはいけないと思った。いったい、先生は、こういう場合に、顔を利かせることをいやがる筈なのだが、このときばかりは萬やむを得ず自分で進んで、えらい勢いで、駅長室に出向いていったのである。

もっとも、はじめの予定ではわたしは三等に乗車するつもりだった。乗車してから、一等の展望車にいる先生がボイに三等のわたしに話しがあるから一等車に呼んでくれと云って、そこでゆっくり話し込んでいればいい。話し込んでいなくとも、ボイが来て、なぜ話しをしていないかと云われることもないだろうというのである。——わたしだけが三等という予定は、一二三等共全部売切れと判ったとき、変更になって、わたしも一等で行くことになった。しかし、駅長室で、売切れの筈の一等が二枚買えるかどうかが判るまでは、予定通りに大阪まで、用事もないのに行けるかどうか、わからないのである。

駅長室では、意気込んで頼んだほどになんの抵抗もなく、一等二枚が買えてしまった。先生が、がっくり肩を落して、よろこんでいられるのが判ったようである。わたしも拍子抜けがした。

それで、大阪へ行けることに決まったし、発車まで時間があるから、そこの精養軒食堂へ行こうと先生が云うのである。随分永いおつき合いだが、先生が昼食を食べたいなどというのは、聞いたことがない。予定通りに事が運んで、くたびれて、よほどお腹が空いたのかもしれない。黙ってついていったら、卓に坐るなり、いきなりウイスキーを註文されたから、おやおやと思った。

グラスに口をつけると、旨くないこともない。盃を重ねているうちに段段旨くなってきたが、出がけに先生が云った訓告もまだ記憶にあたらしいから、いい加減でやめた。

ホームへ出ると、第三列車はと号はもう著線していた。

「自分の乗る列車の頭から尻まで全体を見た上でないと気が済まない」先生は、ゆっくり先頭の電気機関車から十輛編成の最後の十号車の一等車まで、親しく閲見するように眺め過ぎた。

一等車のステップの前には靴拭きのマットが敷いてある。先生は昭和十四年頃あつらえたというキッド皮の深ゴム靴、「昔の枢密顧問官が穿いた様な靴」をそのマットにこすりつけ、わたしは「南瓜を踏み潰した様な貧弱な恰好の靴」をこすりつけて、一等車に乗る。コンパアトに這入ったら、年配のボイが、うやうやしく「ぼろぼろの、持ったら手がよごれそうなボストンバッグ」を受取った。

一等のコンパアトの重役のごとき肘掛椅子に、乗客として、切符をちゃんと買った乗客として腰掛けるのは実はわたしは初めてで、しかし、居心地は悪くはない。平然としていられるのが、なんだか、自分ではないような気もしてくる。——こういう時の、居心地のいいような、落著きのわるいような気持を指摘されて、それが貴君のインフェリオリティコンプレックスであって云々、と或る時訓辞せられたことがある。

自分では意識しない劣等感のなかでわたしがコンパアトの居心地の快さを味わっているとき、新潮社の編集部の「椰子《やし》君」小林博さんが、ひょっくり現われたので、おどろいた。

多分、今日あたりの見当だろうと思って、見送りにきた、と云われるのであるが、よく見当がついたものである。先生が強《し》いて知らせなかったのではない。知らせるほどのこともなく、思いついて大阪へ行くくらいのことで、隠しておいたのでもないから、先生は差して驚かない。大仰な見送りは嫌ったのである。三人でホームで立話した。

実は先生がそうして一等車で威張っていられるところを写真に撮《と》ろうと思って、フィルムが無くなっていたので、いま来る途中、方方を何軒も聞いて歩いたのですけれど、どこにも売っていないのです。——と小林さんが云ったので、先生が安心した。先生の写真嫌いは有名だが、その嫌いな理由はどうも、写真を撮ると影が薄くなって寿命がいくらかちぢまるとか、三人で真ん中になって写真を撮るものではないといったような気持が、ごくわずかではあるが尾を引いているような気がする。あるいはそういうことを理由にして、カメラの前に立つめんどうな手順を拒否しているのかもしれないが、いずれにしてもそれを知っているから、阿房列車旅行中は、ただの一回の例外を別にして、わたしはカメラを持ち歩かなかった。

小林さんは、先生の写真を好まぬ習慣を知っているから、知っていて、見送りに来て、先生をからかっているような節もある。

間もなく、はとは発車した。

『自分がなんにもしないのに、その自分が大変な走さで走つて行くから、汽車は文明の利器である。』

と先生は「特別阿房列車」が走り出して、横浜を過ぎ、辻堂茅ヶ崎の辺りを走っているときに書いている。そして、懐中時計をポケットから取出し、線路の切れ目の音を計って、時速、四十三哩《マイル》から四十五哩くらいの速度だね、としきりに感心している。

丹那トンネルに這入ったら、先生がわたしを促すので立ち上がって従《つ》いていくと、トンネルの天井の壁にコーモリが「痒くなる程」ぶら下がっている筈だから、それを見ようと云われるのである。展望車の最後部の、ドアーは開けなかったが、じっと目を凝らして見詰めたけれど、それらしい姿は見えなかったから、あきらめて席へ戻った。年輩のボイが不審な顔でわたし達の挙動を見ていたが、まさか、トンネルの中にこびりついているコーモリを見ようとしたなどとは云えたものではない。

車内販売の女の子が手車を押して、色色食べる物を売りに来る。なん辺も往復して来る。

四谷見附の床屋へ行く途中に果物屋があって、——と先生が云われる。うまそうなバナナが並んでいるから、欲しいと思うのだけれど、それを欲しいと思う時はいつも床屋へ行くだけのお金しか持っていないから、諦めて、また今度と思う。その今度の時、床屋へ行く途中、バナナが並んでいるから欲しいなと思うのだが、やっぱり床屋だけのお金しか持っていないので、諦めてしまうんだよ。

目の前を車内販売の手押車が過ぎて、それにきれいな色のバナナがあって、先生はそれを見送りながら話すのであるが、それを欲しいと先生が云わないのだから、気を利かして、

買いましょうか、と訊ねることもない。平生、仕馴れないことは、しない方がいい。先生は諦めたらしく、こんどは、

「僕は学生時分から、たびたび東海道を往復したので、汽車の中で居眠りをしていても、どこで目がさめても、目がさめた途端に見えた窓の外の景色で、ここは何処《どこ》のあたりだということが解る。そこに見える川の工合や、田圃の景色、向うの山の恰好などに見おぼえがあるのだ」

と自慢した。これは本当のことであるらしい。だが肝心の先生は居眠りするどころか、車窓の風景を飽かず熱心に見つめているのだから、自慢の見せ場がない。

列車に乗ってからの予定では、名古屋を夕方五時半に出るから、それから食堂車へ行こうと先生が云う。しかし、それからでは定食時間に掛かって、思うように席が取れないだろうから、それより前、静岡を過ぎた辺りから、連結のデッキをいくつか渡って食堂車へ行った。それから、名古屋駅を過ぎるまで、つまり定食時間に大分食いこんでから、ようやくお神輿《みこし》をあげた。

『お酒を飲んでゐると、ぢきに日が暮れかかつた。外のあかりが、ちつ、ちつと飛んで、その度《たび》に音がしてる様《やう》な気がする。汽車は夕闇の中を、もつと暗い所へ突つ込んで行かうとしてゐる様で、非常な速さで引つ張つて走る。杯を脣《くちびる》に持つて行かうとしてゐる私も山系も八十何粁《キロ》だか九十何粁だかで走つてゐるものを、その儘《まま》の姿勢でもつと走ら

せようとして、ぐいぐい引っ張るのがこちらの身体にわかる。牽引する機関車はC62である。その汽笛の音は今日初めて聞くのだが、複音の物物《ものもの》しい響きを、人が山系と一杯やつてゐる窓の外へ、どうだい、どうだいと云ふらしく響かせて来た。』

食堂車をせわしなく切り上げて、コンパアトに戻ったが、咽喉がかわいたと先生が云われるので、ボイさんにビールを二三本持ってきて貰った。それを飲んでるうちに大阪へ著いた。

『歩廊へ降りて歩いたが、大阪駅はいくらか柔らかい様で、ふにや、ふにやしてゐて、足許《あしもと》の混凝土《コンクリート》がふくれてゐる。山系がいやにしやんしやんし出して、これから驛長室へ行くからついて来いと云つた。それとも、そこいらで待つてゐるかと駄目を押す。輪郭のはつきりしない、何となくわんわん吠えてゐる様な大阪驛の中に突《つ》つ起《た》つて、一人で待つてゐるのはいやだから一緒に行つた。』

東京で、知人から、もし大阪で泊るようなことになったら、どこがいいだろうと、宿屋を一軒教わってあった。その宿屋へ、駅長室から電話をかけて貰おうと思ったのである。東京駅での先生のように、わたしも顔を利かせて強引に事を運ぶのを好まない。けれども、大阪まで来てしまったのだから、そんなことも云ってはいられない。先生の名前を持ち出してはわるいと思ったが、それも云い自分の職名も云って、助役さんにたのんだ。すると、助役さんは、何を勘ちがいしたのか、いま思いだして考え直してみてもまったく不可解なことだが、わたしが指名した旅館の名をきくと、即座に、それは先生のような方が泊る宿ではない、とはっきり云った。外《ほか》の、適当な旅館を紹介しましょう、と云うのである。先生のような方という、その先生の名前を助役さんが知っていたかどうかわからない。知ってはいないと思う方が普通である。知ってようが知らなかろうが、けっして不親切ではないのだから困った。東京駅と大阪駅では、いや、東京と大阪では人情がおのずから違うということもある。それでいいのだが、東京の知人から教わった旅館というのは文壇の人がしょっ中宿泊する旅館だそうで、その旅館がどの程度の宿屋かわたしが知らないのだから話にならないけれど、助役が、それは先生のような方がと云ったとき、わたしは自分の知人を軽蔑されたように感じた。

ともかく、二三の旅館に電話をかけてくれて、けっして不親切ではなく扱ってくれたのだから、もう十年以上むかしの大阪駅助役さんに文句を云っても仕方がない。ちゃんと自動車を呼んでくれ、駅長事務室の外まで見送ってくれて、それで江戸堀のその宿屋に著いた。著いて、薄暗い門柱を這入って、同じく薄暗い帳場の前の階段を案内されて上がって行きながら、これはこれは、と思いはじめたのである。

先生はさすがに烱眼で、『中二階と云ふのは知つてゐるけれど、中三階である。』と書いているが、わたしにはそれが何階になるのかよくわからなかった。階段と廊下の間に余分に食っつけたような部屋である。旅館はぜひ一階に泊まりたいというのが先生の希望だが、こんな場合ぜいたくな註文は云っていられない。

夕食時をとっくに過ぎているから、見つくろったお膳と、お酒を中三階まで二三本ずつ持ってくるのは面倒だろうから、一ぺんに、皆んなお燗をつけて持って来ておいてくれとたのんだ。ぺらぺらお喋《しゃべ》りする中年の女中を相手にではこっちが面倒くさい。お膳と別に、徳利を並べたお盆がずしりと置かれた時、ちらッと先生が出がけに訓辞された言葉をまた思いだしたが、それよりなにより、これだけ片づけられるかしら、と少しばかり心配になった。お膳の方のお数《かず》は定かにおぼえていないが、なかにがんもどきの煮付があったのはたしかだ。ずらずらと並んだ徳利の数量は妙にハッキリ覚えている。そのハッキリした数量を次次に、心配したほどのこともなく、きれいに空にした。

翌朝。——先生はもともと朝食を食べないのだけれど、お付き合いにお膳だけを並べた。すると先生が、つまらない事を発見した。先生の箱膳にがんもどきの煮付が載っている。ゆうべの残りかどうか、それはまァいいとして、そのがんもどきがわたしのお膳には載っていないのである。わたしはがんもどきなんか食べたくもないが、先生がそれを発見して、ひどくおもしろがった。しかし、がんもどきと大阪駅助役となんの関係もない。

『ここ迄来たからには、是非共《ぜひとも》帰らなければならない。もう冗談ではない。帰りの切符は買へるだらうかと、私は昨夜から心配してゐるのだが、山系は大丈夫です、僕が明日の朝何とかしますと引き受けた。』

大阪鉄道管理局には知人が沢山いるが、切符をたのむなら旅客課の上月木代次さんがいい。駅長一年生で大津駅へ出る前の上月さんは宣伝の係長である。上月さんとは戦中からの知り合いだが、いきなり大阪市内から電話したから驚いたかもしれない。どこにいるのか知らないが、とにかく梅田まで出て来い、と云われたが、そう簡単に出て行かれやしない。百閒先生と一緒なんですと云ったら、上月さんは、ほほう、と感心したような声をした。

それから暫らくして旅館を出て、渡辺橋を渡ってぶらぶら大阪駅まで歩いた。鉄道局の上月さんを呼び出したら、ちょっとそこでコーヒーを飲みましょうと云う。駅の裏のひどく立派な音楽喫茶に案内されて一ぷくした。帰りの切符は二等が手に入った。大阪の上りも、きのうと同じ十二時三十分発。上月さんのお見送りで無事発車した。

車中。——先生が、バナナが食べたいと云い出したけれど、往きの列車のように女の子が手押車を押して来ない。来ないとなると余計に気になるらしい。濱松が五分停車だから、それまで我慢して貰って、濱松駅でホームに降りたら、駅売りのはいやだと云われるから、食堂車の窓の下に行って、バナナを二本買った。停車中の食堂車は窓外へ果物を売ってはいけないという規則があるのかどうか。食堂車の女の子が怪訝《けげん》な顔をした。

濱松から電気機関車になった。

旅行に掛かった経費は汽車賃と旅館代と食堂車の払いだけだけれど、それを手帳にメモしてみると予算よりはみ出している。

バナナをたべながら、メモを先生に示したが、先生は興味がなさそうに、頸のあたりにできたジンマシンを掻いている。一時間でも二時間でもわたしは黙っていられるタチだが、先生があんまり退屈そうだから、不図《ふと》思いついて、三人で旅館へ行った話をした。むかし友人から聞いて、判らないなりにおぼえている話である。

三人で或る旅館へ行って、払いが計三十円だというから、一人十円ずつ出した。それを受けとった女中が帳場へ持って行ったら、サービスだといって五円負けてくれた。女中はその五円を客へ返しに戻る途中、二円だけ頭をハネて、客に三円返したのです。客の方は三円返って来たから、一円ずつ別けて、一人の負担は九円。

先生は、面白くもない顔をして、ジンマシンを掻いている。

それで、一人九円で、三九、二十七円。それに女中が失敬した二円を加えて〆《しめ》て二十九円。実際には三十円出してるのに、一円足りないじゃありませんか。

その一円がどこへ消えてしまったのか、わたしにもうまい具合に説明できない。どうでもいいようなものだが、あいまいなままに、やがて車外の風景が暮れかかって、先生のジンマシンもどうやら直らない様子で、そのうち東京駅へ著いてしまった。乗車券は都内どこでも下車有効だから国電に乗って、家までついて来なくともいいと云われるから、市ケ谷駅で先生が下車されて、それでお別れした。

15

第一回の大阪行阿房列車――「特別阿房列車」が雑誌小説新潮に掲載されたのは二十六年一月号だが、それからしばらくして、或る晩、――どうも平山が来ると用事がいろいろ溜まっていて、一つ一つ片づけるのにいそがしくッて敵《かな》わない、いったい貴君は用事のかたまりみたいなひとだね、とこぼしこぼし、メモに書きこんだ用事のひとつのような調子で、また、どこかへ、汽車に乗って出掛けよう、と云われるのである。――もっとも、阿房列車は汽車旅行とは限らない、市電、いまの都電はあれはむかし貸切り扱いというのがあって一区間、一系統を一台借切っても三円五十銭か四円で、いまのお金に換算しても大したことはない、二人では貸切りはお断りということはないだろう、あれでチンチンゴウゴウと二人で終点まで行ってみることも一興だね――などと云い出したから、その、都電の貸切りだけは勘辨して下さいと謝った。

貸切りの都電に二人だけで揺すぶられて行くのは冗談として、またどっかに出掛けようと云われても、どこへ行きたいのか、べつにあてはない様である。どうせ用事はないのだからどこへ行っても構わない。

ところで、先生が、ここだけは行きたくないという所が、東京近くに三つある。箱根、江ノ島、日光の三箇所である。

むかし小石川富坂の教会にフンチケルというスイス人がいて先生は度度《たびたび》御馳走に呼ばれた。フンチケルさんとはドイツ語ですらすら会話ができるが、或る時訪ねたら二三人の女客があって、しきりに話しかけられるのだが、その女客のドイツ語は先生によく通じない。女客の一人が、日光の景色のいいことを賞めて、先生に同意をもとめる。

「私はまだ日光に行ったことがない」

「思考し難きことである」

「いつかは行ってみたいと思う」と先生はお世辞を云う。

「もっとも近き機会に、あなたは訪れなければならない」

次の婦人が、こんどは江ノ島の話をする。

「私はまだ江ノ島へ行ったことがない」

「おお」と若い婦人がびっくりする。

「何故あなたは、美しい景色を訪ねないか。景色を見ることを好まぬか」

「景色を見ることを好むけれど、まだ機会が私に幸いしない」

「機会は禿げ坊主である、その一房しかない髪の毛を、おつかみなさい」

「そうです、そうです。しかし手がすべって、私にはなかなか摑めないから、走り去る」

とごまかして、ほっとしたら、さっきの婦人が、また、

「箱根について貴方はどう思うか」

ちょう度、先生が知らないところばかり見物して歩いたものとみえる。

「遺憾ながら、箱根についても、私は知らない」

「おお」と云って婦人方は苦い顔をした。

「旅行のきっかけが、私を恵まないのである」とその場をつくろったが、女客達の話に乗らないので、みんなをからかっているとでも思われたらしい。それですっかり座が白けてしまったというのである。ひとがわいわい云って集まるところには誰が行ってやるものかと思う。つむじ曲りと思われるのもムリはない。

さて、こんどは、どこへ行こうというあてもない風に云われるが、座談の合間に——

出でてはくぐるトンネルの
前後は山北小山駅
今も忘れぬ鉄橋の
下行く水の面白さ

と、鉄道唱歌の御殿場線のあたりが出た。そっち方面に先生の関心は向いている様子である。——貴君は何時《いっ》がひまかね、と先生が云われるから、わたしは何時だっていいですとこたえた。

二三日したら、先生から葉書が来た。二回目の阿房列車の打合せではなかった。

ファウスト博士ノ伝説ハ昨晩一寸御説明申シタ通リ面白イ事ハ請合《ウケアヒ》デス　世界的ノ又千古ノ面白サデス　アノ草稿ガソンナニ面白クナカツタラソレハ下訳ガエケナイノデソコハオ仕上ゲ下サイ」　サテイツ出来《シユツタイ》シマスカオ尋ネ申シマス　四谷ガ入ラッシヤイ入ラッシヤイトバカリ云フカラ中中出来ナイナゾト仰セラレル事ナク四谷ハ引キ続キ入ラッシヤイト云ヒマスカラ　ソレヲ第一ニ計算ニ入レタ上ニテ　サテイツ出来マスカ御返答下サイ　ソノ返答ヲ入ラシタ時ニ伺フ事ハ別トシテ御ハカキニテツマリ公文書ニテ御約束ヲシテ下サイ」カク申スハコレヲ以《モ》ツテ貴兄ヲコノ仕事ニヨリ脅迫セントスル下心ナリ（二十六年二月十四日）

□

忙しいから、忙しそうな顔をするのがいやだが、実際は、わたしはたいへんに忙しい。

まず自分の勤めの方の仕事である雑誌「国鉄」を一冊校了にした。先生の文庫版『贋作吾輩は猫である』の校正刷を半分見ながら、もう一冊の単行新刊本『億劫帳』を校了にしなければならない。先生の本の校正は、うるさいし、厳格だから、外《ほか》のことをかんがえていたんでは飛んでもない間違いを犯す。三回同じ校正刷を見る。三校くらいで校了にしようとして最終のものを、ぺらぺらと先生に目を通してもらう、それでも、二三の誤植を発見される事がある。エンピツで、さっさと手を入れる。わたし共が、この活字を取り除いて下さいという校正の記号、トル、を先生は、トレ、と命令形で書く。第一次『漱石全集』を手がけた時の名残りであろう。──校正に並行して『実説艸平記』に収録する原稿をそろえて出版元に渡さなくてはならぬ。その装釘を、安井曽太郎画伯にぜひおねがいしてもらいたい、と平生は装釘について多くの註文をつけない先生が云いだしたから、出版社から依頼する前に安井画伯にわたしからおねがいに行くことになっている。それには紹介状のあった方がいいので、小宮豊隆先生に紹介の名刺を書いていただいてある。（第二回目の阿房列車『区間阿房列車』には、湯河原の安井曽太郎画伯のところへ山系君が表紙画依頼に行く話を車中の会話として書かれてあるが、実際にわたしが湯河原天野屋へ行ったのは、区間阿房列車の短い旅から帰って来て三四日後のことであった）

安井さんは後でいいとして、もう一つ、村山古郷さんの俳句誌「べんがら」と、『御馳走帖』を出して潰滅した阿佐ケ谷のべんがら発行所と合体して、あらたに、内田百閒主筆、文章と俳句の月刊誌「べんがら」を発行しようではないかと話が進められている。これは早急に雑誌を出さなくてはならない。平山孝さんにおねがいして、その冊子の表紙にする林武画伯のクレパスの赤い薔薇の画もすでにおあずかりしてある。

もう一つ、先生が諄諄として云われるには——勤めの方から云っても君はだんだん歳をとってゆくのだから、いくらかずつでもえらくなってゆくのだから、いまのうちに、も少し勉強をしておかなくてはならない。それにはこの三月、法政大学へ這入りなさい。これこれの手続きとお金がここにあるから、何日までに学校の窓口へ行って学生証の交附を受けて、それを私に見せなさい――と云われるのである。忙しくッて学校どころではありませんなどと抗辯する余地をあたえないような、いつになくきびしい、命令する調子なので、まあ、なんとかなるだろうとその場逃がれに、先生の云う事に従うことにした。――そのときのわたしの気持は今考えると非常に恥ずかしい。先生の温かい心遣いをいちいち裏切るような真似をした。自分の好きな真似をするためには学校へ行くことがいやで堪らなくなって、その怠慢を先生にぶつけるようなことになってくるのだが、これはまた後日のことだ。

「べんがら」の発行所変更と第三種承認の手続をすませ、法政大学入学手続を一ト通り済ませ、『実説艸平記』の原稿を新潮社に渡してから――三月十日、十一時、米原行の列車に乗るために、こんどは先生の家へ迎えに行かないで、国鉄本社から東京駅のホームへ駆けあがった。米原行は三等車しかないから気は楽だが、座席が取れるかどうか心配である。東京駅駅長加藤源藏さんの秘書役である市川潔君にたのんで、ちょっとホームまで出て来てくれないかと頼んである。しかし、乗客の姿もまばらだから市川君を煩わさなくても多分座席は取れるだろう。

古い手帳を取り出して見ると、

○御殿場線に2等車有りや　（ナシ）

○沼津でのいい宿とはどこなるや

○一八五・二粁《キロ》乗車券にて下車有効回数は？（何回デモ。通用期間ハ2日間）
○興津又はその近辺にいい宿ありや
○一八五・二粁三等料金二百六十円也

などと書いてある。一八五・二粁とは東京（御殿場線経由）静岡までの粁程か。切符は静岡まで買ったようにおぼえている。カバンは、この前のボストンバッグでは、先生の面目を大いに潰したらしいから、修理も出来てきたので赤皮の鞄を下げて来た。この方が、どこへ持って歩いても普通の品物である。

うしろから何かで頭を軽く叩かれたので振り向くとステッキをついた先生である。行列の尻に一応並ぼうと先生が心配して云うから無理に反対しないことにする。市川君も来てくれる事だし、だいいち乗客の行列といっても十人ほどの行列なので、座席が取れることは間違いない。だが、普通三等に乗りつけない先生が行列に並んだ方が安心だと思うなら並んだ方がいい。「区間阿房列車」にこの時のホームの模様が書かれている。

『十番線の向うに、新しく敷設《ふせつ》する高架線の地形《ぢぎやう》工事をやつてゐる。汽罐を据《す》ゑつけて、その動力で、えんやこらの仕事の代りをしてゐる。煙突から真黒な煙を吐いて、その煙が歩廊に行列してゐる私共の方へ流れて来るのだが、同じ驛の中の煙でも、局地機関車の煙突から出たのは旅愁のにほひがするけれど、地形工事の汽罐の煙突から出た煙には、何のにほひもなく、けむつぽいばかりである。なぜさう云ふちがひがあるのかは、私に解《わか》らない。』

地形工事は新幹線ホームの基礎工事らしい。この部分の描写は、先生の文章としてごく普通の調子だが、その時の状景としてわたしにはどうしてか強い印象が残っている。

市川君がやって来た。わたしは列を離れてそっちへ行き、入線して来た列車の後尾に近い席を取った。そこへ、国有鉄道の職員である夢袋さんがお見送りに来る。

「改札を通ろうとしたらパスを忘れて来たので、仕方がないから入場券を買おうと改札口まで行ったのはいいんですが、こんどは蟇口を忘れているので、方方ポケットを探したけれどお金が這入ってないのです。弱ってるところへ、ちょう度、知った男が通り掛かったので呼びとめて十円借りて、やっと間に合いました」

「それは、それは」と先生が応える。

「ところが、階段をあがりながら見たら、お金は別のポケットにあったのです」

夢袋さんというのは、阿房列車が出発するときかならずお見送りいただくので、「見送亭」となっているが、中村武志さんのことである。中村武志がなぜ夢袋かというと、むかし中村さんは窓夢作《まどゆめさく》というペンネームで、夢サク、すなわち夢サックとは百鬼園先生もシャレた名をつけたものだと解説したのは、この日、座席を取ってくれた『駅長紳士録』の著者・市川潔君である。この解釈まちがっているとは思わないが、ひねりすぎた解釈とも思える。見送亭夢袋、こういう凝った人物名が阿房列車に限らず先生の作品のなかにはたくさん出てくる。某君の某を上下切りはなして甘木君、誰それさんの垂逸《たれそれ》さん、何樫《なにがし》君、などは特に実在の人物名を考えてみなくてもいいように適宜に用いられているから、すっきりしている。もっとも凝っているのは「贋作吾輩は猫である」だろう。作品の性質上、凝っているのはやむを得ないかもしれないが、蛆田百減、などというのをみると、素直におもしろがる気持になれない。そのほか、鰐果蘭哉、佐原満照、出田羅迷、蒙西、疎影堂、狗爵舎、句寒、馬溲撿校、風船画伯、飛驒里風呂、などと判じ物のような登場人物の名が続続出て来て主人公の五沙彌先生のところへ詰めかけるのである。袴垂保輔が風を引いた様な顔をしてだらだらと長ッ話をするひだり風呂というのは、アレは、先生の創作ですか。

――貴君はアタマがわるいねえ。ひだりは左右のサ、即ち、サ風呂さ、三郎だよ、と先生が云われた。

東京駅のホームでお茶の土瓶を二つ買って、窓枠に置いたが、発車ベルがギリギリ頭の上で鳴りつづけて、鳴りつづけたまま止まらない。ベルの故障かもしれない。ベルが鳴り終らなければ列車は出ようにも出られないだろう、などと先生はおもしろがっている。

「変ですね、見て来ましょうか」

「どこへ」

「そうですね」

こういう先生の会話、いや、作品のなかの会話は実に軽妙である。

列車が出て、めずらしい事に、先生が昼めしをたべるというので、横濱で焼めしの弁当を二つ買った。「代用食」と特に書いてあって、外食券と引かえに売っている。二つで百円。旨くもなさそうに先生はそれを半分ほどつッついた。

せっかく買って貰ったけれど、これは、とても全部はたべられませんな、と先生は折詰めを持てあました。

今度は御殿場線経由で、沼津、興津あたりを大したあてもなく歩いてくる訳だが、こんどの予定をたてる前時刻表をあっちこっち引っくりかえして、例のお膳の前で、北海道だけは今のところ僕は行きたくないのだと先生は云うのである。津軽海峡を渡るのが、こわい。日本海に機械水雷がふかりふかり浮流していて、海流か潮流かのぐあいでそれが流れこんできて、先生が乗った場合の青函連絡船がその水雷の出ッ張った角角《つのつの》をぐっと押して、それからどうなるか、それがこわいから北海道だけは行かない、と云われるのである。

北海道を、先生は知らないわけではない。大正十三年の夏、札幌へ一度だけ行った。旅立つ前、洋服が見すぼらしいので神田でつるしの六円五十銭のズボンを買ってきた。大正十三年といえば、稲門堂版『冥途』を関東大震災で紙型を焼失した翌年で、私生活のうえでも憂悶の多かった頃で、先生は一人で旅に出たのだが、手廻りはいつも学校にさげて行く手鞄に、浴衣一枚とちり紙などを詰めただけ。天ぺんに穴が明いたパナマ帽に赤皮の編上靴をはいて、二等車に乗って行った。食堂車でお酒を飲んで、夜になって寝台の上段にもぐり込んだ。ズボンを取るために片足を入れたところが、伸ばしたままでは這入らないから、膝を曲げた拍子に、抵抗のぬけたような冷たい気持がしたと思ったら、足くびから股にかけて、ズボンが裂けてしまった。ズボン下をはいていない脚《あし》が、外に食《は》み出している。びっくりしてよく見ると、ズボンが裂けたのではなく、縫目が糊のようなもので張りつけてあるのが離れているのだった。震災の翌年とはいえ六円五十銭のズボンは安物で、そんな安物を買ったのが手落ちだが、しかし、鞄の中には浴衣一枚しかない。ズボンが破けたからといって東京へ引返すわけにもいかない。あすの朝は、どんな恰好をして人前に出たらいいだろうと思って情なくなった。

それで、先生は浴衣の上にズボンの帯皮を締め、パナマ帽に赤皮の編上靴で、北海道に渡ったのである。お金は沢山持っていたけれども宿屋であんまりいい顔はしなかったそうで、それから札幌まで行って法政大学の学生だった菊島和男に会った。——帰りは菊島と一緒で、函館で一晩泊まったら、辻びらで翌日の午後、青森の公会堂で宮城道雄の演奏会があることを知った。

翌日、青森公会堂で演奏会を菊島と二人でひそかに聴く。

『青森の公会堂で、宮城さんが「落葉の踊」を弾《ひ》いてゐる。幾度も聴いた演奏だけれども、今始めて聴くものの様《やう》に新鮮で、輝やかしく、さう云ふ感じが段段に引き締まつて来て、しまひには、総身がぞうつとした。顔や手頸《てくび》に粟粒がざらざら出来る様な気持がした。』

その夜、宮城さん一家と先生達は青森の町の中を、牛肉のすき焼を食わせる家をさがしてうろうろ歩く。教わった所に行ったら牛肉を売る店だったり、牛鍋を食わせる店と訊いていたら「鍋を食わせるは乱暴ですね」と宮城さんがびっくりしたりした。ようやく汚い西洋料理屋の二階に上がって、お酒をのみはじめた。酔って大騒ぎになって、宮城さんが子供のおもちゃの三味線を借りてきて「小鬼のロンド」を弾いてたりしているうちに宮城夫人が俄かに怒り出した。お座敷藝人のするような事はおよしなさい。宮城撿校も憤然と起ち上がり、騒動になるところを、先生と菊島がなだめて、戸外へ出る。知らない青森の町をいい加減な見当で歩いてくると、暗い道の角に、いい香りがして、玉蜀黍を焼いて売っている。先生はそれを一本買って、宮城さんの手に触れさせる。

そんなに腹が立つなら、と先生が撿校に云った。いま菊島から蝙蝠傘を借りてきたから、これを貴方が持って、その玉蜀黍を私が差し出しているから、うまくなぐりとばして二つにへし折ってごらんなさい。

『「……盲人に棒を振り廻されるのだから、はたは険呑《けんのん》だけれど、しかし見えなくても勘でわかるでせう。その蝙蝠傘《かうもりがさ》の尖《さき》に渾身の怒気をあつめて、振らなければ駄目ですよ。それでうまく玉蜀黍《たうもろこし》を擲《なぐ》つたら、もうそれで怒りつこなし」

「やりませう」と宮城さんが凜然《りんぜん》として云つた。』

先生の玉蜀黍を持つ手に油がにじみ出した、恐ろしい勢いで蝙蝠傘が目の前をかすめすぎる、はげしい手ごたえがして玉蜀黍が二つに折れて飛んだ。――

「旅愁」は『無絃琴』（昭和九年中央公論社刊）に収録されてあるが、読み返しておしまいのこの辺りになると、爽やかな初秋の夜気を感じる。宮城道雄三十歳、百閒は三十五歳頃の挿話である。菊島和男は若くして亡くなった。――先生が北海道へ渡ったのはこの時一度限りだが、札幌でのことはふしぎに何も書いたものがない。ただ、「旅愁」の前段で、食堂車でお酒をのんだら、――

『北海道は全く赤鱏《あかえひ》の様な碌でもない島で、ぐにやぐにやしてゐて、歩くと足に踏みごたへがなささうに思はれ出した』とあるくらいだ。

□

東海道線米原行の三等車が横濱駅を出て、先生が、折詰めの五十円の焼めしを持てあまし、たいへん申訳ないが、勿体ないから何とかしてくれ、と云うから、先生の折詰めから半分いただいた。

大船、大磯を過ぎたころ、山系君のあいまいな呟きから会話がはじまる。

『「それで女房をつれまして、しかし僕は湯河原に用事があるのです」

「じれつたいね、それでどうしようと云ふのだ」

「だから途中で女房を二ノ宮に降《お》ろして、僕は湯河原へ行くのです」

「それならそれで、いいではないか」

「そのつもりで女房をつれまして、汽車に乗つてそのつもりでゐたら、走り続けて二ノ宮に停《と》まらなかつたのです」

「よく調べないで、乗るからさ」

「仕方がないから、湯河原まで行つてしまひました」

「女房とかい」

「さうです」

「新婚旅行だな」

「さうぢやありません。僕は湯河原に用事があるのです」

「用事は用事さ」

「さうは行きません。だから僕はその用件の所へ行きました」

「女房はどうした」

「女房はそこいらへ置いときました」

「まあいいさ」

「いいのです、そつちの事は。僕は用件に行きましたけれど」

「何の用なの」

「それがです。有名な画家なのです。僕は初めてお会ひしたのですが、その先生が大分疲れて居られた様《やう》でして、だまつてゐるのです」』

さきに書いたように、この用件は新著『実説艸平記』の装釘を安井曽太郎画伯に依頼するためであった。（この年の夏に創刊した文章と俳句の雑誌「べんがら」に「安井さんの傘」としてこの時の事を書いた。拙文の一部を写すことにする）

……ふと静かな気配がして、私の背後から、安井さんがゆっくり座敷へ這入って来られた。怪訝に思われる程安井さんの歩く動作は緩慢だった。大きな座卓の向う側に静かに坐ると、目を閉じ、またゆっくり開いてから、ほとんど聞き取れない位の低い声で、

「お気に入るものが出来るかどうか判りませんが……」

と云われた。終りのところがよく聞き取れなかったので、私は思わず前に乗り出す様にして、は？　と聞き返した。

「どうか、内田さんにも、よろしく仰しゃってください」

隈取った様な深い疲労の色が安井さんの顔に浮き出ている、一言ずつ句切ってそう云いながら、広い額へばらばらに垂れた髪の毛を両手で撫で上げているのを見ると、痩せた安井さんの上半身がゆらゆらと揺れているように見えた。……安井さんは、ノオトを持ち出されて、その中に鉛筆で、艸、という文字を書くのだが、幾度も書きちがえたりしながら、私の説明を丹念に訊かれた。ふっと安井さんの手が、前に置いた湯呑茶碗に触れて、ノオトの上に引っくり返った。あわてて私がハンカチを出そうとするのを、……

「安井さんとは、漱石山房で二三度お会いしたことがあると内田先生が云われていましたが……」

「漱石山房には、私も行ったことがありますが、おぼえていません」

やはり安井さんは百閒先生の作品を読んだことがない様であった。実説艸平記というのはどういうことを書いたものですか、と問われて、私は少少閉口した。（以下略）

……実際、その時、雨が降ってきた、早春の明るい雨だった、安井画伯はわたしに傘を用意して、これを差して行けと云われるのだが、借りて行って、また湯河原迄返しに来るのかとわたしは戸惑った。するとその部屋へ別の客が這入って来たのである。……

『僕はそこに置いてある傘を返す事ばかり考へてゐましたから、そこへその人が起《た》つてゐるものですから、僕と一緒に来て、傘を持つて帰つてくれるのだらうと思ひました。ところがさうではないのです。その人は後から来た別のお客なのです」

「貴君《きくん》はもういい加減で、おいとましたらいいだらう」

「しかし、雨が降つてゐるものですから、そこのお宅は高台になつてゐるので、向うが見えるのです。そつちの方に雨が降つてゐるのが見えるので」

「兎《と》に角《かく》傘を借りて行つたらどうだ」

「はあ」

「ちつとも埒《らち》があかない」

「その向うの方に家が列《なら》んでゐるのです。こつちが高いから、屋根ばかり見えまして、あの辺の温泉宿なのです。さう云ふ屋根がずうつと列んで居りまして、雨が降つて」

「それでどうしたのだ」

「その屋根に雨が降つてゐるのです。澤山屋根が見えますけれど、どの屋根にもみんな雨が降つてゐるので」

「そら、もう國府津だ」

「本当だ」

「乗り換へだよ」』

国府津駅で御殿場線に乗り換えるのだが、乗り換える列車は向うのホームで待っているから、ほかの客は御殿場線ホームの方へどんどん馳けだしてゆくのに、こういう時、先生はすこしも急ごうとしない。接続列車は乗換客が乗り終るまでは、必ず待っているものだと思ってるらしい。向う側のホームでは、急《せ》かせるように発車のベルが鳴っている。先生の背後から、巨《おお》きな身体をあと押しするわけにもいかない。抱えている外套を持ちましょうと云ったが、いいと云って渡さない。わたしはあきらめて、先生と同じ歩調になった。地下道を通り、向う側のホームに上がる階段を上がって、もう五六段で上がり切るところで、機関車の発車する汽笛がぼうッと鳴った。ホームに出ると、列車はゆっくり動いていた。わたしだけなら飛び乗れる速度である。

『階段を上がり切つた所の前は荷物車だけれどデッキがある。乗れば乗れない事もないが、荷物車に乗らなければならぬ因縁もないし、何よりも動き出してゐる汽車に乗つてはいけない。乗らうと考へてもいけない。昔からさう云ふ風に鉄道なり驛なりから、しつけられてゐる。』

それで、あきらめた。段段速度を早めて走り去って行く列車を見送ったあと、ホームの中ほどにあるベンチに腰を下ろした。

前の方に乗っていたら、或いは間に合ったかもしれませんね、とわたしは言い訳みたいに云ったけれど、先生は黙っていた。

『考へて見ると、面白くない。考へて見なくても面白くないにきまつてゐるのだが、かう云ふ目に遭《あ》ふと、後でその事を一応反芻《はんすう》して見た上でないと、自分の不愉快に纏《まと》まりがつかない。』

前の方に乗っていたら、などと云うが、

『そんな事で間に合ひたくない。だれが間に合つてやるものかと云ふ気持である。』

先生が、駅長事務室へ行って助役にそう云って来ようと云うから、二人でホームの端《はず》れにある事務室へ這入っていった。色色注意した末、——動き出している列車に、あなた方がお客を押し込んでいるのを、僕は目撃しました、ああいう事はよろしくない事だと思う、と先生が云うと、事務室にいた助役や駅員が返す言葉もなく謝ってしまった。それで事務室を出て来ようとしたら、助役が、沼津まで行くのなら本線で行けば、いくらでも列車がありますけれど、と云った。

「いや、御殿場線から沼津へ出るのです」

「ははあ、するとこの線の途中に、御用がおありになるのですね」

「用はどこにもないのです」

「成る程」

と助役は、分ったような表情で頷いた。

 もとのベンチに腰を下ろして暫らくすると、曇っていた空が怪しくなって、本降りに降り出してきた。ベンチの上の屋根の戸樋が洩るらしく、溜まった雨が溢れ出して、腰掛けている足の爪先のあたりへ音を立てて落ちてくる。先生もわたしも億劫だから、しぶきを避けるために起ち上がる気にもならない。

 御殿場線沼津行の次の列車まで二時間、さっき乗りおくれたのが十二時三十五分発で次のが十四時三十五分だから、ちょうど二時間、待たなくてはならぬ。先生はどう思ってるか知らないが、しかし、予定通りの時間に沼津へ著いたって、著いたところで二時間の予定がある訳でもない。このホームでぼんやりしていたって、同じことである。

「その間、こうやってぼんやりしているのか。まあいいや、ほっておこう」と先生が云う。

「何をです」

「何も彼《か》もさ」

先生も大体あきらめたらしく、煙草を喫《す》って雨脚を見つめたり、汽車に乗りおくれても誰に関係もなく、われわれもそれになんの影響もなくて、いい具合だ、長閑《のどか》で泰平だ、などと云われる。

『……大体人が見たら、気違ひが養生してゐると思ふだらう。二人竝んで、同じ方に向いて、いつ迄も黙つてゐるのは、少しをかしい。さう云ふのは二人共をかしいのだが、或《あるひ》は隣りを刺戟すると後が悪いから、もう一人の方がつき合つて、黙つてぢつとしてゐるのかも知れない。その気違ひは私の方かと思つたが、さうでないとは云はないけれど、年頃から云ふと山系の方が気違ひに適してゐる。』

やがて、ホームに沼津行の列車が著線して、またしばらく時間が過ぎ、退屈するのもいい加減にいやになる時分に、列車が発車した。国府津駅で、五十円のサンドイッチを二つ買ったのを発車すると間もなく片づけてしまった。御殿場線は蒸汽機関車で、それも単線になっている。線路を片方はずした跡の道に、青草が筋になって萌え出しているのを見て、先生は感慨深そうだった。それが裾野あたりの駅構内で列車が後戻りしたのでびっくりした。ぼんやり汽車の窓から外を眺めていたら、目の前にある駅の建物が後と退《ず》さりして辷り出したから、何んだか脳貧血を起こしたような気持になったと先生が云った。勾配の急な路線にあるスイッチバックを汽車好きの先生が知らなかったのである。昔は、こんな物はなかった、丹那トンネルが開通するまでは、当時の特別急行が走っていたのだから、こんな物があっては特急は走れる筈がない。「おかしいなァ」としきりに先生が首をひねった。

次の岩波駅でもスイッチバックした。国府津駅で乗りおくれたり、スイッチバックしたりして、なかなか沼津駅に著かないので、埒があかない。先を急がなくてはいけない。沼津駅は、どしゃ降りだった。千本松原辺りを歩いてみるつもりを、わたしは先生のそのつもりを知らなかったが、この降りではどうにもならない。駅長室の助役さんに頼んだら、沼津にはいい宿がないが、興津なら、と云うのでおねがいした。静岡迄の二等を買い、途中下車で興津へ降りた。雨はあがっている。

『雲の垂れた低い空に夕明かりが漲《みなぎ》つてゐる。真直《まっすぐ》い道の遠い向うの方が明かるくなつて、松の黒い影が鮮明に浮かんでゐる。その辺《あた》りは空の色だけではなく、往来に近い海の水明かりが射《さ》してゐるらしく思はれた。』

と興津駅を出て旧東海道の往来を右に見たその時の風景を書いている。これは、勘ちがいだそうである。その後、興津へ行ってみたら、道の突きあたりに松の黒い影なんかないんだ、おどろいたネ、と先生が云う。勘ちがいなんだ、勘ちがいだけれど、僕の書いた方がいいんだ、松がそこになければいけない、興津の町役場で松を植えればいいんだ。つまり、表現さえちゃんとしていれば事実の方は、もしまちがっていたら訂正すればいいんだ、と先生は云われるのである。——わたしは、その松の影などにはちっとも気がつかなかった。

沼津駅で紹介された旅館は水口屋。古風で立派な部屋に落著いてから、道道相談してきた興津駅長をお招きして御同席ねがうことを駅へ連絡したけれども、駅長さんは宿直なので都合がつかない。先生はひとを招待して御馳走をすることが好きだが、特にその土地の駅長さんと一献するのが好きである。ひとを招待して、というひとは勿論見ず知らずのひとを招待することではない。初対面のひとに対して、先生は人見知りする方で、したがって、「駅長」だけは先生の人見知りの例外ということになる。

駅長さんの都合がわるいのなら、やむを得ない、「ふだんは滅多になんにも云わない」が、「お酒を飲むと少しなにかしゃべり出す」しかしその「話は頭も尻尾もなく、だから話がどっちを向いているのか解らない」ヒマラヤ山系を相手にして、「女中が感心する程飲んで」、潮騒を聞くともなしに眠った。

□

翌朝は庭下駄で裏門から出て海辺を少し歩いた。昼すぎ、東京へ帰るのに、このまま真《ま》っすぐ上り列車に乗らないで、静岡まで行く。静岡へ行くには興津から一駅引返して、由比まで行き、それで又下りへ乗って静岡へ行こうと先生が云われる。先生の考えていることが、よくわからないのだが、どうせ目的なく汽車に乗ったのだから、思うようにお任せした方がいい。

由比駅。駅長の土屋平吉さんと助役さんが構内を抜けて海岸を案内してくれ、思い出したように、今日は大謀網の船が三時頃突堤から出るから御案内しましょうかと云う。

『しかし私は驛長の勧誘を受けながら考へて見たが、面白さうではあるけれど、行けばそれだけ経験を豊富にする。阿房列車の旅先で、今更《いまさら》見聞を広めたりしては、だれにどうと云ふ事もないけれど、阿房列車の標識《へうし》に背《そむ》く事になるので、まあ止《や》めにして置かう。驛長の厚意を謝して、そこで二人に別れて、私と山系とは海岸へ降りて行つた。』

由比駅へ降りた時ははっきり決めなかったが、今夜は由比の西山温泉に泊まる事になって、宿を駅長に依頼した。

由比の浜辺は、大学生のころの先生が東海道を行き帰りした時分の、居眠りしていてもすぐわかる馴染みの風景で、汽車の窓からながめて馴染みになっているその磯に起《た》って、今日は磯の方から通り過ぎる汽車を眺める。

『若い時の事が今行つた汽車の様《やう》に、頭の中を掠《かす》める。命なりけり由比の浜風。』

先生云われるには、東海道線でいちばん懐しく、また、風光のいいのはこのあたり清見潟で、とくに薩埵《さつた》峠のトンネルを出て富士が左側に見える辺りの海岸の、あちこちに散らばっている岩の配置は、明治何年かに上京したその頃から、ちゃんと同じ位置を占めていて、おんなじ方向を向いていて、少しも動かない。その岩の群れに波がぶつかって白い波が立ったりしているのを見ると、昔の記憶がハッキリよみがえって来る。——先生が、足許にころがっている大きな石塊を靴の爪先で蹴りながら、いきなりわたしに云うのである。

「これは石だね」

そうです、と答える。ステッキの先で、別の石ころをついて、

「これも石だろう」

ええ、と答えながらわたしは少少警戒する。

「いま、波をかぶった、あれは岩だね」

「そうです」

「こっちの、小さいのでも、あれも岩だ」

「はあ」

「これは石だぜ」

え？　とわたしは聞きかえす。

「石と岩の境目はどの位のところだね」

先生のこの種の質問にわたしはなるべくまともに答えないようにしている。

「しかし石は石で、岩は岩で、だれでもそう思っている。だから、境界はあるんだヨ」

と念を押されて、わたしは何とも応答できず、立往生した。

「気ちがいと神経衰弱とはちがう。極度の近眼でも目くらではない。吃りと唖とを一緒くたにしてはいかん」

□

夕方は由比駅長に一緒に来ていただいて、西山温泉の一軒しかない宿へ行った。温泉といってもわかし湯だが、簡易旅館の趣きで、少しお酒がまわり出したら、土屋駅長が汽笛一声の鉄道唱歌を歌い出した。先生、大いに喜び、続いて下関あたりまで大きな声で歌い出した。へんな宴会だと宿の者が思ったかもしれない。

翌日は昼近く駅に行って、静岡までの二等切符を買った。一昨日沼津で静岡行二等を買ったが間二晩すごしたから、通用期間が過ぎている。静岡著十二時四十八分。東京へ帰る上りの発車は三時三十四分。国府津駅乗りおくれよりもっと長い時間待たなくてはならない。その間に列車はいくらでもあるのだが、鹿児島仕立ての三四列車の一等に乗りたいと云うのだから、やむを得ない。

二時間半、駅の待合室にうろうろしていても仕方がない。静岡鉄道局の建物の中に友人の永田博がいるから訪ねてみると云ったら、先生もひまだから一緒に行くと云われた。訪ねてみたが不在で、駅へ戻った。名所案内の地図を見ながら、城内のわきに税務署があるから行って見ようか、と先生が云ったけれど、そういう先生の冗談にはうっかり乗らないことにした。駅の脇に荷物の一時預り所が見えたから、荷物を預けることにした。荷物といっても鞄の中は東京駅で買ったお茶の土瓶のアキびんと、由比で買ったサクラえびの干した新聞紙包み二つだけである。用がないから、その一時預り所にも先生はついて来た。預けて、また元のベンチへ戻ってきて、もう何んにも用事がない。駅前に幾つも並んでいる代燃車のバスのお尻をながめながら、

「そこの、右の窓口に何と書いてある」

「遺失物取扱所です」

「何をするところだろう」

「遺失物を取り扱うのです」

「遺失物と云うのは、落として、なくなったものだろう。なくなった物が取り扱えるかね」

「拾って届けてきたのを預かっておくのでしょう」

「拾ったら拾得物《しゅうとくぶつ》だ。それなら実体がある。拾得物取扱所の間違いじゃァないかね」

先生から云われてみれば、なるほど、そうにちがいない。しかし、わたしは国鉄職員だが、こういうまちがいを指摘されていちいち責任を感じることもない。——鉄道省の七階の部屋のドアに、「開けたら閉めて下さい」と書いてあったら、それを見て、先生が云うのである。開けずに閉められるかい。……それは、まったくそうなのだが、こういう借問には正面切って答えると損をする。先生に云わせると、こういう場合、わたしは相手にな

らぬような顔をして、返事をしないそうである。

やがて、二時間三十分という時間が正味たっぷり過ぎて、静岡三時三十四分発第三四列車の一等車に乗りこんだ。どうも先生は、一等車に乗り込むという気分が好きらしい。乗るとすぐに、昨日一昨日すごした興津、由比を通過するのを待ち兼ねて、おなかが空いたから食堂車へ行こうと云われる。それで、それから横浜をすぎるあたりまで食堂車に腰を据えてお酒をのんだ。なんのために、二倍の運賃と料金を払って、一等車で一服しただけで、食堂車に腰を据えて東京近くまでお酒を飲んでいたのか、わたしにはよくわからない。何のための一等だか解らない、二等でも三等でも同じ事だった、とあとになって考えるのである。

16

還暦祝いから初まった摩阿陀会に先生がいつも著用して行かれたのは、大正の関東大震災の翌年かに森田草平さんから三十円で譲りうけた縞ズボンで、麴町五番町の家が空襲で焼かれたとき穿いて逃げ、それから小屋住いの三年間穿いたままで坐っていたから膝が抜けている。上著の方は黒い背広だが、これも十年位前に遠縁の耳鼻科の医者に貰ったもので、御自分でもそれで人前に出て失礼だとは思わないが、見栄えのする洋服だとも思っていない。

税務署関係のお金が戻ってきて不時の収入があったから、奥さんが洋服を新調しなさいとしきりにすすめるのだが、こっちから身体を持って行って寸法を取らせて洋服をあつらえるなんて、面倒なことはいやだ、どうしても作るというなら、今までの古いのを持って行って、それと大体同じのを買ってくればいい、と先生がいうのである。奥さんが仕方なしに、三十年前のズボンと十年前の上衣を風呂敷に包んで三越に行って誂えようとしたら、そういう註文はお受けするわけにはいかない、お客の方でそれでも構わないと云われても三越としてはお客様の身体の寸法に合わぬ物を仕立てる訳にはいかない、註文なら必ず寸法を取らせていただきたい、と云うのだそうで奥さんは困ってしまった。先生へそれを電話した。

『電話を聞いて、怪《け》しからん事を云ふと腹を立てた。人間の身体は、痩せたりふとつたりする。それはこちらの勝手である。然《しか》るに一《ひと》たび三越で誂《あつら》への洋服をつくらせたら、爾後《じご》洋服の中身はふとつても痩せてもいけないと云ふ様《やう》な云ひ分である。何、後でふとつて著られなくなつても、痩せてだぶだぶになつても、仕立て上げて渡した時だけ身にあつたら、それで気がすむと云ふのなら、なほ更不都合である。係は違ふにしろ、吊《つる》しの既製品を売つてゐる癖《くせ》に、こちらでその既製品程度に何とか著られればいいと云つてゐる註文を受付けないとは言語道断である。』（華甲二年）

先生が怒るので、奥さんは古洋服を抱えて帰って来た。――そこへ、ちょう度わたしが行ったので、先生は思い直して、一切任せるから、既製品でいいから、明日買って来てくれと云われた。そのいきさつを知っているから、これは面倒なことを任されたと思った。翌日、三越へ行って、散散迷った揚句、薄茶の霜ふりの三ッ揃を買って、持って行ったら、誂えたように先生の身体にぴったり合ったのでわたしは安心した。だが、身体には合ったが、色合いが、どこがどうというのは解らないが、どうも気に入らないと云われる。それでは、あれこれと迷った、もう一つの鼠色の方に変えて来ましょうかと云ったら、これで我慢するから構わないと先生が云った。

摩阿陀会第二回、二十六年五月二十九日の当日は、先生が日本郵船嘱託だった当時から十年振りで、新調の洋服を著てお祝いの席に出ようと思っていたのだが、当日になって、支度をしようという間際《まぎわ》になって、新しい洋服を著るのが、いやになった、と先生が云い出した。摩阿陀会に行かれるのでわたしは先生を迎えに行ったのである。

『照れ臭いのでもなく、惜しいのでもないが、どうもさう云ふ気がしない。矢ッ張りぼろぼろの継《つ》ぎの当たつた古洋服の方がいい。去年の摩阿陀會にも一昨年の祝賀会にも古洋服を著て出たのだから、今年も同じ古洋服の方がお目出度《めでた》い。摩阿陀會は元来お目出度い会である。だから自分で目出度いと思ふ縁起に従ふ事にする。さうすれば多田に貰つた古チョッキを活用する事も出来る。新調の背広に純白の変りチョッキを著たら、保険会社の支店長の様《やう》な事になるだらう。』

お目出度いと思う縁起をかついだ訳でも、先生という人は、多田基さんから白チョッキを貰ったからその顔を立てる気持からでもなく、そういう頑固で義理がたい、誕生日を祝ってくれる歳下の者の前にいつでも同じ顔で坐っていてやりたいと思うひとなのだ。昔の学生たちの前に、新調のさっぱりした、涼しい恰好で、保険会社の支店長のようなことで云云というのは、それこそ照れかくしであって、継ぎの当ったズボンに、右と左とでは袖の太さが違う上衣を著て、先生は目出度く摩阿陀会に出席した。

17

魔法罎のたっぷりしたやつを二個買っておいてくれと云って先生からお金を預かった。なんのためにそんなものが必要なのかと云うに、と先生が説明された。――こんどは、廣島、博多を経て鹿児島まで行こうと思うけれど、目あての三七列車筑紫号には食堂車が連結されてない。だから、やむを得ない、お酒をお燗して持って行くのにぜひとも魔法罎が必要なのだ、とご自分の思いつきがいかにも思慮深いことのような口ぶりである。そして先生は語を継いで云われるには、もう一つ買ってきて貰いたいものがある。それは……。貴君に校正をして貰っていて時どき困ることなんだが、貴君が正確な字劃を案外知らない事である。僕は当世の略劃活字というのが大きらいだから、僕の本の校正者である貴君は正確な文字を知っていてもらいたい、これは大分前から考えていた事だけれども、その時分には、いい漢和字典がなかったから、我慢していた。最近、新聞広告によると簡野道明の字源が覆刻されたそうだから、それを一冊買って来て下さい。

字引なら、いつか先生からいただいた大槻文彦の言海を大事に使ってますけれど、とわたしが云うと、言海と字源を一緒くたにするような貴君はそそっかしいひとだ、と叱られた。

二三日すぎて、四合はたっぷり入る魔法罎を二つ、三越で買ってきた（先生は三越が好きである。高いからまちがいがないのだそうである）。字源の方は中中見付からず東大前の本屋迄行って買ってきた。魔法罎と字源を抱えて先生のところへ持っていった。その場で、字源の扉の裏に字を書いていただいた。

文字ノ関マダ越エヤラヌ旅人ハ道ノ奥ヲバイカデ知ル可《べ》キ　昭和二十六年六月二十日

平山三郎君　　百閒

ほう、これは先生の歌ですか。墨が乾くのを待ちながら伺ったら、そういうそそっかしい事を云ってはいかん、とたしなめられた。

字源を有難くいただいて、家へ帰ってきてから、もう一冊、これは四五年前にいただいた言海を引っぱり出して見た。手擦れのした厚い頁の間に紙片が挟まっていて、それに先生のペン書きで——古き版の言海もあり〇十年文をうとんじ文にしたしみ——と書いてあった。丸の所は何十年だか先生も覚えがない。これは昔昔の先生の珍らしい歌らしいのである。字源でも、言海でも、字引をひくときは、なんだか先生に叱られている具合で困る。

□

魔法罎二つと、法政大学の多田基教授から借りた赤皮の立派な旅行鞄を下げて、筑紫号の一等コンパアトに乗り込んだのは六月末である。

九時発。列車の外は、二重窓の上にカアテンが引いてあるから見えない。

先生の正しい音感によると、蒸汽機関車の汽笛を文字に現わすと、ピイ、太ければ、ポウ。電気機関車の気笛は、ホニヤアと云ってるようでもあり、ケレヤアとも聞こえるという。仮名で書くのも音標文字で現わすのもむずかしいが、巨人の目くらが按摩になって、流して行く按摩笛のような気がすると云われる。

巨人という観念がわたしにはハッキリしないが、先生は、ゴヤの描いた巨人を雑誌の挿画の図柄に指定して描いてもらった。阿房列車の挿画は、内田巌氏で、むろん、内田画伯はゴヤの絵を知っている。その画はたいへん先生の気に入った。半裸の巨人が、山裾を夜行列車の走る山脈に腰を掛けて、空にかかった弦月を半ば振り返ってながめている。（この原画は特に頼んでわたしが貰い、べんがらの表紙に用いた）

さて、急行筑紫号が走り出してから新橋を過ぎたあたり、コンパアトの係りのボイが来て、小さな包みと手紙を置いていった。お見送りの方から、と云う。誰が見送りに来たのだろうと先生は驚いた。手紙には麗麗しく、先生の名前が書いてある。包みの方はウイスキーのポケット罎である。先生が、いやな顔をした。

『「ねえ山系君」「はあ」「旅行中キスキィは飲んではいけないだらう」「飲まなくてもいいです」

「その鞄《かばん》の中に気附《きつけ》の小罎も這入つてゐるけれど、それは勿論《もちろん》飲む可《べ》き物ではない。夢袋さんのこれも、飲むのはよさうね」「はあ」「旅行中キスキイを飲んではいかん」』

わたしはウイスキーはそんなに好きではないが、結局、この旅行中、ポケット罎と気附の小罎は空ッぽになってしまった。

夢袋さんの手紙の最後には「ラジオが颱風ケイトの来襲を告げておりますので心配いたしております、ケイトに向かって雄々しく出発する阿房列車のつつがなきことを切にお祈りいたします」

寝台が二段、タテ長に付いた狭いコンパアトの中で、二本の魔法罎と、つくだ煮の折り、三角のお結びなどを取り出したが、寝台に腰掛けて二人並んで魔法罎をあけるのでは、気分が出ない。気違いが養生しているようなことになると先生が云うので、ボイさんに頼んだら、椅子がわりに丁度いい具合の木箱を貸してくれた。それに古いカアテンを二三枚重ねて敷いてくれて、わたしがそれに腰かけ、先生は座席の上に坐り込んだ。それで魔法罎を傾けはじめた。

「螢光灯のあかりで見ると、貴君は実にむさくるしい」と先生が云ったのだそうである。

「僕がですか」

「旅に立つ前には、髭くらい剃って来たらどうだ」

「はあ」

「丸でどぶ鼠だ」

「僕がですか」

「そうだ」

「鹿児島へ行ってから剃ります」と山系が答えることになっている。

『暫《しば》らく散髪にも行かないと見えて、頭の毛が鬱陶《うったう》しくかぶつてゐる。襟足《えりあし》が長いので、その先がワイシャツのカラの中に這入つて、どこ迄続いてゐるのか、外からは解《わか》らない。熊の子に洋服を著せた様《やう》でもある。胴体は熊で、顔はどぶ鼠で、こんなのはヒマラヤ山の山奥へ行かなければゐないだらう。』

横浜を出る頃は二本目の魔法罎に移っていた。ボイさんにたのんで、熱海でお酒を買い足してもらった。買い足したのは二合罎の冷酒だが、それが一合程残った。二合罎に残ったその一合を八日間の旅程中持ち歩いて、鞄の隅に入れたまま持ち歩いてどうしたかというと、九日目の晩に先生が家で飲んで、それで片づいた。

『大きな顔をして一等車に乗つてゐても、根がけちだから、さう云ふ事でお里が知れる。さう思ふけれど、実はさうではないとも思ふ。お酒と云ふ物は勿体《もったい》ない。おろそかに出来ないと云ふ事が腹の底に沁《し》み込んでゐる。空襲の晩には、焼夷弾の雨下する中を、一合許《ばか》りのお酒が底に残つてゐた一升罎をさげて逃げたが、その時のお酒と、コンパアトで飲み残したお酒と、勿体ないと云ふ味に変りはない。』

空襲の晩というのは二十年五月二十五日夜半、五番町の家が焼失した晩のこと。空襲をつぶさに日録した「東京焼盡」を読むと、日本郵船の大橋古日《ふるひ》さんが苦労して五合程の配給や闇酒を集めて持参してくれたり、郵船の店童が国民酒場から僅かなお酒を買ってきてくれるのを、先生は実に有難いと思って飲むのである。毎日毎夜東京の空に現われる敵機の進入方向や機数もハッキリ記録されているが、時時配給になるお酒の分量もわかる。その二合、三合のお酒の味が、どんなに旨かったかも、ハッキリわかる。

五月二十四日の朝、配給の酒東自慢が五合あって、朝食の時コクテールグラスで冷《ひや》のまま一杯のんでしまったが別に知人の配給分を譲ってもらう約束があるから、夕方、大橋古日さんを誘って家に帰ってみたら、譲って貰う筈のが配給が明日になったので手に入らない。近所から二合借りて来て、冷で一杯飲んだ五合と加えて七合弱で、大橋さんと一献がはじまる。これが市ケ谷合羽坂から移ってきて九年住み馴れた五番町の家のそれが最後の一献になったが、この晩のお酒は実にうまくて、十時過ぎにすんだ。時候もいいから奥さんと共に古日さんを表まで見送って出た。いい機嫌になった古日さんはそこで又立ち話をしたり野良猫を構ったりして帰っていったあと、敵の飛行機がいかに残虐でもこんな小さな家をねらうという事はないだろうと云うと、奥さんが、そう云えばお隣りの立ち樹一本ですものね、と云った。お隣りは軍需大臣邸の塀が延延と続き、その長い塀が切れた端に、先生の家がある。その塀の中の立ち樹一本分位だと奥さんが云われたのである。

翌二十五日、警戒警報解除の合間をぬって日本郵船へ出社する。夕方帰って、昨二十四日の約束の知人から配給白鹿五合をゆずって貰った。その内昨日借りた二合を返す。後の三合で飲みはじめたけれど、ゆうべ程おいしくない。身体の調子らしいので、二本でやめた。

午後十時五分警戒警報、同二十三分空襲警報、頭上を過ぎる敵機の数が段段増えてくる。焼夷弾が身近かに落ちてくる。四谷牛込の方から今まで見た事もない低空で、機体や翼の裏側が下で燃えている町の炎の色を赤くうつして、いもりの腹のように見える。

先生は、もういけないと思って覚悟をきめて、目白の飼桶《こおけ》と駒と鶸《ひわ》の飼桶を表に出させる。向いの家が白い炎に横流しになった。もう逃げなければいけないと思って、奥さんと背中と両手に荷物を一ぱい持って、ひどい風と埃と火の粉の中を軍需大臣官邸の裏側の方へ向かって避難した。玄関まで持ち出してあった漱石先生の筆蹟「偶坐為林泉」の額。森谷金峯先生の「雲龍」の大字の軸。十一歳の先生が書いた「南山壽」の書額。字書類すべてあきらめなければならない。

午前一時空襲警報解除。火勢はいよいよ猛烈になった。——逃げる途中、昨夜、身体の調子がわるくて飲み残した一合の酒を一升罎のまま持ちまわった。

『これ丈《だけ》はいくら手がふさがつてゐても捨てて行くわけに行かない。逃げ廻る途中苦しくなるとポケットに入れて来たコップに家内についで貰つて一ぱい飲んだ。土手の道ばたへ行つてからも時時《ときどき》飲み、朝明かるくなつてからその小さなコップに一ぱい半飲んでお仕舞《しまひ》になつた。昨夜は餘りうまくなかつたが残りの一合はこんなにうまい酒は無いと思つた。』（「東京焼盡」五月二十五、六日の項）

□

急行筑紫号のコンパアトで先生は翌日の朝の京都も大阪も丸で知らない。姫路を出て上郡をすぎ、三石のトンネルが近くなる頃、ようやく目がさめたらしく、一等の座席の方へ出て来られた。

岡山に近いことはわたしも先刻から気がついている。どのくらい長い間、先生は古里へ帰らないだろう。

古い話からすれば、大正十二年の大地震のあと、江田島まで行ったことがあるが、行きも帰りも素通りした。その前後にお金の工面で帰ったことがあるけれども、それが何時《いつ》だったかハッキリしない、岡山駅の前の宿屋に何日か泊まった。そのあいだ、こちらからは用事のない親類や旧知に会うと面倒だと思ったので、なるべく外へ出歩かないようにしていたから、その頃の町の様子は少しも見ないで東京へ帰ってきた。その時、大手饅頭がたべたいと思って買ってきて貰ったら、似たような体裁の、味がちがう物だったので大手饅頭に贋物ができていることを知った。

その後もう一度、同じような用事で岡山に帰ったことがある。この時も駅前の旅館に泊まって、夕方からその用達しに出掛けたあと、一緒につれていった弟子をどこかに案内してくれるように宿の番頭にたのんでおいたところが、先生がおそくなって帰ってみると、ついそこの横町の料理屋にいると云うので行ってみた。お弟子さんは藝妓を呼んでお伴の番頭まで一緒にべろべろに酔ッ払っていた。つれて帰って一晩中介抱した。番頭は翌日になっても顔を見せない。結局その尻拭いをしただけで、肝心の金策の方は埒が明かないなりに東京へ帰ってきた。

昭和十五年夏、下関へ八幡丸に乗るために行ったときは、せめて岡山の歩廊に列車の停車時分だけ降りて見ようとした。前に腰かけていた外国人が話しかけるので、私のハイマートだと云おうとしたが、その言葉が感傷的に思われたので止めた。

昭和十七年十一月、木畑竹三郎先生が亡くなられたとき、夜行列車で岡山に行った。岡山駅から桜ノ馬場のお宅までお伺いして、待たせてあった俥で駅へ戻って、そのまま上りの汽車に乗った。その間、実に、二時間ばかりしか岡山にいなかった。俥の行き帰りの道をながめただけである。

　空襲をうけて古里の姿がどんなに変ったか、東京の焼野原から推して大体の想像はつくけれど、どの辺りまでがどんなに荒れ果てたか、よく解らない。――わたしが終戦の年の暮、復員列車にすし詰めになってようやく岡山まで来たら、そこで列車が打ち切りになってしまった。仕方なく夜の岡山駅前をうろうろした。暗い駅前広場に、ローソクの灯をともして得体の知れない食べ物屋が並んでいる。……あちこちに旨そうな湯気が立って、スイトンだか煮込みを一ト丼二十円で売ってました、列車にあぶれた復員兵たちが、その屋台によってたかって、目の色をかえて丼を抱えて食べていました。……と、焼けあとの掘立小屋の先生に岡山駅前で見たことを話した。君もその煮込みをたべたのか、と聞くから、わたしは物入れに八十幾円しか残っていなかったし、それに兵隊どもがあんまりがつがつ首を突っこんでいて割り込む隙がないので、我慢しました、と答えた。引き揚げ兵隊の旺盛な食欲を喋ったつもりだったが、先生はそうは聞かれなかったかもしれない。先生が古里の岡山とよんでいるところは先生の記憶だけの町であって、夢寐《むび》にも忘れない、なつかしい町の姿である。先生の記憶をわたしは傷つけたかもしれなかった。――現在、先生の家の三畳の茶ノ間の壁には、岡山後楽園のカラー写真がピンで貼ってある。十年程前カレンダーから千切ってわたしが持っていったものだが、先生はそれを何時までも捨てようとしないのである。

……列車が備前平野の田圃の中を驀進して、瀬戸駅を過ぎる頃から、『座席の下の線路が、こうこう、こうこうと鳴り出した。遠方で鶴が啼いてゐる様《やう》な声である。何年か前に岡山を通過した時にも、矢張りこの辺からこの通りの音がしたのを思ひ出した。快い諧音であるけれども、聞き入つてゐると何となく哀心をそそる様な気がする。』

西大寺駅を通過すると間もなく百間川の鉄橋である。百閒先生は百間川をわたしに教えようとしていくらか落著かなくなった。『百間川には水が流れてゐない。川底は肥沃《ひよく》な田地であつて両側の土手に仕切られた儘《まま》、蜿蜿何里の間を同じ百間の川幅で、兒嶋湾の入口の九蟠《くばん》に達してゐる。中学生の時分、煦煦《くく》たる春光を浴びて鉄橋に近い土手の若草の上に腹這ひになり、……』というその土手が見えはじめた。

『「おい山系君」と呼んだが、曖昧《あいまい》な返事しかしない。少しくゴヤの巨人に似た目が上がりかけてゐる。

「眠くて駄目かな」

「何です。眠かありませんよ」

「すぐ百間川の鉄橋なんだけれどね」

「はあ」

「そら、ここなんだよ」

「はあ」

解《わか》つたのか、解らないのか解らない内に、百間川の鉄橋を渡つて、次の旭川の鉄橋に近づいた。』

先生が阿房列車で記述される文章は、いちいちすべて嘘はないのだが、どうも、この受け答えの箇所は、あやしい。多少眠くはあったかもしれないが、しかし、わたしはかなり緊張していたのである。ただ、緊張している具合を先生に伝えて、先生の気持を乱したくなかっただけである。

□

三七列車博多行を、尾道で降りた。瀬戸内海の白砂青松の浜がつづく呉線の風光、海波と島島の姿が見たいためである。尾道駅で下車して次に乗りかえる列車は急行安藝号で東京発は九時三十分。いま降りた筑紫号と発車時分は三十分差だが、尾道では五十分以上待ち合せることになる。お天気もいいし、駅を出ればすぐ前に海も見える。ちょっと出て見ましょうか、と云って、改札を出た。広場のすぐ先に海波が光って、向うに島が見える。

——ふと思い出した。戦後すぐ先輩の三崎さん半田義之さんの四国講演旅行について行った。善通寺で講演時間の事でもめて二人が口を利かなくなり、高松、高知を廻り、多度津から尾道まで引上げて来てもお互いがそっぽを向いている。道を歩くのにも二人は一丁程離れているからわたしはその真ン中辺りをどッち付かずに歩いてゆく。半田さんは高知で鰹のタタキのツマのニンニクを食べ過ぎて、元元悪かったお尻をこじらせて、痛くて動けないから、一晩ここで休みたいというので泊まった、それが、あすこの海岸ッぷちに見える宿屋で、……半田さんはじぶんは布団にもぐり込んで痛みをこらえながら、枕元のわたしに酒をのめとすすめる。俺に遠慮して飲まないなら、一緒に居なくともいいから俺を置いて先に帰ってくれと怒り出す、わたしは渋渋お酒を註文して、痛がる病人を慰めながら、旨くない酒をのんだ……と海辺からの明るい光を受けながら喋り出したが、途中で、これは先生の家のお膳で喋った事があると思いだした、先生も興味がなさそうな顔をしているのは、そのせいかもしれぬ。

駅前の空地に何か見世物が掛かっている。拡声機が悪くて、看板の前で黒メガネの男が口上を喋っているのだが、何を云ってるのかさっぱり解らない。テント張りの小屋の正面に廻ってみたら、看板は蛇女とか蜘蛛娘が毒毒しい色彩で描いてある。むかし靖国神社の境内で見た事がある親の因果が子に報いという見世物である。

ちょっと這入って見ようよ、と先生が云われる。尾道まで来て、なにも見世物をと思ったけれど、別に外に用事もないのだから、不承不承という恰好で這入ってみた。

蛇女は、顔だけ台の上に載っていて、張り子の蛇の尻尾がその脇にのぞいている。女は退屈そうに目ばたきして、見物人の顔をじろじろ見ている。蜘蛛娘は、宙に吊るした梯子の途中に作り物の蜘蛛の脚を八方に出して、その真ン中で顔を出していた。本物の胴体がどこにかくれているのか解らないと先生が首をひねって感心している。
代は見てのお帰り、出口で二人分六十円払って、駅へ戻ったら時間がいい具合に経って
いた。
三九列車に乗ってからも座席を海側に取ることができてほっとした。
『……汽車は海辺に出て、向うの近い島の姿を刻刻に変へてゐる。明かるくなつた車窓
に海波の光りが反映する。磯がもつと近くなつた時は、高さが一寸にも足りないと思は
れる縮緬波《ちりめんなみ》が、白い砂を嚙んで走るのが見える。お天気がいいので海面が明かる過ぎる
から、戦前に通つた時の雨をふくんだ眺めよりは見劣りがするけれど、それでも見たい
と思つた景色を見て堪能した。』
廣島駅は夕四時著。廣島管理局のわたしの知人、鶴濱正一の出迎えを受けることになっ
ている。
今夜の宿に鶴濱君を招待しようではないかと先生が云われる。先生は初めて会うのだか
ら知らないが、知らない人にいくらか好奇心もあるようだが、鶴濱氏はたいへん折目正し
いひとで遠慮深いから、先生がそうしてわたしの知人にも気を遣って下さるのは有難いけ
れど、——それでは遠慮しなければ、同席ねがいましょうと云ったら、
「貴君、それは無理だよ」と先生が笑うのである。
「招待を受ける前に遠慮することは非常に難しいね」

例によってわたしは沈黙した。

やがて廣島駅に著き、鶴濱氏の案内で上大河の旅館に落ちついた。颱風の余波が近づく気配で、雲の行き来があわただしい。夕方から鶴濱氏にも加わって貰ってお酒をのみはじめたが、戸外はひどい雨風で物騒な音が断続した。

『私も朦朧《もうろう》として来て後先のつながりはよく解らないけれど、少し赤い顔をしてゐる甘木君をつかまへて、山系が頻《しき》りに論じてゐた。「山椒魚や海鼠《なまこ》は消極的だ」』

□

翌日は心配した空模様が晴れ渡って、鶴濱氏手配の車で、比治山に登った。荒廃した廣島市を無言で眺望した。先生の感想は、

『大変見晴らしがいい。向うに山があつて、川が流れてゐて、海が見える。山裾《やますそ》のどこかで犬が吠えてゐた。』

町中へ降りて、太田川の相生橋の上で車を降りた。川の向うに産業物産館の骸骨が建っている。

『天辺《てっぺん》の円塔の鉄骨が空にささり、颱風の餘波の千切れ雲がその向うを流れてゐる。物産館のうしろの方で、馬鹿に声の長い鶏の鳴くのが聞こえる。』

これだけである。この章ではこれだけの感想だが、このあと鹿児島まで行って、城山に昇る道の私学校跡の石垣の肌に、西南の役の時、官兵が打ちこんだ弾丸の痕を見て、

『遠い気持がするけれど、歳月がその痕《あと》を苔で塗り潰《つぶ》すのをほつておけばいい。つい一昨日廣島で見た相生橋畔の廃墟と比治山の見晴らしには、犬が吠えても鶏が鳴いても、人に恨みがあるものか無いものか、と云つてゐるのではないかと思つた。』

と書いている。蛇足だが、講和条約が結ばれたのはこの翌年である。

□

薄暮、下関に著く。――先生は昭和十五年夏、新田丸の姉妹船八幡丸が新造されたので、試乗するために下関まで来た。すでにお酒の不自由な時期だったので、ビールを半打《ダース》、東京から持参して行った。山陽ホテルに一泊して翌日の夕、ランチで門司に渡り沖に碇泊する一万八千噸《トン》の豪華客船八幡丸に乗り込んだ。新造船八幡丸は神戸に向かった。――十年余り経った下関駅のホームに降り立って、その時泊まった山陽ホテルの在り場所を、列車のボイに聞いたが、先生の思っていた方向とは大分離れていた。

海底トンネルを通るのが初めてであるから、これから先の九州の地はすべて先生には新鮮な未知の土地である。

博多へ夜九時に著いた。博多の宿は東京を出るとき、「旅」編集長の戸塚文子さんに紹介されてあるけれど、念のため廣島を発つ前に宿宛の電報を打っておいた。博多駅の改札を出て、その場所を訊ね、車を呼んでもらうつもりで案内所に行ったら、そんな場所に（たしか中州と云った）そんな宿屋はありませんと云う。電話帳で調べて貰ったが見当らない、しかし電報を打ってあるんだがと云うと、そんな町名は無いのだから電報は宙に迷ってるだろうと云うのである。半信半疑で、案内所と押問答していても仕様がないから、改めて旅館を紹介して貰った。車で著いたところは素人料理屋のような妙な宿で、御馳走はあったけれど旅館に泊まっている感じではない。食器に青カビがついていたり、ベニヤ板で仕切った隣室の客が独り言か寝言をいい続けて、落著かない。先生はその場ではやかましい事は云わないし、また、そんな事を面白がっているフシもあるし、却ってこっちで気苦労する。

翌朝、十時五十五分博多発の霧島号で鹿児島へ向かう。夕六時、桜島が目前に見える鹿児島駅へ著いた。

鹿児島駅には城川二郎さん（阿房列車の中では状阡君《じょうせん》）の義弟さんが迎えに来ている筈だが、お互いに顔を知らないので、先生が著く前から気を遣った。

むかし城川さんが法政大学の学生の頃、先生は城川さんを連れて東京市外の笹塚駅の近くへ用達しに行った。『その時分の私の用事と云ふのは、大概きまつてゐて、お金を借りる相談か、他から借りられる様《やう》にして貰ふ依頼か、已《すで》に借りてゐるお金を、もう暫《しば》らく返さずに置く言ひ訳か、大体そんな事を出でなかつた様である。』

私鉄笹塚駅のホームの待合室で待たせておいて、大分遅くなってから先生が戻って見ると、城川さんの姿が見えない。冬の事で、寒いし、待ちくたびれて帰ったのだろうと思って、電車に乗って帰って来たが、心配なので牛込焼餅坂上の城川さんの下宿先へ寄ってみたら、未だ帰っていない。もう終電すぎていて引返すことはできない、翌朝、士官学校へ出勤する前に、俥に乗って出掛ける途中、もう一度下宿へ寄ったら、今帰って来たところですと云って城川二郎さんが出てきた。――城川さんは笹塚のホームの、降りたときの下りホームにいつまでも云われたまま待っていたので、終電迄待ったが到頭先生は戻って来ない、どうしようかと思っていたら、小さなおばさんが出て来て、この辺は物騒だし、そのうえ悪い狐もいる、家へ来て泊まりなさいと云われて、駅の裏のタバコ屋へ連れて行ってくれた、おじさんもいて、隣りの部屋で話し声はしないのに、いつ迄も大きな紙を折ったり切ったりしている音がする、その頃、新聞を賑わしていた人殺し事件があって、屍体を切り、紙に包んで始末したというのがあって、城川さんは、紙を折りたたむ音を聞きながら一ト晩中眠れなかった、と云うのである。――先生はその日の午後、学校からの帰途、大きなカステラを持って笹塚駅のうしろのタバコ屋へ御礼の挨拶に行った。

『から話しが長くなると、全くの所、自他共に迷惑する。途中で切るわけには行かないし、その状阡に妹さんがあつて、妹さんは郷里の鹿児島にゐる。妹さんの御主人は、大きな保険会社の鹿児島の支店長である。』

その支店長さんが、鹿児島駅の改札口の出口の方の人ごみの中で、長い棒の先にボール紙を付けて、白い紙に大きな字で「内田百閒先生」と書いたのを捧げ持って立っていた。

先生は、挨拶を受けるのもそこそこに、早くその紙切れをどこかに隠してもらいたいと云った。

城山の中腹の岩崎谷荘に案内された。戦後すぐ陛下が巡幸された折りの宿舎になった旅館で、広い豪壮な玄関に、筑紫号で空にした魔法罎二つと、法政大学の多田教授から借りてきて、中に飲み残しの一合が入っている旅行鞄を下ろした。やっぱり、いい鞄を借りて来てよかったと思った。

桜島が正面に見える二階の広い座敷に通されて、支店長が、ここが一番眺望がいいから前から取ってあるのだが、先生は二階がおきらいと云うことですから、下の座敷と取り替えてもよろしいようにしてありますが、と云った。

『二階がきらひだと云ふのは、二階に限らず三階はもつときらひで、普通の家では上になる程、風が吹くと音がするから、こはい。祖母が物おそれをする性質《たち》だつたので、その所為《せゐ》だらうと思ふ、私はいろんな物がこはい。風も雷も地震も、その他何でもない物音がこはかつたりする。』

下の座敷というのは先年の御座所のことで、そこへ替わるのはともかくとして一応拝見する事にして、旅館の番頭の案内で、三人で下へ降りてみた。別棟の平家建てで、表に明るい空がひらけているのに、座敷の中は陰が深くて、少し薄暗い感じで、森厳《しんげん》な気が漂っている。広さは十五畳敷きだというが、周りを一間幅のタタミ廊下が取りまいているから、見渡すと何十畳だかわからぬ広さである。

――先生がこの座敷へお休みになって、お連れ様（というのはわたしの事だが）は控えの座敷がこのうしろにありますから、と番頭が云って、その控えの間に案内した。お能の舞台を裏へ廻ったようなその部屋も大分広い。

『おつれ様が八十人ぐらゐ寝られるだらう。山系君どうだいと云ふと、彼はその広広とした畳の上のどの辺を見る可《べ》きかが解《わか》らぬ様《やう》な目つきをして、中途半端に突《つ》つ立つてゐる。

支店長も畳の上に起《た》つてゐる。さうして番頭も起つてゐるし、私も起つてゐる。妙な工合《ぐあひ》で、差し押へに立ち合つた様な気がする。』

先生は昔、市ヶ谷の陸軍士官学校の広い中庭の真ン中に立って、ふと広所恐怖症のようにどっちへ行っていいか解らぬような症状をおぼえたことがあるそうだが、結局、この時も、広大な座敷の真ン中で寝て、何かのはずみで畳の海に波が立ち、波が身体を持ち上げたらどうしよう、と想像するだけで、こわくなって、ここに寝ることは止めた。

その夕、支店長に同席をねがって酒盛りを始めた。――こちらへ来ると、お飲みものは何にいたしますかと聞かれて、ハッキリ日本酒と云わないと、黙っていると、焼酎を持って来ちまいますよ、とわたしが云ったが、先生は本気にはしない風だった。それより、さっき見た陛下の御座所の方が気になるらしい。

『一人一室一泊一円と云ふのは昔の早稲田ホテルであつて、その当時は方方に一泊一円が流行した。陛下はさつきの広間に一室御一人で一萬円ださうである。戴かなくてもいいし、戴きたくないし、戴いても合はぬさうだが、時勢でさう云ふ事になつて、下し置かれるのでなく、御支拂ひ遊ばされるのだから止《や》むを得ない。』

□

昔の早稲田ホテル、一人一室一泊一円というのは、砂利場の奥のどぶ川の脇の高等下宿の料金であって、大正十四年頃から昭和四年にかけて、その一部屋に閉じこもって、世間と交渉を絶った時期のことを思い出したのである。その時分、一人一室賄付で一カ月二十円だった。旧友が身の上を案じて「砂利場の大将はどうしているだろう」と云っていたから、自ら号して、退役陸軍大将フォン・ジャリヴアとした。

砂利場の附近は、『到る処に細い溝が流れてゐて、その水にライスカレーのにほひがした。水は澄んでゐるけれども、底には白いどろどろした物が、筋を引いて澱《よど》んでゐる。檻《ぼ》褸屑《ろくづ》を煮て、ガーゼや脱脂綿を造る小さな工場が澤山あつたので、薬のにほひが、ライスカレーに似てゐるのだらうと、大分たつてから気がついた。』（昭和十年「砂利場大将」）と先生は昔を回顧する。……大雨が降ると、すぐに辺りいちめん泥海になる。だから下宿の縁の下は大人が起って歩ける位の高さに建てられてあった。床屋に行くには自分の手拭を携《も》ってゆく。規則がやかましいと云って貸してくれない。町会の金の集まりがわるいので街燈の料金が払えず、道一帯が暗いこともある。――先生のもっとも暗く憂鬱な時期が、震災を過ぎてから二三年して始まるのであるが、この時期については、世間でも、読者のなかにも、誤解しているひとがいるように思われる。「櫛風沐雨」（昭和十年『凸凹道』所収）の六章目は次のように書いている。

『たうとう学校もみんな止《や》めてしまひ、家を出て、一人で砂利湯の奥に身をひそめる様《やう》な事になつてしまつた。その安下宿の拂ひが次第に溜まつて、玄関の出入りにも肩をすぼめなければならなかつた。飯時《めしどき》のお膳を外《はづ》したら、食ふ物がなかつた。道を歩くといろいろのうまさうな物が気になつて、今日は終點の壽司屋はまぐろデーで一人前が十銭だとか、新坂の下のしるこ屋の稲荷ずしは、一皿五銭で三つだとかそんな事をはつきり記憶して道を歩いた。』

「百鬼園先生言行録」を「新青年」に載せて貰う事になって何度も博文館の編集所に足を運ぶ。編集者を待ちあぐね、煙草が切れたので待合室の売店で十五銭の朝日を買いたいのだが、持っているのが十五銭に足りないので、十銭の両切を買う事にした。エヤシップを一つ取って、十銭置いて、廊下を歩きながら箱の銀紙を破いて一本つまみ出したところへ、煙草屋の爺さんが追っかけてきた。エヤシップが十銭から十二銭に値上げになった事を失念していたので、二銭足りませんよ、と云われた。はっと思った拍子に惑乱した。もしあとの二銭がなかったら、どうしたらいいだろうと、わくわくしながら袂《たもと》をさぐったら、大きな二銭銅貨がたった一つあった。――原稿の用件は、はっきり決まらないで、小石川掃除町から砂利場まで歩いて帰る事もある。掃除町の電車の停留所の前に「盛りかけ六銭」と木札が下がったそば屋があった。普通は十銭で、場末に行くと八銭があって安いと思われた時分で、六銭は格外であった。博文館の帰りに、電車を幾台もやり過ごして、六銭の蕎麦を食おうか、電車に乗ろうかと煩悶したあげく、『到頭蕎麦屋《そばや》に這入つて、盛りを一つ食ひ唐辛子を入れて湯を飲んで外に出た。さうして傳通院の坂を越して砂利場まで一時間以上かかる道を歩いて帰つた。片道の切符を買ふお金で蕎麦を食つたのである。六銭の盛り一つでは味がよく解《わか》らない位うまかつた。』

……戦後すぐの或る座談会で、久米正雄氏が、百閒先生の貧乏話を単純にユーモアと解している。

久米　百閒さんの貧乏はどうも信用できない。赤貧なんてそんなこと本当にあったの。

内田　あったかって、勿論さ、自慢にもならないが……。それゃ久米さん、いつかも腹が減ってしようがない。早稲田の終点で栗を売っていた。下宿で時間が外れると御飯を持って来いと云えない。下宿代が滞ってるのでね。そこでその栗を十銭だったか八銭だったか買って来た。そしたらそれが何と生《なま》なんだ。困ったなあ。結局食えないで、一食飛んでしまったことがある。三汀宗匠感心してるが、それが学生時代ではなく、ちゃんと高等官何等になって月給を貰っていた頃のことだよ。高利貸との太刀打ちに負けて、僕は下宿屋で息を殺していたんだ。

18

鹿児島の城山の中腹、岩崎谷荘で夜が明けた。家にいてもそうだが、先生のめざめは極めておそい。めざめてからでも行動に移るのに、それからまた若干の時間を要する。目がさめても動き出すまでに「エンジンが中中掛からない」のである。わたしは勤め人だから、眠くても、前の晩に多少飲みすぎていても、決まった時間には目がさめてしまう。

『日はすでに三竿《さんかん》と云ふ。三本竹竿《たけざを》をつないで見たところで、もう届かない。私が会つたお日様は、十本つないでも、まだ遠かつた。』

よく眠っていられるものだとまったく感心してしまう。旅館での朝は、いつでもわたしは朝食を先にすませて、先生のエンジンが掛かるまで新聞でも読んでぼんやり時間を過ごすことになる。

先生が目が覚めた気配なので、鹿児島の鉄道管理局へ電話を掛けます、とことわった。──先生と旅行する期間は、いつでも自分の勤務の上での休暇を使っているから、いちいちその土地の鉄道管理局に連絡する要はないのだけれど、鹿児島の局にも知り合いがいる。知らん顔して、隠していることもできない。──すると、間もなく知人の時任・倉地両君がやって来て、管理局の部長課長が先生を御招待してぜひ一献さしあげたいといっているので、なんとかお取り次ぎねがいます、というのである。先生が次の部屋から眠そうな顔で出て来て、その話をきいて、御厚意は誠にありがたいけれど、ここにこうしているのが一番いいので、この旅館から外へ出たくないのだから、どうか放っておいて下さい、と両君に頭を下げた。

やむなく両氏はその件については諦めたが、こんどはわたしに向って少少用事があるから、手間は取らせない、ちょっと車で三十分程外へ出てくれないかという。わたしは先生にことわって、外へ出た。

その留守に先生は洗面所へ行った。

『洗面所を出て、私の部屋に帰つて来た。部屋の外の廊下が全部畳廊下なので、歩いても音がしない。同時に蹈みごたへがない。ふはり、ふはりと歩いてゐる内に、廊下全体が上がつたり下がつたりしてゐる様に思はれ出した。廊下が揺れてゐるのは一向構はないけれど、さうではなく私の方がさうなつてゐるのでは困る。困つたなあと思つてもとの座敷に戻つて見ると、山系が廊下の籐椅子に腰を掛けてゐた。』

それで、先生のふわりふわりは消えた。

いったい先生の、ひとりでいるとふらふらと気分がわるくなるというのは、先生がいうところの一病息災の、そのたった一つの一病であって、神経だけからも起こる病気らしく、正確には、発作性心臓収縮異常疾速病〈パロクシスマーレ・タヒカルヂー〉というのである。この発作のはじめは二十八、九歳のころで、同じ病にいまだに悩まされている。一分間に二百前後の脈搏が長い時には三十六時間も続く。そのあとに結滞脈が、独立して起るようなこともある。

この広い旅館に先生をひとりにして、心配を掛けて申訳なかった。御機嫌が斜めの先生にわたしは云った。——鹿児島局の者があいだに挟まって困っています、なんとか招待に応じて上げないと、時任さん達が局へ帰るに帰れないのです。先生はちょっと考えた後、それでは貴君の意見に従おう、ただし、さっきも云ったようにこの旅館から外へ出るのは何かと面倒だから、この旅館の中で御招待して下さいという勝手な希望を伝えて、それで差支えなかったらという事にしたい、と云われる。——ひとを招待して大盤振舞いをすることは何をおいても好きなのだが、ひとから招待されることは億劫がるのである。

夕刻の招宴の時間まで、管理局の好意で、車を出してもらい、島津公別邸の磯公園に案内してもらったり、城山の頂上から湾の向うにそびえる桜島を眺望したりした。磯公園の手入れの行きとどいた庭園の姿は、郷里岡山の後楽園を思いだすらしかった。

夕方、宴会がはじまる前にわたしは鹿児島局の倉地英夫君に云った、先生は宴会で盃のやりとりが嫌いだから、盃を差すようなことは先生にはしない方がいいョ。

宴席は、昼間見た御座所の、垂幕のように大きな懸け軸の掛った床の間を前にして先生が坐り、管理局のえらい人が四人にこちらが二人。はじまるとすぐ賑やかな宴会になったけれど、わたしの云った注意が利きすぎて、先生にお酒をすすめるひとが誰もいない。盃の献酬は盛んに行われているけれど、先生には誰も盃を上げない。

『私にはだれも構ってくれないから、大変難有《ありがた》く好都合であるが、しかし折角《せっかく》の好意でよんでくれてゐるのに、獨《ひと》り自ら高うしてゐる様で、これでは相済まんと云ふ気もする。節を屈する事にしようと思ふ。前にゐる主人側の大将に、お杯《さかづき》を戴きたいと云つたら、怪訝《けげん》な顔をして、おやと云つた。「杯の遣《や》り取りはおきらひの様に伺つてゐたので、御遠慮申して居りました」

「いや、どうも」と曖昧《あいまい》な事を云つて、貰つた杯で返杯した。』

□

翌日、鹿児島支店長と垂逸何樫両君に見送られて、肥薩線経由で八代へ出る。三等編成の列車で、乗客のほとんどが買い出しの魚屋さんで、なまぐさい臭気が車内に充満した。先生の席の前に腰掛けた魚屋さんが居眠りをしていて、身体ごと前にずれて来て両膝で先生をぐんぐん押して来る。先生、そッちと席を代りましょうと云ったが、押されている先生は身動きが出来ないらしく、溜息をつきながら我慢している。間もなく魚屋さん達は次次に降りて行った。窓外の景色が段段涼しくなった。スイッチバックやルウプ線がたくさんあるので、先生は興がつきない。矢嶽という小さな山間の駅のホームに唐金の大きな水盤があって清水が溢れ出ている。先生もホームへ降りてその冷たい清水を飲んだ。こういう駅の駅長になって、暢《の》んびりと山の空気を吸って暮したい、とわたしが云ったら、貴君はたとえあんな小さな駅でも、駅長になれるくらいにえらいのかね、と一寸おどろいた顔をしたので返答に弱った。

球磨川に沿って肥薩線で八代に出ることをすすめたのは東京の城川二郎さんだ。なるほどこの沿線の窓外の風景は先生を十分に満足させた。

八代には四時過ぎに著いた。駅長室を訪ねて、宿を紹介して貰う。八代の殿様で松井侯の下屋敷、松濱軒が旅館になっている。巡幸の時行在所《あんざいしょ》になった立派な屋敷だそうである。前は田圃で、長い塀に囲まれて、乳鋲を打った大きな門がある。女中が三人玄関に出迎えた。——この時が初めてで、松濱軒には前後十幾回か来ることになる。

『鹿児島の宿とは又趣《おもむ》きの違ふ立派な座敷で、庭の豪奢なのに一驚を喫する。昨日見た島津公別邸の磯公園を小さくした様《やう》だが、磯公園よりは水の配置が纏《まと》まつてゐる。大きな池が座敷の前庭にひろがり、折れて座敷の廻り廊下に沿ひ、向うの出島《でじま》の裾《すそ》を洗つて、まだ続いた先が一番広い。広い所の池心へ伸びた八ツ橋があり、狭く括《くび》れた所に出島《でじま》へ渡る一枚岩の石橋がかかつてゐる。出島は小さいけれど大木が繁り合ひ、鬱蒼《うつさう》とした深林の景を呈する。池の水面に浮き草が浮かんで、向う岸の浅くなつた所には睡蓮が咲いてゐる。』

このお庭の眺めが、半日ぼんやり眺めていても先生を飽かせないのである。それでわざわざ汽車に乗って、お庭を眺めて、のんびり欠伸《あくび》をするだけの目的で、前後十回以上も八代へ行った。十回目あたりから、松濱軒にはこれで何度目だろうと先生に訊かれてもわたしにもわからなくなった。いつ行っても、池の向うの芝生の山の背に松が伸びていて、その天《てっ》ぺんの片枝がぶらぶらに枯れて垂れ下がったのに八代の鴉がきて、きたない声で啼いている。池の青みどろが底に涸れついて乾いていた時もあり、砂利を敷きつめた池の端いっぱいに水が溢れていたときもある。肥後菖蒲が大きな紫と白の花輪をひろげていた季節もあり、食用蛙が自動車の警笛に似た声で一晩中鳴いていたこともある。近くの化学肥料会社から風に流れて妙な臭いが流れてくることもある。

座敷は十畳と控えの八畳が庭の池の方へ、廊下をめぐらして突き出ている。古風な違い棚のある床の間には、掛軸が何時《いつ》も取代えてある。その前に、小さな椅子くらいある脇息に凭《もた》れて、先生は一日じゅうでもいいから、じいっとして坐っていたいのである。——どうして、こんなに気に入ってしまったのか。説明することはむずかしい。日常坐臥、箸の上げ下げにも気むずかしい先生が、である。

家に居れば、身辺の事すべて順序があり、一分の隙もなく整理されていなければ、気が済まない。箸の上げ下げというのは、もののたとえだろうが、お膳に向い合って、箸置きの位置、置いた箸の向きも同じでないと気になる。お膳の四本の脚《あし》がタタミの目にきちんと揃っている。タタミの方で擦り切れて、四ッの脚の位置が、ささくれ立っている。来客用の煙草盆には、タバコの灰を落す普通の灰皿、マッチを擦ってその燃え殻のマッチ棒だけを差す小さな瓶、吸い終ったタバコを差して消せるようになっている灰の入った線香立て様の灰皿、そして煙草入れにマッチがきちんと置いてある。わたしなど酔ってくるとこの三つの灰皿の用法をまちがえたりする。普通の灰皿の方にマッチ棒を捨て、吸い終ったタバコを普通の灰皿のフチでねじり消したりする。すると、翌日、その晩の酔いの深度が判断できる。勿論、判断するために、灰皿が三種置いてある訳ではないのだが、知らないひとはこの整然とした仕組みに戸惑いするのである。

むかしは、もっと癇性で、気むずかしかったそうである。外出するのに、人力車を玄関に待たせてある。玄関の式台を下りて、左か右か忘れたが、いつも同じ足から踏み出して、とんとんとんと決まった歩調で人力車の蹴込みに、踏み出した時の同じ足が掛からないと、気に入らない。気に入らないから玄関に戻って、もう一度、やり直す。——学校に出て行かれた頃は、顔を洗って、お膳の前に坐った、ちょうどそのお尻の坐った瞬間、目の前にお茶碗か丼がきちんと置かれなくては気分がわるい。——一枚以上のお札《さつ》が、向きが違ったり裏返しになったりして重なっているのが気になる。むかしはわたしもそれを知っているから、原稿料などを届ける時は、同じ向きに揃えて、気にならないようにした。御自分のお金なら直すことが出来るが、ひとの蟇口の中にあるお札の向きまで気になり、果ては、日本銀行にあるお札の向きまで気掛りになって出掛けて行って揃え直したいなどというのは、もちろん冗談である。

——八代の松濱軒は、気むずかしい先生の接待にとくべつ気を遣っているとも思えない。最初に行ったときは、駅長に紹介されて行ったのだから、先生の文名をあらかじめ知っていたわけでもない。

女中さん（と云ってはいけないのかも知れない）が二人、一人は臺湾からかえって来たのだそうで、もう一人は朝鮮から引上げて来たという。

『一人は朝鮮の話をし、一人は臺灣の話をする。臺灣では内地から行つた者と区別して、もとからの島民を本島人と云ふけれど、さう云つては差しさはりのある事が多いから、もとじまさんと申しますと云つた。するともう一人が云つた。朝鮮にゐてもその差しさはりはあるので、あちらの人の事を御当地さんと申します。』

その後、松濱軒へ二三度行く内に、もとじまさんの方は居なくなり、御当地さんだけになったが、このときは、女中頭のようなのがもう一人いて、油紙に火のついたように喋り立てるから、油紙女史と先生が名付けた。庭が薄暗くなり、お酒を飲みはじめた。鹿児島を発《た》つ時、岩崎谷荘の女中にたのんで、昼食がわりにお結びを作ってもらったのだが、その竹の皮の包みの中にお数もついていないし、塩もついていない。肥薩線の車窓の風光に見とれながら、十個の塩のついていないお結びを先生と二人で食べようとしたのだけれど、のどを通らない。二個残ってしまった。勿体なくないように何とか始末してくれないか。貴女方が食べてくれと云うのではない。——と先生が云ったら、油紙女史が心得た顔で、幸いポインタアがいるから、そのお結びは犬にやりますから大丈夫です、と云った。

「犬にやるのはいやだ」

　と先生が腹を立てた。

『「おや、いけませんでせうか」

「犬に食はせる位なら、僕が食ふ」

「旦那様は犬はおきらひで」

「人が飼つてゐる犬はきらひだ」

「ちよいと、あんた方、後でそこへ来ましたら追つ拂つて頂戴」』

それで、少少お酒をのんだ上での先生の腹立ちは、あとに残ることなく消えた。松濱軒のお膳には解禁になったばかりの鮎もそえてあった。ここのお膳の料理はすべて松井家の奥方が作るのだそうである。

『またいい心持になつて、いつ迄もお酒を飲んでゐると、段段食用蛙の声がうるさくなつた。石油の空罐をどた靴で蹈む音に似てゐる。凡《およ》そこの位無意味な鳴き声はない。馬鹿馬鹿しくて少し腹が立つて来る。

　山系君が気焰をあげてゐる。何を云つてゐるのか取りとめはないが、頻《しき》りに職業蛙、

職業蛙、と連呼するから、

「駄目だよ、そんな下らない事を云ふと食用蛙に笑はれるぜ」と云つたら、酔つてゐるから、「はあ」では済まさない。「違ひますよ、そんな事を云つてやしませんよ、僕は職業ガールの話しなんだ、ねえ君」……』

□

翌日、八代駅を昼すぎに立って、博多から一等車を連結するのでコンパアトに移った。七月はじめの夕方六時だから、窓外はまだ明るい、係りの老年のボイがベッドはどうしようかと云いに来たのに、先生は、これからすぐ食堂車へ行って、帰ってきたら又ビールを飲むかもしれない、だからベッドの用意はしないでくれ、それで構わないか、と云った。老ボイが、廣島迄私は起きていますから、ベッドは何時でも仰しゃって下されば用意しますと云った。かんがえると廣島まではそれから六七時間先のことである。それまで、まさかお酒をのみつづけるつもりではなかろうと思いながら、例のように食堂車の食卓に落ついた。お酒を註文してから、献立表の中の何を訊いても、出来ない、別なメニュウの特別料理を云っても、もうみんな出切って無い、と云うのである。では、チイズにパンを持ってきてくれと云うと、チイズもパンもない、けれども定食についたパンならありますと女給仕が云う。そのパンでいいと云ったら、定食のパンを定食と別にしてお持ちするわけにはいかない、定食を註文すればパンもお持ちする。先生は一杯のんでいるから、それでも別に気にしないで、一片のパンを食べるために食べたくもない定食をたべて、段段御機嫌がよくなってきた。そのうち、周囲の卓子がざわざわし出した。みると女給仕たちがお客のいる卓子の上を片づけ始めている。『気が弱いのか、丁度済んだ所だつたのか知らないが、そちらのお客はみんな、そそくさと引き上げてしまつた。』私共の食卓にも遠慮なくやって来て食卓の上を片づけ出した。『大分長くなつてゐるので、綺麗にしてくれるのは難有《ありがた》い。しかし私も孟浪も気が弱くはないから、その為に腰が浮くと云ふ事はない。お酒は今がうまい盛りである。』どうしてばたばたし始めたのかと訊くと、九州と廣島の境目の門司で交替するのだと云う。仕方がないからそれまでの勘定を一旦拂って、それからまた、ゆっくり飲み直した。門司駅を出てから新しい給仕が乗り込んで、食卓の花を新しく差しかえた。それから、話し合っている所へも一人の女給仕がきて、テーブル掛けを取らして下さい、と云った。

『取ってどうするのだ。

掛け代へます。

今度は御機嫌が斜《ななめ》になつた。お酒の途中で左様《さやう》な失礼な傍若無人などと、ごみの様な女の子に云つても仕様がない。

駄目だよ、と一言云つたら、びつくりしてあつちへ行つてしまつた。』

それから暫らくのんで、門司までのサービスにデザートが出ていなかったから、女の子を呼んでデザートがまだ出ていないから持ってきてくれ、と云ったら、仲間と耳打ちしたりして、暫らくもじもじしていたが、やがて、レジスタアと相談して戻ってくると、じゃあ、お持ちします、すぐでもいいんですか、という。先生は、もうどっちでもよい御機嫌なので、

「そうか、それならいい、持って来なくともいいよ。食べたくないから、あれはもういらない」

やっとお神輿《みこし》をあげて、コンパアトに帰って、ビールをのんで、ベッドにもぐり込んだ。

そうして翌日の夕方家へ帰った。

『……見渡せば三畳の部屋が三つ続いてゐる。何となく鼻がつかへる様な気がする。八代や鹿児島よりは狭い。しかしコムパアトよりは大分広い。』

19

駄目だヨ、の駄は点のない駄が正字であるというから、こと文章と文字については先生の云うことを疑ったことがないけれど、長いあいだそれを確かめることをしなかった。『字源』を先生から戴いた計《ばか》りのころだったので、早速、索《ひ》いてみた。なるほど、点のある駄は俗字であると出ていたので、納得した。長い間、先生をいくらか信用しなかったこ

とを気持の中でお詫びした。

「許り」と「計り」の区別も、噛んでふくめるように教わったのだが、これも長い間、わたしには区別できなかった。例えば「一時間許り、眺めた計りである」というので、ようやくこの頃解りだした。

しけじけと見た、という言葉が先生の文章にたまに出てくる。これは明かにまちがいであると思って、勢い込んで、しげしげに直した事がある。しかし、しけじけが正しいのだそうである。つまり、しげしげ訪ねて行って、しけじけ見るのである。わたしには、よく解らない。

靴を脱いで、か、脱いて、か。これもよく解らないが、脱いて、と先生が用いているから、そっちが正しいのであろう。ありがたい、は、難有い。

装釘が正しい。装幀というのは、どうもおかしい、と云われる。

初め、始め、の区別。脊丈と背後。

ふる本にしん本。新《しん》本なんてないョ、新しい本はアラ本ですョ。

横タテ十文字か、タテ横十文字か。ハオリ袴か、袴ハオリか。かんがえればいろいろ疑問がでてくるところである。

無暗に、か、無闇に、か。初期の先生の文章は無暗であったが、暗闇《くらやみ》の暗は、やみとは読まないでしょうとわたしが云ったので、それから、使い馴れた無暗が無闇になった。しかし、先生が最も信用している金田一国語辞典には「無暗」と出ているので弱った。益々の々は不用で、益だけで、ますますと読むのである。第一、々は文字ではない。同じ文字がつづくという符号である。色々、いろ〳〵は、いけない。色色、いろいろ、と書くべきである。反復符号を用いてはいけないと原稿にハッキリ書いておいてくれ、と先生は云われる。

かなづかいは、勿論、新かなづかいはいけない。字劃は、当用漢字、略劃活字は一切、いけない。自分の著作本に限ってだけのことであるが、徹底して、文字、かなづかいについてやかましく、頑固で、譲歩しない。

そのやかましい先生の主筆雑誌「べんがら」を、廣島・博多・鹿児島・八代への旅の前から、先生にせっつかれてわたしは一日も早く出さなくてはならない。

——八代から帰って来たら、すぐ、先生から葉書が来た。

七月十四日土曜日　（宮城二重橋の絵ハガキ）
コノ絵はかきノ事ヲ旅中話シタラ知ラナイト云ツタカラ御目ニ掛ケ申候《マウシサウラフ》　澤山アツタノダガモウ後ニハ今度ノ鹿児島ヤ廣島ノオ礼状ニ使フト残リハ数ヘル程シカ無イ」月曜日ニハ時刻表ヲ持ツテ来テ下サイ　八月中旬出カケル迄ニべんがらノ目鼻ヲツケテオク様《ヤウ》獅子奮迅ニ願〼《ネガヒマス》

「八月中旬出掛ける迄に」というのは、次の阿房列車の東北地方の旅行の事を指すのだが、これは延びに延びて、十月下旬になった。

八月になって次のような案内状の印刷が出来《しゅったい》した。

今度、文章と俳句の月刊誌「べんがら」を発行いたすことになりました。「べんがら」はもと「東炎」系の俳句雑誌「べんがら」の誌名をその儘《まま》にして更《あらた》めて文章と俳句の雑誌で出直し、毎月真摯《しんし》な作品を掲載してゆきたい所存でありますが、何分にも雑誌の事は不馴《ふな》れでありますので、お知り合ひの方方《かたがた》によろしく御吹聴《ごふいちゃう》下さいまして新「べんがら」を御支援下さいます様、御案内旁《かたがた》御願ひ申上げます。

　昭和二十六年八月　べんがら主筆　内田　百閒

九月創刊号内容　片寝・内田百閒（百鬼園随筆連載第一回）夜の客・平山孝（毎号執筆）随筆・佐藤佐太郎・中村武志・加藤源藏・高橋新吉　俳句点者（新樹集）村山古郷　朦朧圏（随筆連載）平山三郎

表紙面・林　武　頒価一冊百円、三ヶ月二百円　半年三百円

「べんがら」創刊号の大半の原稿は出来ていたが、朦朧圏という連載随筆が出来ていなかった。貴君もべんがらには毎号随筆を書かなくてはいけないと先生が云って、その欄に使う「朦朧圏」というカットの文字をわざわざ毛筆で書いて下さったけれど、自分の仕事の方も忙しい旁旁、夜は夜で先生に授業料一切を拂って貰った法政大学に講義を聴きに行か

なくてはならない。べんがらの表紙に使いたい林武画伯の依頼に行かなくてはならないし、べんがら案内状の葉書も出さなくてはならない。しかし、忙しいなどというと、忙しいなんて云うのは頭のワルい者の云う事であって、頭の中がよく整理されていれば忙しいなんて事はない、と叱られる。それもそうだと思うけれど、三日にあげず先生の家のお膳に坐って御馳走になっていては、べんがらの原稿どころではない。やっと、安井曽太郎画伯に「実説艸平記」の表紙画を御願いに上がった時の事を十枚足らず書いて先生の所へ持っていった。ひとの事については先生は非常にせっかちである。

八月十四日　（葉書速達）

○べんがら葉書ノアドレスガ出来マシタカラ成《ナ》ル可《ベ》ク早ク発送シテ下サイ

○御門柱ニ少ナクトモ初メノ内ハ「べんがら発行所」ノ札ヲ掲ゲル必要ガアルデセウ木札ニスルナラ僕ガ書イテモイイ或《アルヒ》ハ名刺ノ裏デモイイノデハナイカ

○雑誌ヲ発送スル袋ノ意匠ヲ考ヘテ下サイ早ク造ラセマセウ巻イタリ折ッタリスルノハイケナイ

○土曜日ハ僕ニ差閊《サシツカヘ》ガ出来タ　木曜日ノ夕刻来テ下サイ若《モ》シオ差閊ナラ日曜日ノ夕方トシ　ドチラニスルカ成ル可ク早クキメテ下サイ　ソノ返事ガ早ク聞キタイ為ノ速達デス　火曜日午後

せっかちだが、先生は「べんがら」発行にはたいへんな気の入れようで、読者の寄稿を募る雑俎欄「ミセラニヤス」の募集要項も書いて下さった。

雑俎「店らに安」の原稿を募る。

○長短の制限はしないが、短かい方がいい。長過ぎれば切る。

○締切はない代りに、いつ載るか解《わか》らない。

○右お含みの上にて、奮《ふる》つて御寄稿下さい。

編集後記の欄は、Bengala 帝国出納省告示第三八号ノ八、として毎月（ひやツ）という署名で自分が書くと云われた。第三八号ノ八、何とかの三八《さんぱち》、その八は、うそッぱちの八だという。

「べんがら」一号は八月末日印刷発行の奥附で出来した。

九月一日（葉書）

創刊べんがら発送順

Ⅰ　寄稿家

Ⅱ　拂込済申込者

Ⅲ　寄贈関係

Ⅳ　「乞御購読」未拂申込者

Ⅴ　一般「乞御購読」コノ項ダケ相談ヲ要ス

Ⅵ　村山渡シ分

平山君　九月一夜

右ハ右ノ通リデイイトシテ右以外ニアリテハ所長ノ処理ヲ掣肘《セイチウ》スルモノニアラズ

ドウカ宜敷様《ヨロシキヤウ》御勝手ニ　但《タダ》シ一ッ名宛ニ三部以上五部十部送リツケルハコチラノ威武ヲ

ソコナフ

□

べんから創刊号が出来上がる前後、先生につれられて竹内道之助さんの御宅へおよばれした。竹内さんは三笠書房主人、昭和のはじめ『百鬼園随筆』を刊行して、版を重ねること十数版、著者の先生も、あれは一体どのくらい出たのかねえ、十版ぐらいまでは覚えているが、それから以後、よく解らなくなった——と云う、文字通り洛陽の紙価を高からしめた、その版元の主人である。創作集『冥途』『昇天』とか『凸凹道』『鶴』などの三百部、五百部の限定版が出て、それがいずれも三円、五円、著者署名本で頒価十円などというのがあって、欲しいことは欲しいが、とても手が出なかった記憶がある。

三笠書房は戦中から戦後にかけて出版の仕事の方は暫らく息をひそめていたが、また、出直して新しい仕事をするについては、先生の随筆集をまず上木したいという話である。神田のニコライ堂の真下の静かな通りにある竹内さん邸の二階で雑談した。

お酒をのみだしてからのことかもしれない。

——こんどの先生の本の書名には、百鬼園という文字を是非いれていただきたい、と竹内さんが云うのである。

百鬼園随筆の愛読者の一人であるわたしは、実は、百鬼園という字面から、怪奇じみた感じをうけて、最初はなんとなく取っつきがわるかった。自分の感じだけであって、ひとはどう感じているかわからない。竹内さんが、書名にその文字を特に希望したのは、当時のベストセラーにあやかったのだろうと、その時は思った。

その席でであったか、その後、竹内さんと二人だけの話だったか忘れたが、竹内さんがわたしにこんなことを云った。

――本の名前に「鬼」という字が入るとその本は売行きがよくないという根拠のないジンクスが昔からあったんですヨ、出版界というところは、たいへん縁起をかつぐンでね。百鬼園随筆を初めて出版するときの私がそれで、書名について異議をとなえたんです。ところが先生は御存知のような頑固さでした、昔ッから同じですね。頑として、断乎として、意見を曲げませんでしたね。百閒先生に負けてしまった。それで、初版を出したんだけれど、たちまち売り切れてしまった。普及版、特製本といろいろ作ったが、間に合わないくらい売れに売れて……。ジンクスは破れたわけです、百鬼園随筆を以《も》って。

遠き世のそんないきさつがあって、先生はこんど三笠で出す文集の書名を、あれこれ考えた末、「百鬼園文林」ではどうだろうね、とわたしに示されたが、自分でも気に入らぬらしく、結局、鬼園の琴、に落ち著いた。

『鬼園の琴』と書名がきまって、収録原稿を集めて、三笠に渡さなければならない。おそくとも九月中には原稿を揃えなければならない。

『鬼園の琴』には、長短三十篇以上の文章が収めてあるが、その文章の間に俳句が九句「酒吃り」と題して入っている。

　龜鳴くや土手に赤松暮れ残り

　龜鳴くや夢は淋しき池のふち

これは、芥川龍之介の死の前後を書いた「龜鳴くや」の末尾に、二句、行を代えないで散文のように添えられてあったのが、ここに加えられた。それに続いて、

　龜鳴きて亭主は酒にどもりけり

　赤坂や雲低く行けば龜鳴ける

とある。わたしはその時分、お酒をのむと少少どもる癖があった。

或る時、先生が筆を持ったときを見計らって、わたしにも何か書いて下さいと云ったら、

　　亭主ヲ諫ム　　百鬼園

　龜鳴きて　貴君は酒に吃《ども》るなり

と色紙に書かれた。

鬼園の琴所載「八月十五日の涙」は、終戦の年の八月十日から十五日までの克明な日記である。したがって『東京焼盡』のその日附の日録と、まったく同じである。

また、「代作」という短い文章は、先生がこれまでに、ただ一回だけ代作をしたことがある、昭和七年改造社版『俳句講座』第五巻「鑑賞評釈篇」に森田草平の署名で載っている「漱石俳句の鑑賞」がそれである。

『……。外《ほか》にさう云ふ事をした覚えはない。又勿論《もちろん》今後するつもりはない。何卒《なにとぞ》御勘辨を願ひたい。だれにあやまるのだらうと考へる。それは昔から私の書いたものを読んでゐる読者にあやまるのである。』

と書いている。――そして、「代作」のあとに、当の「漱石俳句の鑑賞」、二十四句の鑑賞評釈が載っている。

『鬼園の琴』巻末には、「贋作吾輩は猫である　続篇」七章が載っている。

「贋作猫」は小説である。「八月十五日の涙」は日記であり、評釈と鑑賞は、随筆ではない。俳句は、先生の文集の巻末に収録されることがしばしばあった。これらを一冊にまとめて随筆集『鬼園の琴』とするわけだが、――『百鬼園随筆』『全輯百閒随筆』『随筆新雨』、戦後では『随筆新輯』など、書名に随筆としてあるから、こだわることはないのであるが、――先生自身が、自分の著作集を「随筆集」とけっして呼ばないで、強いて呼べば「文集」多少無理をして「随筆文集」と云っている。「先生の随筆は……」などと云うと、先生は必ず、いやな顔をする。そういう時期があった。小説は小説、文章は文章であって、「随筆」を書こうとして書いたのではないという気持が、或る時期にハッキリして

いたらしい。それが、段段、境界線が不分明になり、あいまいになってきた。「「丘の橋」に就いて」という短い文章に、

『私の本はいつでも随筆集と云ふ看板になつてゐるが、実は月刊雑誌の創作欄に載つた物がどの本にもいくつか宛《づつ》は這入つてゐる。しかし「小説及び随筆集」などと云へば、多少ごちやごちやするし、兎《と》に角《かく》読んでさへ貰へば分類などは、どつちでもいいと思つてゐるので、いつも随筆の一枚看板ですませておく。』

とある。——また、「随筆」について、先生が多少正面切って書いたものでは、昭和十一年中央公論所載「吉村冬彦氏の一寸法師」(「寺田寅彦博士」と改め『有頂天』に収録)がある。

『随筆と云ふ言葉の正確な意味はよく知らないけれども、又随筆と云ふ以上はどう云ふ物でなければならぬと云ふ約束も私にははつきりしないけれども、寺田さんが吉村冬彦の変へ名で書かれた近年の数巻の文章こそは、昭和年代の随筆として後生に遺《のこ》る第一のものであらうと思ふ。私が近頃の最初の文集に百鬼園随筆と云ふ名前をつけたので、随筆と云ふ点で寺田さんと並べられた批評を二三読んだ事があるが、私は納得しないし、寺田さんももしさう云ふ物がお目に触れたら苦笑せられた事であらうと思ふ。私の本の名前は、字面もよく音もいいので漫然とさう云つただけの事であつて、随筆と云ふ銘を打つについて、何の覚悟があつたわけでもない。かう云ふ物は随筆と云ふ事は出来ない

と云ふ排他的の概念など少しも考へなかつたのである。だからその本の中には叙事文を主とし、抒情文風のものもあり、又月刊雑誌の所謂《いはゆる》創作欄に載つた小説も収録した。その後に出した私の数巻の著書もみんなさうであつて、要するに私の作文集であり、文章と云ふ事を第一の目じるしにしてゐるから、寺田さんの書かれる物の様《やう》な啓蒙的な要素は少しもない。』

20

「べんがら」創刊号の発送を終り、『鬼園の琴』の原稿も渡して、「べんがら」二号の目鼻もついた十月二十一日、お昼頃、先生と上野駅へ出掛けた。

出掛けに詰め込んだ鞄の中には、東北奥羽の方は電力が足りなくて、しょっ中停電するそうだから、太いローソク六本、五十目ローソクを二本、ローソク立てを二個、それに懐中電燈を一個入れてきた。明るい東海道、中国筋しか知らない先生にとって、東北地方の旅はよほど暗いものと思われたらしい。

列車は、十二時五十分発二三等準急行仙臺行である。

こんどの旅行の、最初の目的地は、盛岡である。盛岡には、法政の昔の学生で、金矢忠志さんがいる。盛岡へ行くために、なぜ、こんな中途半端な列車に乗るかといえば、先生の時計には朝の九時十時という時間はないのも同然であって、十二時五十分に乗るにも精一ぱいの努力なのである。

仙臺行に乗って、どうするかといえば、そこが先生の深慮遠謀で、このスケジュールをつくるのに毎晩のように時刻表を前にして、たのしく想を練りにねったのである。この列車で夕方福島へ著き、福島で一泊、明日の午後二時にまた下り列車に乗ればいい、それで宵のうちに盛岡へ著くというのである。先生の行程にしたがえば、つまり先生の時計にしたがえば、そのために上野を一日早く出るのだと思うべきか、或いは盛岡へ一日おくれて著くのだと考えるべきか、よく解らない。

——福島駅六時四十九分著。雨が降り止まぬ。駅長室で紹介をうけた駅前の辰巳旅館に案内される。女中さんに先導されて長い廊下を渡って、二間続きの広い座敷へ入ったら、年増の女中が火鉢に炭火を山盛りについてきた。それ程寒くはないけれど、と云ったら、いいえ、寒いんですヨ、と強く云い返された。風呂から上がってお膳の前に坐って、先生のお酌をしたが、どうも先生の口に合っていないようなので、女中さんに、外《ほか》のお酒はないかしら、というと、きっぱり、外にはありません、と云った。

『「ありませんなら、これで結構だ」

「一番いいお酒です」

「さうか。そのつもりで飲むからいい」

「會津若松のお酒で」

「成る程。何と云ふお酒だい」

「いねごころ」

「稲の心で、稲心か」

「違ひますよ。よね心です」

「ははあ、よね心はつまり、よねはお米だね」

「違ひます。よめごころ」

「さうか、嫁心か」

「いいえ、いめごころ」

「はてな」

「そら、よめごころって、解《わか》りませんか」

「もとへ戻つたな」

「いいえ、いめごころ」

「ゆめ心なんでせう。さうだらう君」と山系が口を出した。

「ふどうちづ」

さう云つて、お銚子の代りに起《た》つて行つた。何の事だか解らない。

「おい、山系君、今からこの始末ぢや、行く先が思ひやられるね」』

旦那様方はこれから何処《どこ》へ行く、と女中がきく。盛岡から青森の方を廻って山形へ行く、と云ったら、山形へ行くのにそんな道順はない、福島からは奥羽本線というのがあって、山形までは三時間で行かれる、急行なら二時間だろう、それを青森まで行った日には何日掛かるかわからない、そんな馬鹿なまわり道はおよしなさい、と親切におしえてくれた。ゆめ心か、いねごころか、よく言葉が通じないところもあるので、細かに説明しても下手に誤解されては却って面倒だから、それなりにした。

翌朝も雨が降っている。藤棚のある池にびしょびしょ雨の音がして、鯉が群れているらしいのだが、池の面が濁っているから鯉の色が曇り硝子を透したようにぼんやり見えるだけである。時時、ぼしゃッと背を飜しているのを、廊下のガラス越しに眺めながら、先生から鯉の講釈をいろいろ聞いた。

この池には、黒くない緋鯉と、黒い真鯉しかいないが、真黒い緋鯉もいるのだそうである。緋鯉を黒くして、どうするのか。

『「池に泳がして、見るのさ」

「まあ、いいです」

「幾分、不満なのだらう。白鳥は白いね」

「さうです」

「黒い白鳥がゐるよ」

「黒いのは黒鳥でせう」

「白鳥の黒いのを黒鳥と云ふんだ」』

先生に黒い緋鯉をおしえたのは、むかし、海軍機関学校のフランス語の教官をしていた豊島與志雄である。毎週一回、豊島教官と内田教官とは横須賀線に乗って、嘱託教官として通っていたのだが、その頃、錦鯉の黒いのは五六寸の大きさで一四二十円だったそうで、非常に高い。豊島與志雄の千駄木町の家の水槽に飼っているのを、先生は見に行って、しごいたような姿態で泳ぎ廻っている黒い緋鯉に見惚れた。羨しかったけれど、さすがに一匹二十円では、買えなかった。豊島與志雄は黒い緋鯉のほかに、まだ先生に教えたことがある。それは金貸しから金を借りることであって、百閒先生の借金修行の皮切りをつけたのは豊島陸軍教官であった。——市ヶ谷の陸軍中央幼年学校と士官学校の境目あたりの往来を越した横丁に、村松という、非常に紳士的な金貸しがいるから、行けば直ぐ貸すよ、といって推挙してくれたのである。その後、数人の高利貸しと悪戦苦闘の末に、大地震の翌翌年、古賀という高利貸しによる俸給差押えの転附命令をうけて、学校に辞表を提出する。昭和十二年五月文藝春秋発表の創作「棗の木」によれば、——『もう後一年半で恩給になるところをやめて、惜しい事だと云つてくれた人もあるが、その当時の状態では、假りにその後一年半の間無事に勤務を続けて一度は恩給証書を手に入れたとしても、矢張りそれも高利貸の手に渡つたに違ひない。永年の勤労の結果を悪辣《あくらつ》な金貸しの餌食《ゑじき》に取られて、後後《のちのち》までその悔いを遺《のこ》すよりは、寧《むし》ろ初めからさう云ふ物は貰はない方がよかつたであらう。辞表は体面を重んずる学校に対して、から云ふ事でこれ以上迷惑をかけたくないと云ふ事と、私の窮境に対して特別の好意をよせてくれた校長にも、私の不始末の為何等かの累を及ぼす様な事があつてはならぬと考へたので、何の躊躇もなく提出してしまつたが、さう云ふ立派な了見《れうけん》の外《ほか》に、古賀がそんな事をするなら、こちらにも考へがある。自分が学校を止《や》めてしまへばそれ限りではないか。なんにも無い所を差押さへて何にするのだと云ふ反撃心が働いた。自分の地位と生活を投げ出して、高利貸に対抗すると云ふ事を、他人の事の様に痛快に考へた。その結果これから先、自分や家族がどうなると云ふ事をそれ程気にもしなかつたのは、大分やけになつてゐたからであらう。』

『足の裏が川底の砂についたと云ふ気持がする所まで貧乏した挙《あ》げ句《く》に、又私立大学に出る様になつたりして、少しづつ私の生活が整ひかけた。』

『古賀が返済を請求した元金は三百円を少し欠ける。その利子《りし》は約二千五百円である。裁判所では餘りの数字に驚いた様であつた。私の申立はすぐ受理された。』

高利貸しとの入り組んだ関係を、むかしの苦い味がする挿話として、いくつかここで思い出すのは先生にとって非常に不愉快だし、迷惑なことにちがいないけれど、豊島與志雄教官が紳士的だと云って褒めた金貸し村松を書いた「喪を秘して証書を守る金貸の妻」という副題のある「地獄の門」とか、「債鬼」、「棗の木」、志道山人の物語「鬼の冥福」など一連の高利貸しをえがいた作品は、苦渋にみちたその時期を、客観して、詳細に書かれてある。

——先生の借金とか金の借り方などについて笑い話のように聞くひともいるが、ふざけた話題ではないのである。ただ、話題が借金話に及ぶと、百鬼園先生の物の考え方に、つい笑いが誘われるのだろうか。

□

福島の、黒くない緋鯉と黒い真鯉しかいない旅館の女中に、少し早いが、勘定書を持ってこいと云ったら、今、帳場が誰もいないからも少し待ってくれという。いつ帰るのか判らぬのを待ってるのか、と云ったら、それじゃ何とか計算して来ますと女中が帳場の方へ行ったから、その間に、帳場さまへ、と、女中さまへの二つの祝儀袋を作っておいた。いまどき、帳場にまで心付けを別に置くことは流行《はや》らないけれど、先生は、そうしなければいけない、と云って、旅館の拂いには必ず、お茶代と心付けの二つの祝儀袋を用意するのである。

女中さんが勘定書を持って来たから、それを拂い、お盆の上に別に祝儀袋を二つ並べておいたら、女中が、こういう物は、いらないですョ、と云う。押問答していたら、先生も顔を出した。戴いても請取りを書く帳場がいませんョ。茶代の受取りなンかいらないから、と云っても頑として受取らないのである。今どき帳場に茶代など置いて行く人はいませんヨ。そんなムダな事はよしなさい、とたしなめられた。

それで仕方なく、心付けの方だけ、これはいいだろう、これだけは君の分だから受取ってくれヨ、と云ったら、これは素直に礼を云って受取った。

盛岡、浅蟲、秋田、横手、山形、松島と泊まりを重ねて、『どこの宿屋にもここの女中の様《やう》な心事の高潔なるのはゐなかつた。』と先生はしきりに感服している。

『女中の心事の高潔なるを崇拝しつつ、大きな顔をして、男衆に送られて宿を立った。』

□

『盛岡には矢中《やなか》懸念佛がゐる。懸念佛は昔の私の学生であつて、多分驛まで迎へに出てゐるだらう。』

昔の先生の学生で、金矢忠志さんは、盛岡駅のホームに出迎えに来られたが、堂堂とした恰幅の紳士で、帽子を取るとその恰幅にふさわしく重役タイプにつるつる光っていた。――先生が大正九年の春、新大学令の公布された年に、法政大学教授に就任して、学生に獨逸語をぎゅうぎゅう詰め込んでいた時分には、もちろん金矢忠志さんや、その外の学生達の頭は禿げて、つるつるではなかった。大正十二年頃、獨逸人教師カル・グセル氏と先生を囲んで学生、多田基、北村猛德、金矢忠志、菊島和男、岡保次郎、濱地常勝、西河謙吉、伊藤長七郎、森田晉、内山保、山下忠雄の十三人が記念撮影した写真を見ると、若若しい学生服に取り囲まれて内田教授は、シングルの立ちカラーに縞ズボンで、いかにも颯爽とした若い風貌がうかがえるのである。――昼間は教壇の上から学生達をぎゅっという目にあわせるが、教壇を降りたあとの内田先生の組し易いことを看破されて、毎晩のように学生達は先生を構いにくる。学生を引具《ひきぐ》して、女子大学の裏通りのミルクホールへ出かけて、するめと塩豆でビールを飲む。その店の拂いが月末に百円になったことが何度もある。先生の号令で、雑司ケ谷の墓地の卒塔婆をかつぎ出したり、近所の標札を引っぺがしたりするいたずらも何度かあった。寄席で聞いた噺《はなし》で、秦の始皇帝は三千の美妃を蓄えて、裸に寝かせたお尻の上を一杯機嫌でとんとんとんと渡らせたもう、お尻の脂《あぶら》で足をすべらせ、すってんころりと転がりたもうた所に手枕をして、朕は今晩このところに伏すと仰せられた、それが頭に残っていて真似がしたい、酔っ拂ったあげく、下水工事中の道の片側に、大きな土管がずらずらと並べてある上に這い上がり、土管の丸い背中を二つ三つとんとんと渡ったと思うとたちまち足がすべって、土管と土管の間にのめりこんでしまった。朕は今晩このところに、と云おうと思っても、向う脛と手の平を擦りむいたのが痛くて、先生は声が出ないのである。――

或る時は、金矢忠志がよその家の標札を引っぺがそうとするところを危うく見付かりそうになった。

「逃げろッ」と先生が号令する。麾下の秀才たちは一瞬にしてそこいらの露地や小路にもぐり込んだ。

『捕まつては大変だと思つて、私は一目散に胸突坂を馳け上がつた。陸軍教授、海軍の嘱託教官、大学の先生たる者が標札泥坊の廉《かど》で捕まつては具合がわるい。

夜が明けると急に、若い者を引き止めて悪かつたと自責する。一人一人に私からその家に宛《あ》てたおわびの手紙を持たせて帰る。兎《と》に角《かく》私が一晩ぢゆう相手になつてゐたと云ふ説明だけはしなければ気がすまない。……』

□

盛岡にいるその金矢さんは、身体の具合が少しわるいのでお酒がのめない。先生は今度の東北旅行に発つ前に金矢さんに手紙を出した。わたしも、その手紙の内容を知っている。先生が盛岡へ行くというので気を遣わない、気を遣うなら、行かない。旅館は盛岡の鉄道局で手配する。三番目の条件は、『僕はお酒を飲む。貴兄には飲ませたくない。飲ませたくない者のゐる前でお酒を飲むのは、僕の方で気を遣ふから、その席には御招待しない。』というのである。金矢さんから返事がきて、お酒の件については、自分で飲まないと決めているから、宴会などに出ても、自分で飲まないだけの事で、心配下さいません様にとある。

それで、盛岡へ著いた夕は、鉄道局手配の旅館で、金矢さんと金矢夫人と長唄のお師匠で諌子さんと会食した。最初の杯をあげて、一杯だけで、先生は金矢さんの盃を取り上げて自分の前のお膳の上に伏せてしまった。金矢夫人が、少しぐらいならよろしいんですョ、と云ったが、先生は頑として金矢さんにはお酌をしなかった。それで金矢さんはにこにこして嬉しそうである。

翌日は午頃《ひる》から先生と外へ出てみた。どこへ行くという宛はない。自動車を呼んで、ともかく駅まで、と云った。鉄道局へ這入っていってわたしは知人の大坪孝二と話をして夜の打合せをし、その間、先生は廊下で待っている。局を出たら冷たい雨が降っていた。駅前の何んでもないそば屋に這入って、掛けそばをたべた。タバコ屋で罐入りピースを三個。それから石鹼と石鹼入れ。先生が思いついて帚《ほうき》を買おう、と云い出した。帚を何にするのかと思ったら、こっちの車中は薄ぎたないから座席を掃除するために便利ではないかと云う。仕方がないから、荒物屋を見付けて這入っていった。座敷帚ばかりで、手ごろなのが無い。座敷帚なンか買ったんでは手に負えない。洋品屋にも這入って、洋服を払うブラシを手に取ったが、高いから、やめた。又外へ出て、今度は靴屋の店先で、靴ブラシが目についたから、それを一つ買った。

『安くて手頃で、座席を刷《は》いたり窓縁を掃除したりするには、手帚《てはうき》よりも便利である。大いに感心して寒雨の中に出た。』

わたしの仕たことで大いに感心されたのは、阿房列車中で、この靴ブラシぐらいなものである。――車が拾えないから、歩いて帰ろう、しかし道が判るかしら、と先生が云うから、僕は一度通った道は迷うということがない、大丈夫ですとわたしが自慢した。

『さう云ふ事をオリエンテイールングと云ふ。オリエンテイールングのセンスが最も信用できるのは犬だね。』

随分歩いて、少しくたびれて、何か喋っているうちに横丁を二つ三つ通り過ぎてしまって、人に聞いて、やっと旅館に戻ることが出来た。

その夕刻、金矢さんにもう一晩来て戴き、鉄道局のわたしの友人野村悦朗・大坪孝二両君も加わってまた小宴会がはじまった。『さて今夜は山系君が主人の様《やう》な意味もある。両君は彼の友達であるから、大いに気焔をあげ、風発し、飲み過ぎて、みんなの帰つた後まで、まだ飲んでゐたらしい。私は先に寝たから、よく知らない。』

翌朝、雨がはれて、自動車で宿を出た。横丁に柳の大樹がかぶさっているのが見える辺りで車がパンクした。「パンクというものは、古来、柳の大樹の見える横丁辺りですることになっている、さすが百閒文章は」といって、先生の記述をひどく褒めた人がいるけれど、わたしには何がさすがなのか、よくわからない。

駅では皆さんの見送りをいただいて、十一時四十二分、浅蟲温泉へ向った。

□

入浴はきらいではないが、いやしくも「温泉」に這入った経験は、浅蟲へ行くまで、生涯に二度しかない。

一度は、漱石先生にお金を借りに、湯河原の天野屋旅館へ行った時で、二度目は昭和十四年秋、臺湾旅行の折、臺北郊外の草山の温泉に入った。しかし、臺湾まで行ってわざわざ温泉宿へ泊まったのではなく、『私を臺湾へ連れて行つてくれた人が、御自分が温泉へ行きたくて同行の私を一緒に案内した迄の話である。』と威張っている。

温泉を好かない訳は、温泉には人がいるから行きたくない、温泉の宿屋は、人が来るのを待っている、向うがそのつもりでいる所へ、誰が行ってやるものか、と云うのである。

——浅蟲駅に降りたのは、旅程のかんけいで、観念したのである。

駅のまん前の東奥館旅館に落著いた。

洋室の硝子戸の下はすぐ陸奥湾で浪の音が高い。暗い時雨が海風にまじって厚い硝子戸を打つ。遠い岬の端へ夜行列車の光の列が狐火のように遠退いてゆく。夜は少し飲みすぎた。わたしは、居眠りして、またお酒を飲み出したりしてお膳を引っくり返したそうである。

翌日の十二時浅蟲を発って青森へ向う。青森までは丁度三十分かかる。青森から奥羽本線に乗り換えるには、二時間の待合せ時間がある。——

青森駅の改札を出て、何処《どこ》といって時間をつぶす宛《あて》もない。先生が床屋へ行こうと云い出した。

『「僕は今朝自分で剃りました」

「うそを云ひなさい。どぶ鼠ぢやないか」

「昨日だつたかな」

「昨日は盛岡だよ」

「をととひか知ら」

「まあいいから、床屋へ行かう」』

はじめての青森の町中をうろうろ歩いて床屋をようやく見つけて髭を剃って、外へ出たが、まだ時間があるから、中華料理屋へ這入ってラアメンをあつらえた。先生はまったくのお付き合いらしく、半分以上も残した。先生から見える向うのテーブルの客が、カツライスを食べているのを認めて、あとあとまで、あのカツレツはおいしそうだったと先生は云うのである。

青森発午後二時十分。秋田へ向う。夕暮近くなって大館で、ラアメンを半分しか食べない先生が秋田までとても持ちそうにもないからサンドイッチを買ってくれ、と云うから駅売りで訊いたが、そんなものは売って無い。仕様がないので、紙袋に入ったアンパンを一袋買った。

『贅澤を云つては相済まぬけれど、うまくない。

「東北本線沼宮内《ぬまくない》だ」

「はあ」

口に入れたのだけは嚥《の》み込み、後は紙袋の口を折り込んでお仕舞《しまひ》にした。』

秋田、午後七時四十九分著。わたしの友人の荻原長雄君ら三人が迎えに来ていた。石橋旅館に案内されて、三君をお客にして一献を始めた。先生が歌をうたい出した。

その玉の緒を勇気もて、つなぎ止めたる水夫あり、……

『苦しき声を張り上げて』『咽喉《のど》から血の出る程にどならないと気が済まない』――女中が飛んで来て、手をついてお辞儀をした。近くの部屋のお客が迷惑するから、と云うのを手で制して、『一寸《ちょつと》待つてくれと云つて、切りまで歌つて、止《や》めて、あやまつた。全く怪《け》しからん話で、宿屋は旅で疲れた人が、泊まつて休んで寝て、明日立つ所である。料理屋ではない。だから悪かつた。』

仕舞い頃はどうなったのか、先生にもよく解らないのだから、わたしも余計わからない。

翌日、秋田駅を三君に見送られて、横手まで行く。午後二時二十分横手著。横手に宿もたのんだし、横手に降りて何をするかというと、奥羽本線からわかれて横手と東北本線の黒澤尻をつなぐ横黒線に乗って見ようとするのである。沿線の紅葉は天下の絶景だという話である。

雨が降っている。時間が早いから、宿へ落ちつく前に横黒線の往復をすませようと先生が云う。

『「雨に色増すもみぢと云ふ事を御存知か、貴君」

「聞いた様です」

「どんな事だと思ふ」

「紅葉の色が綺麗になるのでせう」

「それはさうだが、だから美人が泣いている風情《ふぜい》は一層いいだらう」

「美人が、ですか」』

横黒線に乗って大荒澤駅で降りて、小さな駅長事務室に這入って、炭火を盛りあげた火鉢のそばで黙って一ぷくさせてもらってから、また横手へ引き返した。

『隧道を出ると、別の山が線路に迫つて来る。その山の横腹は更紗《サラサ》の様に明かるい。降りつける雨の脚《あし》を山肌の色が染めて、色の雨が降るかと思はれる。ヒマラヤ山系君は、重たさうな瞼《まぶた》をして、見てゐるのか見てゐないのか、解《わか》らない。

「いい景色だねえ」

「はあ」

「貴君《きくん》はさう思はないか」

「僕がですか」

「窓の外のあの色の配合を御覧なさい」

「見ました」

「そこへ時雨《しぐれ》が降り灑《そそ》いでゐる」

「さうです」

「だからどうなのだ」

「はあ。別に」』

横手駅長鈴木さんの案内で平源旅館についたのは夕六時過ぎていた。駅長さんを請じて一献をはじめる。

座敷の外は雄物川の上流で、戸を開けると、薄明りに川波の動くのが白く見えるだけである。東北旅行の六晩目で、行く先先でお酒をのみ、大概おなかがくたびれている。

『お酒は酔ふ迄がいいので、酔つてからの事は、いいのか、よくないのか判然《はっきり》しない。さうして翌日は歴然とよくない。いやな気持で、鬱陶《うったう》しくて、世界の終りに近づいた様な気がする。』

『阿房列車の何の用事も気苦労もない旅行で、もしお酒と云ふものを飲まなかつたら、宿から宿への出立《しゅったつ》がどんなにすがすがしいだらうと思ふ。』

わたしも、まったく、先生と同じ気持、同感なのである。

『「お酒と云ふ物ないならば」

「さうでもありませんけれど」

「だから程程にしようよ」

「それがいいです」』

しかし、駅長さんが同席して、お膳の出るのを待ちかねて、杯を挙げると、先生のお酒は非常においしそうである。そうして、『そもそもどの辺の、どう云ふ所からお酒が廻り始め、そこを通り過ぎてどう云ふ風に酔つ拂つて来るのか、永年お酒を飲んでゐるけれど、さう云ふ加減は決して会得するわけに行かない。』『それで又知らない内に酔つ拂つた。』

旅館の主人が出てきて仲間に這入った。話がはずんで、何か一筆書いてくれと云い出した。先生は、かなり酔っているのだが、小さな字でなく、大きな字なら書くと云ったから、主人が画仙紙を持ってきて、お膳の脇に毛氈をしき、墨をすった。先生が、いい気持で、何か大きな字を二三枚書いたのは確かである。それが何と書いたのか、翌日になると、けろりと忘れている。座敷の欄間にかかっている犬養木堂の扁額を見上げて、先生はしきりに何かを思い出そうとしている。ゆうべはその字の勢いを見て、刺戟をうけたのであるが、お酒の酔いが手伝って、毛氈を敷き、画仙紙をのべさせて、金峯先生直伝の懸腕直筆、大きな字を書いたのだが、何と書いたのか木堂の扁額を見上げて連想を促しても、まったく覚えがないのである。

僕はいったい何を書いたのかね――とわたしに訊かれても、わたしも綺麗さっぱり忘れている。先生が書家のように重重しく筆を運んでいる筆先を、息をつめて見つめていた事は思い出せるが、何と書いたのか、先生が忘れてしまったのを、わたしが知っている筈がない。

木堂の字を真似したのだけはどうか破って捨てて下さいと平源主人に云ってくれとわた

し は云われた。その外《ほか》の二三枚、ゆうべ書かれたものを見ましょうか、と訊いたら、飛んでもないという顔で、先生は手を振った。

□

秋田の宿の朝食のお膳に、はたはたが附いた。先生の朝のお膳は無いから、わたし一人で食べている傍から、先生が、早くそのはたはたを食べてみろとせっつくように云うのである。少少宿酲《ふつかよい》だし、はたはたを特に旨い魚だとも不味《まず》いとも思わないが、傍からそう急《せ》かれて、どんな味か云ってみろと云われても、わたしは困る。——横手の宿ではお膳に出た日本海の小鯛が先生にはめずらしいらしかった。瀬戸内海の鯛も冷凍の鯛もわたしなどにはその時その場だけの味で、取り立てて後に残るようなことはないが、先生は魚を賞味することには微妙な識別感があるらしい。

先生日常のお膳の上のことを云っては失礼か知れないが、比目魚《ひらめ》なら比目魚、さわらならさわらの刺身が、毎日、十日でも一ト月でも、いや、一年中、同じ物がお膳の上に並んでいないと気がすまない。或る期間、その魚に凝ってしまうのである。凝って、飽きるまで、やめない。少しくらい飽きたって、慣行的にやめない。うなぎに凝りだして、毎日毎日、同じ店のうなぎを註文する。大の三十一日の月に二十九本、うなぎを連続したこともある。それから何年後の今日もそのまま続いている。——むかし、カツレツを一ぺんに七枚とか八枚食べたとか、寒雀を三十五羽とか食べたという伝説があるが、根のないことではないらしい。

阿房列車で、これは東海道だが、米原のマスずしが旨いと云って気に入ったら、或る時の八代からの帰り、十五六本一ぺんに一等のコンパアトに持ち込ませた。

□

横手平源の炉辺で聞いた話のうち雪国の変った風習は、暖国生れの先生の興味をひいたらしい。横手駅長さんが、駅構内だけを残して町全体が雪の中にすっぽり理まって何もかも動けなくなるから、橇で人も荷物も運ぶのだと話しても、先生には早速に想像もつかないのである。横黒線大荒澤附近は東北地方でも最も積雪量が多く列車がしょっ中立往生する。軒毎に雪の室《むろ》をつくって子供達が火神様をおまつりして遊ぶかまくらは、横手の町だけでも三千くらい出来ると話されても、ぴんと来ない。梵天という万燈に似た出し物が何十組もできて若い人が担いで練り歩くそうであるが、実際に見た事がないので感心のしようがない。

冬になったら、もう一ぺん来て、その雪の深いとこを見に来よう、と先生が云う。そんな筈もないだろうけれど、妙に気に入ってしまって、毎年雪の深いところを見に行くようなことになっても、いろいろ困るだろう。わたしも興味がないわけではないが、余り気乗りがしない返事をした。だいいち、又来ようと云っても、そうそう気軽く出歩けるような気軽な先生ではない。——実際にはこの時から一ト冬隔《お》いた二年目、雪の横手に、もう一度出掛けて来た。雪に埋まったところだけではなく、雄物川のせせらぎが聞こえる横手の宿がどうやら気に入ったらしい。

――ひる過ぎ、宿を立ち、横手駅で、ホームの立売りのそばを食べた。先生にとっては朝食兼昼食である。雨が降っていた。ホームが冷たく濡れている。わざわざ陸橋を渡って向う側のホームまで行かなくとも、ここへ持って来させますよと駅長室で駅長さんが云うのだが、お断りして、跨線橋を渡り、時雨の降りこめるホームに立って、湯気の立つ丼を啜る。線路をへだてた駅長室の中で、鈴木駅長がこっちを見るような見てはわるいような恰好で立っている。ゆうべ一緒にお酒をのんでお喋りをしたから、おおよそは承知している筈だが、もの好きで気ままな先生だと思っているかもしれない。

この前の鹿児島、八代行の時分から、抜け掛かって、抜けないでぶらぶらしている前歯があって、それにしても先生の口腔には総体として歯の数が少ないようだから、そばを啜るにしても手間と時間がかかる。

『抑《そもそ》も歯と云ふ物は、上と下とが揃つてゐなければ何の役にも立たない。どちらかが無くなれば、残つた方は無用の長物である。』

これは卓見であって、まったくわたしも同感だが、その残った無用の長物の方を、いやで、我慢して、つまり歯医者に見せるのがいやで、そのままにしてあるのだから、そばを立食いするにも難渋する。

『「考へて見たのだが」

「何です」

「歯は厄介だね」

「どうしてです」

「この前歯の事さ」

「痛みますか」

「痛くはないけれど、さはれば痛い。もとから歯など無い方がいい」

「さうは行きません」

「僕の知つてゐるお年寄りは、歯が一本もなくて、歯茎で牛肉の切れを嚙み切り、雲丹《うに》豆《まめ》をかじる」

「ほんとか知ら」

「実例が二人ある。二人ともお婆さんだ」

「女だからでせう」

「をかしな事を云ふではないか」

「はあ」

「抑《そもそ》も歯を以《も》つて物を嚙むと云ふのは、あれは前半は本能だが、後半は迷信だ」

「なぜです」

「嚥下《えんか》の前提として咀嚼すると云ふ事に合理的な必然はない」

「何の事だか解りません」』

□

山形駅、夕六時五十九分著。

山形には、だれも知り合いがない。秋田からお土産にもらったお酒を車にのせて、「豊臣時代の豪傑の様な名前の大きな宿」後藤又兵衞旅館へ著いた。

『係りの女中は年寄りである。丁度山系君のおふくろ位の年配である。

「おい貴君《きくん》、老婦人を疎略《そりやく》にしてはいかんぜ」

「何です」

「貴君のお母さんの様《やう》だ」

「さうでもありません」』

その年寄りの女中さんの極めて緩慢なサービスで、風呂場へ案内されたが、風呂場は銭湯のように広く、三四人の泊まり客と一緒だった。阿房列車で、込みの風呂に這入ったのは此処《ここ》だけである。裸になった先生が、湯船に手を入れて、これはとても熱くて這入れないと云う。先生はぬるい湯でないと這入れない。湯船につかっている客が蛇口から水を出し放している のを止めてしまったから、益《ますます》熱くなっているらしい。先生が蛇口を又ひねったら、這入っている二人の男が慌てて上がってしまった。先生は、水を出してぬるくしたから男達が上がってしまったと思ったのだが、先生がひねった蛇口は実は熱湯の方だった。熱いところへ又熱いのを注ぎ込まれたから彼らはびっくりして飛び出したのである。それに気附かぬ先生は、熱湯の蛇口をあけ放したまま、湯がぬるくなるのを、じいっと待っている。もういいだろうと頃合いをみて、まず湯をかぶろうとして小桶に湯を入れ、それも熱いから蛇口の水でぬるめて身体に掛けたら、危うく声を上げそうになった。火傷するように熱かった。お湯の中に更に熱湯を加えて、つまり、蛇口から出ているのが水ではなく熱湯だとその時はじめて知ったのである。湯船を飛び出した男二人が、先生の手元を見つめている。わたしは、先生が何をしているのか、はじめ解らなかった。

僕はもうあきらめたから、先に出るヨ、と云って先生はさっさと浴室を出ていってしまった。

お膳の前に坐ったが、年寄りの女中さんは大分くたびれているらしく、物を運ぶにもいちいちどッこいしょと云っている風で、時間もおそいことだから、何度もお銚子を運ばしては身体が続かないだろう、秋田からお土産にもらったのを託して、これを一どきに幾本でもいいからお燗をして持ってきてくれと云った。「そんなに召し上がるんですか」「大丈夫だ」「そうですか」

それでお盆の上に燗徳利を一どきに全部持ってきた。

山形の宿のお膳に、取り立てて御馳走があるわけでもない。なんとなく薄暗い電燈の下で、箱膳を二つ向い合わせて盃をとりあげたが、お膳の間に坐ったおばさんは手持ち無沙汰な顔で、いまにも居眠りをはじめそうである。部屋の中の建て付けがどことなく煤けていて、大正初期の感じがする。窓ガラスのひびに紙片が貼ってあったりするのも、いかにも東北の宿の気配で、山形山形している。それでも、東京の先生のちゃぶ台の前でのんでいるのと同じような、埒《らち》もない無駄ッ話をして盃を重ねているうちに、山形も東京もないような気分になってくる。

おばさん女中が、ふと思いついたように、お酌をしましょうと御愛想を云うから、皺だらけの手のお酌を受ける。注ぎながら、旦那方はよく召し上がりますね、と云う、これも御愛想のひとつだろう。そうでもないヨ、と云って、おばさんに盃を出して、一ぱい、どう、と差したら、滅相もないという顔付で、私はお酒はいただきません、ときっぱり断られた。どこから来たか知らないが小難しい事ばかり云うのが酒ばかりのんでと思っているのか知れない。

寝床はあっちの部屋に取ってあるから、ここはどうぞ御ゆっくり。時間がもうおそいから休ませていただく、お呼びになっても、帳場にも、だれもいません。用があるなら、いま云って下さいとおばさんが眠そうに云うから、それではおしぼりをもう一度しぼり直して持ってきてくれと先生が云った。

「おしぼりですか、もう一度しぼるのですか。そうですか」と、駄目を押して、おばさんは階段をどッこいしょと降りていった。

福島を振り出しに東北をぐるりと廻って来たが、その土地のお土産はなんにも買わなかった。盛岡で買った靴ブラシは実用品である。浅蟲では駅前の旅館を一歩も出なかったから何も買う暇はない。秋田でも横手でも駅から旅館まで車で往復しただけである。——翌朝、山形の宿を出る前、帳場の脇の大きな陳列棚にいろいろ土産品が並べてあるのを見て、先生が買う気になった。

『……抑《そもそ》もお土産なぞを買つて帰ると云ふ気は古来決してなかつたのだが、矢つ張り齢《よはひ》かたぶきて気が弱くなつたのだらう。』

竹の皮にくるんだ薄い羊かん様ののし梅や、なめこの罐詰を先生は手に取っている。古い光沢のあるコケシが三四本並んでいたからわたしはそれを手にした。その手元を先生がじろじろ見ている。こういうものを先生は好かないのである。特に「稚拙を売りものにした民藝品」を嫌う。コケシなどは、摘《つま》んで捨ててしまいたい位だと云われる。——これでも、古いのにはなかなかいい物がありますヨ、骨董的な美術品です、と云ったら、苦が苦がしい顔で、あっちを向いてしまった。先生は骨董品もげてものもきらいである。

コケシと美術、絵画をむすびつけては話はちがうかもしれないが、——僕には絵画はよく判らないのだヨと先生は述懐したことがある。それでも大学生の頃は、絵画を人並みに理解しようとして、展覧会の季節になると方方見てまわった。文展などは、二度も三度も出かけて行って丹念に絵を見て歩いたそうである。

『しかし、どの展覧会を見ても、洋画でも日本画でも私には同じ事で、一廻り見終はってから会場の外に出た時の気持は、少しも愉快ではなかった。美的情操を養ふどころでなく、生理的の倦怠と疲労と、その上どうかすれば、あんまり強過ぎた色彩の刺戟に嫌悪の情すら感じた。』

『自分には絵は解らない、とはつきり観念したのは、学校を出てから二三年後の事である。一通りの努力と煩悶をした上で、結局さう云ふ事を覚ったのが、展覧会巡礼から得た私の収穫であった。』（「随筆新雨」・絵と音楽）

それで、本の装釘についても、谷中風船画伯が生きている時分にはいっさい任せっきりで済んだけれども、その後、新しい本が出るのに、装釘者は誰がいいですかなどと出版元から相談を受けると、先生は、画描きさんに知り合いもなく、困るのである。内緒ばなしでもするような顔で——僕は、実は、画はわからないんだ、どんな画が上手で、いい画なのか。ただ、わかるのは、自分がきらいな画は、これは自分のきらいな画だとはっきり判るけどね。

つまんで捨てちまいたくなるコケシと、絵が判らないこととはそんなに密接な関連はない。とにかく稚拙さを表面に出した民藝品的なものが嫌いであることは確かで、派生的には、漫画のたぐいがきらいである。

□

山形の宿を十二時すぎ立って、仙臺へ出る仙山線に乗った。蟬塚、立石寺のある山寺駅をすぎ、面白山トンネルを出て燃え立つような紅葉の渓谷を過ぎて、三時半頃仙臺駅へ著く。仙臺鉄道管理局の誰何《すいか》さん（タレカ、という仮名）に案内されて、松島の白鷗楼へ這入った。誰何さん（鈴木肆郎）を夕の宴に招待して、東北旅行の第八日目かの晩、明日は東京へ帰るというので、それで度を過ごしたかもしれない。

『楣間《びかん》にこの宿の名を題した伊藤博文の扁額が掲げてある。その額の大字が酔つ拂つて動き出した頃、誰何君は電車がなくなると云ふので、帰つて行つた。その後の切り上げが、矢つ張りいつもの通りすつきりしない。私がお行儀が悪いのか、山系が云ふ事を聞かないのか、それはよく解《わか》らないけれど、解らして見た所で同じ事である。』

翌朝、松島湾にどんよりした雲がかむさっていて間もなく雨が降り出した。飲み過ぎた翌日の重っくるしい気分である。旅館に頼んで小さなモーター船を出してもらい、小雨の中を塩釜へ向う。島島の間をゆっくり縫って、景色は十分にいい景色だと思うけれども、宿酲《ふつかよい》のせいか頭の中がはっきりしない。

『時時ばらばらと雨の粒を敲《たた》きつける硝子《ガラス》窓を通して、ぼんやり波の上を見てゐる。船頭は口を利《き》かない。尤《もっと》も何か云つても、ぽんぽん鳴る発動機の音で、こつちには聞こえやしない。山系君もだまつてゐる。私も何も云ふ事はない。用事もなければ、それ程面白くもないし、腹が立つ事もない代りに、うれしいと思ふ原因もない。第一今度の旅に立つてから、今日で丸九日になる。その間起居を共にしたヒマラヤ山系を、事新らしく構ふ事なぞある筈がない。彼の方でもきつとさうなのだらうと思ふ。知らん顔をして、つまり私を無視して、どこを見てゐるのか知らないが、ぼんやり外を眺めてゐる。』

つまり、先生もわたしも、九日間の長旅で、これという目的や用事のない、あてのない長旅で、いささかくたびれた。八泊九日の八泊を、すべて長夜の宴とはいえないが、とにかくお酒をのみつづけたのだから、疲れるのは無理もない。今日は、夜おそくはなるがとにかく東京へ帰るのだから、いやな宿酲の気分から早く抜け出せるだろう。先生もそう思っているにちがいない。

　塩釜港に上がると雨が本降りになった。二人で傘が一本しかないのだが、白せっこうの菓子・塩釜を買うために雨の中をうろうろ菓子店をさがして歩いた。先生もわたしも雫を引きながら濡れそぼった。

　仙臺駅一時三十六分発上り急行青葉号に乗車して、見送りに来てくれた誰何さんが、もう動きはじめた列車にそって二三歩あるきながらデッキに起っている先生に向って、仙臺の鉄道局の雑誌に何か原稿を執筆して下さい、と早口で頼んだ。先生はおどろいて、デッキに摑まったまま、返事の仕様もない。列車は速度を増し、遠退いてゆくホームで誰何さんが手を振っている。

ている。

座席へ落著いてから、先生は、たいへんな原稿の頼み方もあるものだとしきりに感心している。

『驚いた談判の仕方であつて、昨日の午後からずつと会つてゐるのに、さう云ふ話しは丸で出なかつた。今汽車が動き出して、もうこちらからは返事が出来ない時に切り出されたから、おことわりするわけに行かない。ことわらなければ引き受けたのだと、理詰めに考へる程の事でもないが、……』『仙臺までことわりに行くのは大変であり、原稿を書くのは億劫《おくくふ》だし、先方でさう云ふ風に切り出したのを、手紙や葉書で受け答へしたのでは体を成さない。』

と発車間際の一方的な原稿依頼について、面白がっている風である。

仙臺を発車し、白石を過ぎたあたりで、先生が、今日はもう家へ帰るのだから、お行儀よく、食堂車を敬遠するには当らない。仙臺上野間約七時間のうち、郡山は四時十九分の著だから、そこから始めるとすれば上野まで大体四時間三十分である。いくら我我がゆっくり腰を据えるといっても、まさか食堂車に四時間三十分は居られるものではない。それに今度の旅行はお土産など買い込んだから、降りる前に荷物の整理もしなくてはならないから、その分だけ早目に食堂車へ行くことにしようと云うのである。

列車が郡山構内に這入ったから、直《す》ぐ食堂車に出掛けた。あらかじめ食堂車の給仕に、これからゆっくりしたいが、構わないかと念を押したのは、この前の門司廣島間の列車食堂従業員の交代などで混乱してはいけないと思ったからである。カウンタアの女給仕が、どうぞ御ゆっくりと云うから、しかし上野著の手前のどの辺で切り上げればいいだろうと聞いたら、片づけは上野へ著いてから致しますから、上野に著くまでどうぞ御ゆっくりと云う。まさか、それまで御ゆっくりしてもいられない。

『私は酒が好きである上に、お行儀があまりよくない様《やう》に自分でも思ふ。』と、昭和十年代の随筆「酒光漫筆」の中で書いている。

『酒讌《しゅえん》に列して杯《さかづき》を挙《あ》げる段になると、人の注《つ》いでくれるのが待つてゐられないほど、初めの内は早く飲みたいのである。多人数の西洋料理の宴会などで、お酒を持つた給仕人が中中《なかなか》私の所に廻つて来ないと、目の前にある御馳走も咽喉《のど》を通らぬ様な気がする。気持がいらいらして、じれつたくて、お酒を持つてゐる給仕の方にばかり目を配つてゐる。やつと廻つて来て注いでくれたと思ふと、忽《たちま》ちその杯を飲み乾して、間《ま》に合ふならその序《ついで》にもう一杯注いで行つて貰ひたいと云ふ風な、がつがつした事をするから、傍の人が見て、中中強いと思つたり、随分行けますなあとお愛想を云つたりする。』

そうして、お酒は好きだが、早く酔っ拂うことは嫌いで、わたしなどにお酒を注ぎながら、こんなにおいしいものを何故そんなに早く飲むのだ、ゆっくり、酔っぱらわないように、そして、たくさん飲まなければ勿体ないじゃぁないか、と妙な叱言《こごと》を云う。――他人の酔っ拂いは大嫌いで、自分一人で飲んでいるお膳の前に、どこか他所《よそ》で飲んで来たわたしなどが途中からお膳に坐ることも、たいへん気に入らない。どこで酒など飲んで来たかという顔をする。また、なにかの調子で、こっちだけが急激に先に酔っぱらってしまったり、同じように飲んでいても、さっぱり酔わないような時もあって、それは一向差しつかえないが、先生がいつもの分量を飲んでお仕舞いになる前に、先に帰ろうとすると、これ又、機嫌がわるい。貴君はお酒のつき合いということを知らない。はじめるとき一緒なんだから、おしまいも一緒にしなさい、それがつき合いというものだ。

青葉号の食堂車が白河を過ぎ、西那須をすぎ、宇都宮、小山はいつの間にか過ぎて、『どう云ふきつかけだか、さう云ふ事は解らないが、兎《と》に角《かく》切り上げて座席に帰り、まだなんにもしない内に、汽車が動かなくなつた。をかしいなと思つてゐると山系君が物物《ものもの》しく窓をのぞき、先生、上野ですと云つた。／道理でまはりの人がみんな起《た》つてゐる。網棚の物はまだ何も下ろしてない。』

21

はじめての阿房列車、大阪行の「特別阿房列車」は、四百字詰原稿紙五十六枚。二十五年十月二十六日から翌十一月十四日脱稿というから二十日間かかっている。書かなかった日もあるが、一日平均二枚半ということになる。遅筆である。

御殿場線経由で由比興津へ行った「区間阿房列車」は、百二枚。二十六年二月十八日から四月十二日まで約五十日掛かっている。区間阿房列車は、実際は三月十日から二泊三日の旅だから、列車に乗る前日までに二十枚くらいの原稿が前書き的に書き上がっていたのである。短い旅から帰って来たのが十二日、一日おいて——十四日三枚半、十五日二枚半、十六日四枚という風に遅遅として書きつがれた。

とにかくこの程度の執筆速度では、到底、追いついて行けない。何が何に追いついて行けないかというと、諸事萬端、追いつかない筈である。おまけに、一つの原稿に掛かると、それ以外の原稿を間にいれて引受けるような融通、余裕、器用な真似ができないのだから、始末がわるい。

玄関の柱の呼鈴の下に小さな紙片が貼りつけてある。それにこう書いてある。

世の中に人の来るこそうるさけれ
とはいふもののお前ではなし　蜀山人

世の中に人の来るこそうれしけれ
とはいふもののお前ではなし　亭　主

玄関の引戸を開けて這入ると正面の壁に色紙がぶら下がっている。それには、

午前中ト夕刻以後ハ誰方《ドナタ》様ニモ
オ目ニ掛カリマセヌ　亭主惶恐謹言

と筆太に書いてある。

人が来ること、人と会うことが、いやなのではない。人がいやなのでも勿論ない。人が来ることで、一日のしごとの順序が乱されるのが困るのである。もっとも、誰も来なくとも、身辺の順序はなかなか捗らないのだから同じ事かもしれない。そこへ人が来ると、その人が来たおかげで一日がつぶれてしまったと思うので、それで困るのである。

「区間阿房列車」の最初の二十枚が実際の旅の直前に「前書き」としてでも執筆されてあったことは、先生としては、手順よく、手廻しがよかったというべきである。

一日に二枚とか二枚半とか、起稿脱稿の日までどうして判るかというと、阿房列車の原稿はすべてわたしの手元にあって、「第一阿房列車」「第二阿房列車」二冊に製本されてある、「第一阿房列車」には、先生の字で「阿房列車原稿綴　目次」と書かれ、次の頁に、「阿房列車原稿綴ニ就イテ」と題して、特別阿房列車から奥羽本線（山形阿房列車）までの七篇の起稿及び脱稿の年月日が誌《しる》されてある。又「執筆中ノ進行状況ハ次ノ如シ」とあって、各篇の執筆月日枚数が詳細に記録されてある。「原稿綴ニ就イテ」の後半を写す。

原稿ハ僕ノ文章ノ典拠トシテフアイナルナモノデハナイ　単行阿房列車ニ載ツテル文章ノ方ガ誤植デナイ限リ正シイ　ナゼト云フニ一篇ノ原稿が出来上ガツタラ編輯ニ渡ス定期刊行ノ雑誌ダカラ直《ス》グニ校正ガ出ル　ソノ校正ヲ七篇ノ内過半マデハ僕ガ見テキルゲラ刷《ズリ》デ誤植ヲナホス丈《ダケ》デナク推敲《スヰカウ》シタ箇所ガ多多《タタ》アル　ダカラ原稿トハ違ツテ来テ

キル　校正ヲシナカツタ時デモ　雑誌ガ出テカラ読ミ返シテ推敲シ加筆シテ置イタモノヲ単行本ノ原稿トシタ　草稿ナル原稿ト単行本トノ間ニ食ヒ違ツタ所ガアレバ　単行本ノ方ガ正シイ

先生の文章の推稿の跡は、この原稿綴りによって知ることができる。

「特別阿房列車」の書き出しは、わたしなどは口についてしまった程、簡潔なレトリックだが、原稿を見るとはじめはもう少し長かった。カッコ（パーレン）の中は抹消した箇所である。

阿房《あはう》と云ふのは、人の思はくに調子を合はせてさう云ふだけの話で、自分で勿論《もちろん》阿房だなどと考へてはゐない。用事がなければどこへも行つてはいけないと云ふわけはない。（なんにも用事がないのに、そこいらを歩き廻つて散歩をしてるんだと云ふのは、ちつともをかしくない。歩きたいから歩いてゐると云ふので筋は通る。）なんにも用事がないけれど、汽車に乗つて大阪へ行つて来（たつて別にをかしい事はない。）ようと思ふ。

「稿本阿房列車」前書きによって各篇の枚数を記しておく。

鹿児島阿房列車（前・後章）　百四枚
東北阿房列車（浅蟲まで）　五十九枚

奥羽本線阿房列車（前・後章）　八十六枚
雪中新潟阿房列車　四十枚
雪解横手阿房列車　五十五枚
春光山陽特別阿房列車　八十枚
雷九州阿房列車　四十七枚
同後章（稲妻の別府湾）　六十一枚

単行本『第三阿房列車』には次の六篇が収録されてある。松江阿房列車以後は発表の場所が変ったので、原稿は保存されていない。

菅田庵の狐（松江阿房列車）
時雨の清見潟（興津阿房列車）
列車寝台の猿（不知火阿房列車）
長崎の鴉（長崎阿房列車）
房総鼻眼鏡（房総阿房列車）
隧道の白百合（四国阿房列車）

□

新潟へ行ったのは東北旅行の翌年の二月。——新潟の宿に著くといきなり新聞社の記者が待っていて遠慮のない質問を受けた。若い記者は、先生が目的も計画もなく新潟へふらりと来たことが奇異に感じられたのかもしれない。根ほり葉ほり新潟についての感想を引きだそうとするのだが、先生の受け答えは記者を満足させなかったようで、おしまいに、何のために来たか、「阿房列車の取材ですか」と問う。それに答えた先生のことばは興味がある。

『知らないかと思つたら、そんな事を云ひ出した。

「それは家に帰つて、机の前に坐つてからの事で、今ここでかうして君のお相手をしてゐる事と丸で関係はない」

「でもさうなので せう」

「さうでないと云ふ必要もないし、さうだと考へる筋もない。要するにそんな事は、後の話さ」

「さうですか」

「帰つてからの事だよ」

そこいらで御免を蒙った。』

家に帰って、机の前に坐ってからの事で、というので思い出すのは、昔、郵船会社で船に乗ることになって、立つ前に雑誌記者に約束の原稿をのばしておいたら、帰って来たらすぐに書いてくれという事になった。(『百閒座談』という座談会で先生の喋った部分だけの速記を集めた本がある、その中の「真実と夢」と小見出しのある條りで、つぎのような座談がある)

旅から帰って、すぐその事を書け――『さう云はれて迷惑と云ふのではなし、もともと僕は原稿を書くのが稼業ですからね。しかし本当の事を云ふと私はさう云ふのを好かない。神戸から横濱へ航海するでせう。帰つた時はその間の事を覚えてゐるが、一年か二年経《た》つと大概忘れてしまふ。それを今度自分で自分の気持の様《やう》に綴《つづ》り合はせる。その方が真実だ。行つて来た儘《まま》の直接経験と云ふものは粗末なものです。一旦《いったん》忘れて、改めて神戸から横濱までの航海を見る。それと同じ様に今お話しの「冥途」には夢があるかも知れないし、僕のポエトリーがあるかも知れない。あれは五年、十年、或《あるひ》は二十年掛かつて組立てたものです。今度の航海なども何年か放つといてくれれば屹度《きっと》いいものが出来たと思ふ。年限を切る訳ぢやあないが、暫《しば》らく間を置いた方が、本当のリアリズムになります。さうは云つても、売文の起《た》ち場《ば》からなかなかさう行かないんでね。』

家に帰って、机の前に坐って、一日に二枚か三枚と先生の筆が渋滞するのも、右のような事情かと思われる。

新潟の旅から戻って、三日置いて、こんどは雪の深いところを見に、もう一度横手へ出掛けた。横黒線の、今にも雪崩《なだ》れてくるような積雪を見て、平源旅館にまた泊まる。土地の人の招待で岡本新内の踊りを見た。その帰り途、乗せられた箱橇は先生には初めての乗り物だった。りんご箱二箇分位の箱の下に橇が付いている。少しく酩酊した先生が、その箱いっぱいにずっしり収まったのを、うしろから押されて行くのである。凍《い》てた夜の雪道を軋《き》しませて滑って行く先生はすっかり御満悦の様子だった。

春光山陽阿房列車。昭和二十八年（三月十五日）京都・博多間に特急かもめが開業したので処女列車に乗らないかと国鉄から招待され、京都へ行く。銀河号で京都へ著いたら朝の六時四十分で、六時七時という時間は先生の時計には無い。駅長室でうろうろしていても仕様がないから、動物園か植物園を見物しようかと先生が云う。そんな早い時間に動物園が開いているとも思えない。結局車に乗って蛤御門で降りて人ッ子一人居ない御所のお庭を歩いて、まだ時間があるから又車に乗って平安神宮に著けた。門を這入ろうとしたら丹塗りの赤い社前に大きな犬が二三匹いたから、先生は犬は嫌いなので、中には這入らずに待たしてある車に戻って、それで駅迄戻った。八時三十分かもめ発車。博多では国鉄の用意した宿には這入らず博多ホテル泊。翌日八代松濱軒泊。

同年六月下旬、また八代を第一日の振り出しにして九州を一巡りする。東京を発つ時から雨で、八代も降り続け、松濱軒の池の水は溢れ出ている。熊本へ戻って夜中降りつづく熊本に一泊。このあたりから「不世出の雨男ヒマラヤ山系」「天成の雨男」などと云われることになるが、何、雨の降る旅にはいつだって先生が一緒なので、先生が旅をする時はいつもふしぎに雨が降って来るナ、と一緒に伴《つ》いているわたしが、おかしく思うだけである。――熊本城の城門まで車で行ったが繁吹きをあげる豪雨で車外に出られず、駅に戻ったときは駅前は洪水だった。豪雨に追われるように豊肥線で大分に出る。別府からの車が別府湾の雨しぶきと稲妻を浴びて、むしろ痛快だと思いかけたが、先生は雷と稲妻が大嫌いなので、わたしも行手《ゆくて》の土砂降りが段段心配になってきた。杉之井旅館では三日間降られっぱなしで一歩も外へ出ない。豊肥線、久大線、鹿児島本線も日豊線も不通箇所があるが、東京から来る「きりしま」を門司で折り返し運転しているというので、三日目の昼別府を立った。門司駅へようやく著くと運転休止の列車から降りてくる乗客のために駅長室で炊出しの握飯を出している。その竹の皮の包みを二つ戴いて、最後の上り列車きりしまに乗った。最後というのはその直後、関門トンネルは水びたしになったからで、六十何年来の九州豪雨で遠賀川の決潰も門司駅長室で知った。全行程雨と雷だけが相手のような旅行だった。

松江阿房列車は、その前日琵琶湖畔大津に泊まった。所在ない時間があったので、例によって車で三井寺の前まで行き、瀬田の唐橋は此方側に車を待たして橋を渡ってまた引返して車へ戻った。翌日山陰線で松江迄。土地の漢東種一郎さんに案内されて小泉八雲旧居を訪ねたが、玄関先だけで上がらなかった。それから不昧公にゆかりのある菅田庵にも案内されたが、先生は茶室には関心はないから、前晩宿のお膳に出た宍道湖《しんじこ》の蝦《えび》、もろげと鱸《すずき》の奉書焼が旨かったことばかり云っている。——松江では八雲が愛用したという蓮の葉に蛙が一匹いるペン皿がお土産になった。

興津の水口屋が大分気に入って折さえあれば何度でも行きたいと云われる。この時は静岡鉄道管理局の人達と機会があって二回目の興津行。お酒の上での無駄話で、伊藤博文は急行の止まらない大磯駅へ特別急行を止めて乗車したそうで、えらいものだ。帰りは興津駅へ急行を止めて乗るわけにはいかないかしら、と先生が冗談を云った。翌日、風雨が激しくなって富士川の架線が切れたそうで各列車が数珠《じゅず》つなぎに各駅へ止まってしまった。興津駅長室で上りを待っていたら、はからずも上り急行きりしま号がホームに臨時停車しているので、先生はすっかり欣《よろこ》んだ。伊藤公のようなつもりで興津から急行列車に悠悠乗り込んだけれど、きりしまは次の由比駅まで進んで、それっ切り動かなくなった。お腹が空いてきて食堂車へいったら、区間阿房列車で馴染みの改札口のまん前で、窓越しに改札柵の前に置いてある大輪の菊の株をながめながら一ぱい始めた。いつまで経っても列車は動かない。

不知火阿房列車。停止した食堂車でそんなに長い時間飲んだのははじめてである。小倉へまず一泊し、宮崎から鹿児島へ出て、八代へ廻った。この時の旅行でわたしははじめてカメラを携行した。先生は写真嫌いである。カメラのレンズから得体のしれぬ光でも出ると思ってるのではないかと疑われる程、カメラを向けられることを嫌う。旅先で誰かがカメラを向けると、ひどい見幕で睨みつける。ステッキをあげて追っ払うような勢いである。それを知っていてわたしはこの旅行で唯一回だけカメラを携行した。しきりに警戒する先生を、何とか云ってごまかしながらライカの三十何枚を片っぱしから撮ってしまった。青島あたりの南国的な海岸で随分いい写真が撮れた。

『第三阿房列車』所載不知火阿房列車の食堂車中の会話。

『「……。先生は写真は嫌ひですか」

「写真つて、写真を写す事か」

「どつちでもいいですけれど」

「人に物を聞いて、どつちでもいいはないだらう」

「それでしたら、写される方です。写されるのは嫌ひですか」

「嫌ひだね」

「なぜです」

「どうも貴君の話し方は無茶でいかん。突然なぜですと云ふのは無茶だ」

「はあ」

「一体好きだの嫌ひだのと区別する迄もないだらう。写真を写されるのが好きだと云ふ者がゐる筈がない」

「そうでせうか」

「レンズを向けられて、狙はれてゐる様で、そのうしろから変な目つきでこちらを窺《うかが》つてゐる。さう云ふ奴の餌食《ゑじき》にはなりたくない」……（中略）

「さあもう少し注《つ》がう。手許《てもと》の杯をほつたらかしておいて、なぜそんなに写真の事ばかり話すのか、その心底が僕には計《はか》り兼ねる」

「それはですね、僕は写真機を借りて来たのです」

「写真機を持つてるの」

「さうです」

「だつて貴君《きくん》はさつき家へ来た時、手ぶらではなかつたか」

「なんにも持つて来ませんでしたけれども、その写真機はもつてゐるのです」

「要するに貴君《きくん》の云ふ事はよくわからない。ただ一つの取《と》り柄《え》は、わからなくてもいい事をわからなく話すと云ふ事だ。写真機を持つてゐるのは御勝手で、僕に関係はないから構はない」

「さうでもありませんけれど」

「なぜ」

「まあいいです」――』

先生がいやでないように、何気なく、構えさせないでカメラを向けて、苦労して撮ったフィルムを東京へ帰って現像させたら、全部、真白なのがかえってきた。どうした加減か判らない。ライカの歯車に最初のフィルムの穴が引っ掛かっていなかったものと思考される。渋渋カメラの前に立ったり、なるべくカメラを見ないようにしていた先生が、旅から帰って忘れた時分になって、まだ写真は出来上がらないのか、と催促されるから、あれは全部失敗でした、と云っただけで多くを説明しなかった。ライカの構造の微妙なことを先生に説明したって、解りはしないからである。

東京を出るとき、主治医の小林安宅先生が、どこか旅先でかんかんがあったら体重を計って来なさいと云ったそうで、鹿児島へ行った時、鹿児島鉄道管理局長に頼んで、鹿児島駅小荷物扱所の大きなかんかんの上に新聞紙を敷いて靴のまま先生は載っかった。計りの数字をメモして、九日間の旅を終って東京の家へ帰ってからその時の持物一切をまとめ、眼鏡も外してハンケチに包み、別に靴を紐でぶら下げて、台所にある棒秤に掛けて目方を調べて、鹿児島駅のかんかんの数字から引き去ったのである。何とも合理的で舌をまいた。

長崎阿房列車――長崎行二三等急行雲仙に乗って長崎へ行った。宿へ著いて通されたのは廊下で取り囲まれた二十畳敷の座敷で、廊下は庭に面して勾欄があるから、能舞台に上がったような部屋である。先生は家が三畳ばかり三間だから、たまにはこういう広い座敷がいいと云われる。翌日は何となく外へ出て大浦の天主堂まで歩いて、勝手のよく判らない市電に乗ったら長崎駅まで行ってしまったから、駅前で靴を磨いて能舞台の宿へ戻った。夕方、出直して、人力車で丸山の旗亭へ行った。幕末の志士が遊んだという有名な旗亭でお酒をのみ、きれいな藝妓が端唄を歌った。三味線を鳴らして先生とお酒を飲んだのは初めてである。――翌日、第四回目の八代へ行った。

房総阿房列車では、房総半島を一周する予定で、銚子へ行った。犬吠岬泊。翌日成田線で千葉まで戻り、千葉泊り。翌日は房総西線で、木更津、館山を通って安房鴨川泊。翌日は東線廻りで又千葉へ戻った。千葉から車で稲毛の何とかいう宿へ著いた。明治末の文人が多く遊んだという古い旅館で、管理局の人と飲みはじめたが、――女中が火鉢の炭火を割箸で動かすものだから部屋中煙だらけになるし、『お酌に坐つた女中が、真先に煙草《たばこ》を吸ひ出して、お膳の上に煙を吹き散らす。手洗に起《た》つと、スリッパがぐつしより濡れてゐて、気持が悪くて穿《は》かれない。「貴君《きくん》、逃げ出さうか」と云つたら、山系君がすぐ賛成した。まだ夜が更《ふ》けてはゐない。稲毛駅から電車に乗つた。電車の中で山系は私の神速果敢なる決心を褒めた。永年のつき合ひだが、彼から褒《ほ》められた事は滅多《めった》にない。』

房総鼻眼鏡阿房列車には書かれていないが、東京駅へ著いた足でステーションホテルに部屋を取らせた。稲毛へ予定通り泊まったつもりで、神速果敢であったことに祝杯をあげて、房総一周五日間の旅程の最後を完うしたのである。

北海道を除いて阿房列車の及ばない地方は四国だけになった。――二十九年四月十一日、第三列車「はと」で壺井宗一さんと同車して夕大阪著。桜ばしの料亭で壺井大阪管理局総務部長の招宴。上月大津駅長同席。夜新大阪ホテル泊。翌日、先生風邪が悪化するらしく食欲がない。お酒も飲めない。十三日、天保山桟橋から関西汽船須磨丸にのる、夜中紀淡海峡のあたりと室戸岬とで船が大いに揺れる。十二日高知五台山荘に落著いたが、先生の加減わるくお酒も余り飲まない。十三日、高知発、高松の管理局へ寄る。管理局の池田部長の好意で鳴門まで自動車を出してくれたが、先生の疲労甚しく途中一二回休んだ。大坂越えという九十九折の山路はいやな記憶である。鳴門にて発熱八度四分。十五日、先生無理をして鳴門の渦潮を見に行く。夕車にて小松島の萬野へ著き、夕食してから夜十一時出帆の太平丸に乗船。先生八度八分あり、ボイに氷の塊を持って来させて頭を冷やした。朝六時天保山桟橋著。先生足許がおぼつかないようで、まだ大分熱がある様子である。車を大阪鉄道病院へ走らせたが宿直員時間外にて不在。

『九時ノ「つばめ」ニ乗ル前ニ手当ヲ受ケテ置カウト思ツタノデ更《サラ》ニ車ヲ廻《メグ》ラシテ天王寺ノ鉄道病院へ行ツタ　途中車内デ検温シタラ七度四分ニ下ガツテキタ　天王寺ノ病院ニテ守衛ニ平山ガ話シテクレテ診察ヲ受ケル事ニナリ大分待ツテカラ診療室へ通サレタル　看護婦ガ検温シタラ六度四分シカナイ　時間外ノ手当ヲ受ケル容態デハナクナツテキル　新タニ車ヲ呼ンデソノ儘梅田《ママ》ノ大阪驛ニ帰リ喫茶店デアイスクリームヲ飲ンデ驛長室ニテ休ム　壺井萩原等見送ル九時ノ「つばめ」一等車ニテ帰ル　車中グツタリシタ気持也』（べんがら・三十年三月号所載「高知鳴門旅日記」）

雑　俎

1　「旅順開城」か「旅順入城式」か

昭和九年二月岩波書店刊行の『旅順入城式』は著者の意匠による。全著作のうち御自分で装釘を考えたのはこの一冊だけ。薄墨をぼかした中に、奈良のどこかのお寺にある薬師像の台座の狐が一匹、空押ししてある。箱は「百鬼園稾紙」をそのまま貼った格調高い造本だ。

岩波書店出版部の当時の係は佐藤佐太郎氏で、校正には細心である。百閒先生の方は、人も知る漱石全集の校正の為に漱石文法を作った昔から、現在では私などぎゅッという目にあわされる程、やかましく、きびしい。その細心で、やかましいお二人が、校正刷を幾度取ったか知らないが、念には念を入れ、最後に校了、印刷屋へ廻そうとして、ふと気がついたら、書名が「旅順入場式」――入城が入場券の入場になっていた。

最後まで気がつかなかった。校正にはそういう事もあるんだが、あの時は驚いたねえ。――と先生は「旅順入城式」の話が出ると繰り返して云われる。

「旅順入城式」は、あれは先生、雑誌に発表された時は「旅順開城」だったンですか。

いや、そんな事はない、そんな事はありませんよ。

断乎として先生は云われる。思いも寄らぬという風なので私は少少自信を失う。

旅順入城式は初めっから旅順入城式ですよ。

そうかなァ、私のメモには「女性」に「旅順開城」が載ったとあるんですが……。あの初めの、五月十日、銀婚式の日、とあるのは大正天皇のお祝いの日ですね。

法政大学の校舎が新築して大講堂ができた。その講堂で日露戦争の記録映画を見たのだから、あれは、大正十年だ。

私は自分のメモの出所を次の機会までに、もう一度確かめる。芥川龍之介全集第八巻「人物記」の中の「内田百閒氏」だ。それを私はうっかり失念していた。

「内田百閒氏」という文題で芥川は次のように書いている。

内田百閒氏は夏目先生の門下にして僕の尊敬する先輩なり。文章に長じ、兼ねて志田流の琴に長ず。

著書『冥途』一巻、他人の廡《ぶ》下《か》に立たざる特色あり。然《しか》れども不幸にも出版後、直《ただち》に震災に遭《あ》へるが為に普《あまね》く世に行はれず。僕の遺憾とする所なり。内田氏の作品は「冥途」後も佳作必ずしも少からず。殊に「女性」に掲げられたる「旅順開城」等の数篇は戞々たる独創造の作品なり。然れどもこの数篇を読めるものは（僕の知れる限りにては）室生犀星、萩原朔太郎、佐佐木茂索、岸田國士等の四氏あるのみ。これ亦僕の遺憾とする所なり。天下の書肆《しょし》皆新作家の新作品を市《いち》に出さんとするに当り、内田百閒氏を顧《かへり》みざるは何故《なにゆゑ》ぞや。僕は佐藤春夫氏と共に、「冥途」を再び世に行はしめんとせしも、今に至つて微力その効を奏せず。内田百閒氏の作品は多少俳味を交《まじ》へたれども、その夢幻的なる特色は人後に落つるものにあらず。こは恐らくは前記の諸氏も僕と声を同じうすべし。内田百閒氏は今早稲田ホテルに在《あ》り。誰か同氏を訪うて作品を乞《こ》うものなき乎《か》。僕は単に友情の為のみにあらず、真面目に内田百閒氏の詩的天才を信ずるが為にこの悪文を草するものなり。

（昭和二年七月・文藝時代）

次の機会に私はいくらか意気込んで、

――先生、この間の旅順入城式は、旅順開城という文題で「女性」に載ったと芥川龍之介が書いてますから、やはり間違いないと思いますが。

芥川が何と書いていようが、旅順入城式は初めから旅順入城式で、後から改題したなんて云われても記憶にも引っかからない。芥川の記憶ちがい、思いちがいで、話にもならない。

昭和二年七月の芥川は錯乱していなかったとは云えない。思いちがいであろう。その時分の文藝雑誌の総目録・改造社現代日本文学全集別巻現代日本文学大年表（齋藤昌三編）は、残念だが大正十五年十二月までの記録で、「女性」の目録を確かめることができない。

その時分、「年譜」をかいた時、わたしは、大正七年、海軍機関学校のフランス語教官豊島與志雄を識《し》る、と書いたら、早速、

――そんな馬鹿なことはありませんね、豊島與志雄を知ったのは、もっと、ずっと前ですよ。

と云われた。先生の文章の中には豊島與志雄の事が余り出て来ない。戦前で「非常汽笛」、戦後で「黒い緋鯉」、その他は断片的である。

辰野隆博士が大正二年、東大法学部を卒《お》えて、改めて文学部フランス文学科に入学したという九月、その研究室にいた豊島與志雄は二年生で、そこへ、訪ねて来たのが、

「……からだに厚みのある、頭の大きな、眼の玉の円《まる》い学生だつた。その青年は豊島君と何か一言二言交はしてから室を出ていつたが、僕はその学生から何となく大入道とでも言ひたい印象を得た。それが内田榮造といふ人だと知つたのであつた。」と辰野さんが後年語っておられる。

2 阿房列車走行粁数その他

文庫本『第一阿房列車』（新潮社版）巻末の解説は伊藤整氏で、――『主人公の百閒氏は、この人生に何を求めて旅に出たのであらうか』と借問し、『私の推定では、流行語ではあ

るが、やつぱり「自由」とでも言ふべきものを求めて氏が旅をするのだと思ふ。』と書いておられる。『第二阿房列車』の解説は、高橋義孝氏で、――『百鬼園主人の生活の最大特色は徹底といふ点に存する。』『徹底的に徹底的で論理的だと、世間の人の眼にはそれがつい奇行とか奇矯と映ずるのである。』と書かれている。

『第三阿房列車』は、阿川弘之氏で、第三の阿房列車六本（長崎、房総、松江、興津、宮崎、四国まで）について『これら阿房列車の走行キロ数を計算し通計すると、九千九百三十六・五キロになる』、それに大阪高知、小松島大阪間の航路、高松鳴門間その他の自動車旅行を加えると、『総計は一萬キロを大分オーバーする。これは北海道の網走と九州の鹿児島との間を二往復するほどの距離』だと書かれている。

それで第一、第二を、わたしも計算してみた。

第一阿房が、六千十五キロ余

第二阿房が、九千八百二十二キロ余

計、一萬五千八百三十八キロ――これに、阿川さんの計算された一萬キロ余を加えて、二萬五千八百キロを超えることになる（八代には右以外に五六回行っているが、それを加えないことにする）。網走・鹿児島間でいえば、四往復半ということになる。

3　べんがら始末

百鬼園随筆「高知鳴門旅日記」を掲載して雑誌「べんがら」は最終号とした。表紙は故・内田巌画伯のゴヤの巨人像の模写。題簽内田百閒。平山孝、井上慶吉、西田豊水、村山古郷、富永次郎、青木槐三、上月木代次、石崎由三郎、岡村浩村、永田博、平山三郎の随筆を掲載している。――井上慶吉は三越家具部の重役、二十九年九月永眠。この終刊号に遺稿「朝」が載っている。文章世界の投書家で、亡くなるまで文藝愛好者だった。一冊の文集も残していないことがさみしい。「べんがら」は井上さんが急逝したことで終止符を打ったともいえる。西田豊水は大阪俳誌うまや同人、同誌に百鬼園随筆の熱愛者であるために言行すべて百鬼園先生のそれに似てきて自分がいかに困惑しているかを述べ、阿房列車の随行者ドブ鼠に一度会ってみたいと書いたが、「高知鳴門旅日記」の新大阪ホテルにて龜井糸遊さん等と一緒に食事をしたことでそれは果たされた。句集「春泉」を残して三十八年春、故人となった。――平山孝氏は元運輸次官。林武画伯の親友（学友）なので、おねがいしてべんがらの表紙を戴くことができた。平山さんには毎号随筆をいただいた。――小倉の奇石氏・石崎由三郎さんは旧門司鉄道局誌きてき編集長。不知火阿房列車で小倉の宿に同席したが、その前に可成り酩酊していた。為めに先生との話に呂列が廻らなかったのは残念だった。夏目漱石の吾輩は猫である、なンて誰もめんど臭くて云わないよ、漱石の猫で通じる、その伝でいくと内田百閒の阿房列車なンて云わなくとも百閒の阿房で立派に通じるじゃないかとわたしに云ったのは石崎（筆名・相武愛三）さんである。――新大阪ホテル・グリルでは五六人の招宴だったが、その中の一人が、グラスにお酒が注がれるのを見はからって、先生の脇へ寄って来て、メモを取り出すと、先生と漱石先生との御関係は、とか、漱石文学をどうお考えですかなどと真面目な顔で質問しはじめたので、卓の前側にいたわたしは慌てて袖を引っぱった。――村山古郷さんは東炎、べんがら、たちばな等の俳句誌を経て現在「鶴」同人。句集に『軒』『天水桶』『西京』等がある。――永田博は阿房列車ではいつも静岡駅歩廊を蝙蝠傘を抱えて小走りに走っていた。

百閒主筆・文章の冊子「べんがら」は第七冊日で終刊。その間、小宮豊隆、武者小路實篤、梅崎春生、佐藤佐太郎、加藤楸邨、高橋義孝、高橋新吉の諸氏の寄稿を得た。二十六年九月から三十年三月迄、通算すると、実に四十三カ月間で七冊の雑誌を発行したことになる。

4　「昇天」と「葉蘭」の嘘

「昇天」という初期の短篇がある。その書き出しを読んだ或る読者が、おやッと眉をひそめた。或る読者だけではない、先生をいくらか知っているひとも、そんな事実があったのかと云って先生をなじったそうである。

『私の暫《しば》らく同棲してゐた女が、肺病になつて入院してゐると云ふ話を聞いたから、私は見舞に行つた。』

女の名は、おれいという。施療の病院に死を待っている状態で、「私」は五十銭銀貨を五つ紙に包んだのを、枕許において来る。

『おれいは私の別れた女である。寧《むし》ろ私をすてた女である。しかし、さうなる後先《あとさき》の行きさつを、今から思ひ返して見れば、女として仕方のない道だつたかも知れない。又、私をすてたと云つても、彼女はすぐに再び藝妓に出たのである。』

おれいがカツレツを食べたいと云うので「私」はその次の見舞のとき、カツレツを懐《ふところ》に入れて持っていってやった。

小春のようなクリスマスのお午《ひる》におれいは死んだ。――『急変の知らせを受けて、馳けつけた時は、間に合はなかつた。おれいは奉安室に移されてゐた。』

――「昇天」は、創作集『旅順入城式』に「山高帽子」「遊就館」などと共に収録された作品であって、読者が「私」を作者自身として、私《わたくし》小説として読んだのである。「昇天」は昭和六年の作だが、その五、六年後、「昇天」補遺、と副題がついた「笑顔」(『北溟』収録)が書かれている。

「笑顔」のほうは創作ではなく、随筆である。おれいが耶蘇教の施療病院で死んだ時、病院の廊下で会った母親らしい顔を、夢に見て、その顔から、実際のおれいの事が語られている。

『おれいは藝妓をしてゐて死んだけれども、生れつき内気な性質《たち》で、子供の時、家にお客が来ると、梯子段の中途に息を殺して隠れてしまふ。』

『十九の歳《とし》に死んだのだが、後で色色の人の話を聞いて見るに、おれいは純潔のまま昇天したらしい。』

『或る日私がその施療病院へ見舞に行くと、おれいは何となく嬉しさうな顔をしてゐた。痩せこけたなりに美しい俤《おもかげ》を残してゐる頬に、微《かす》かな笑顔が輝いてゐる様《やう》であつた。』

親切な外国人夫婦が見舞に来て、病室のみんなに林檎を一つ宛《ずつ》配ってくれたのである。

『二列に列《なら》んだ二十ばかりの病床のどの枕許にも、赤い林檎が一つ宛、美しい色を放って病人の頬を照らしてゐた。』

創作「昇天」には、林檎のことは出て来ない。

先生は滅多に自分の創作態度とか、文章の表現について書いてはいないが、昭和十七年慶応義塾大学で「作文管見」という演題で講演したことがある。その講演速記（『沖の稲妻』収録）に依ると、

『私の庭に葉蘭がある。その葉蘭の葉を叙述しようと思ふ。その叙事文に、私は文章上

の一つの方法として、檻《をり》に這入つた狐が縁の下にゐて、夜分になるとそれががたがた暴《あば》れる。さう云ふ事を書いた方が葉蘭を描写する上に適当だと思つたとする。さうしてそれを試《こころみ》たのです。』

短章「葉蘭」は文集『船の夢』に収録された四五枚の文章である。

『狐は臭《くさ》さうだから飼ふつもりはなかつたが、人から貰つたので飼つて見る事にした。』そして檻の置き場所がないので茶の間の縁の下に入れておく。庭の片隅にかたまって葉蘭の一群があって、夕方、風が吹くと、暗がりの中で狐が動いているのか、葉蘭の葉が薄い光を放っているのか、無気味な物音がするのである。

その「葉蘭」を読んで、先生の友人が、狐を飼ったそうだが今度見に行く、と云った。いや狐は家にいる訳ではないと云っても、現にそう書いているじゃないか、と友人は承知しない。

『私は根も葉もない事を、寧《むし》ろ嘘《うそ》を文章に書いて人をだましたと、さう云ふ事になるかも知れないけれども、五人の訪問者を三人にするとか、或《あるひ》はゐもしない狐を縁の下の檻に入れるとか、さう云ふ事はその事が事実無根であるとか、ないとか云ふ事ではなくて、その後の場合では葉蘭を描写する上にそれが役立つたか、立たないかと云ふ事が大事なのです。葉蘭の描写に狐がゐた方がいいと私が思つた事が間違つてをれば、それは私の失敗であり、さうでなく、狐を點じて葉蘭を描く事が出来たとすれば、狐が実際に私の家の縁の下にゐるか、ゐないかなどと云ふ事は無用な穿鑿《せんさく》だと私は考へるのです。つまりさうして表現されたものが真実であり、それが現実なのです。』

5　忘却す来時の道

大正三年、大学卒業後の生活を書いた「駒込曙町」（『無絃琴』）に次のような文節がある。『……。私のなすべきことは、もう昔からきまりきつてゐる様な気がする。きまつては居るが、若《も》しかすると、それは外《ほか》に何もする能力のないと云ふ事の結著なのではないかと云ふ様なことが考へられる。それは問題ではない。兎《と》も角《かく》もやらう、と私は思ふ。そこで私は瑣雑《さざつ》な刺激を離れて、いよいよ創作を始めると云ふ気になつた。

創作をしようとすれば、いろいろな材料が、頭の中に断片のまま散《ち》らばつてゐた。私はそれ等《ら》の判然《はつきり》してゐるものだけ一応当たつてみた。又私は私の手帳をあけて見た。その中には、私の心に一度止まり又は通り過ぎた事件の感銘を、表題の様に或《あるひ》はプランの様に書き並べてあつた。……』

創作集『冥途』は、「花火」「山東京傳」「盡頭子」等、十八の短篇が収まっている。初版は大正十一年稲門堂書店刊。——創作しようと思いきめてから、十年かかっている。更に十年経て昭和九年、二冊目の創作集『旅順入城式』岩波書店刊。短篇小説「昇天」「山高帽子」「遊就館」等七篇、短章「旅順入城式」「大宴会」「大尉殺し」等二十二篇が収まっている。序文がある。

『……余ハ前著「冥途」ヲ得ルニ十年ノ年月ヲ要シソノ漸《ヤウヤ》ク上梓《ジヤウシ》ノ運ビニ到ルヤ朞年《キネン》ニシテ大震火災ノ厄難ニ会シ紙型ヲ灰燼《クワイジン》ニ帰セシメテ絶版ノ非運ニ遭《ア》ヘリ爾後《ジゴ》マタ十年筆ヲ齧ミ稿ヲ裂《サ》キテ僅カニ成ルトコロヲ本書ニヲサメ書肆《シヨシ》ノ知遇ヲ得テ刊行スルニ際シ文章ノ道ノイヨイヨ遠クシテ嶮《ケハ》シキヲ思フ而已《ノミ》』

□

芥川龍之介が「冥途」一巻を、「戞々たる独創造の作品」とし、世界に誇るべきものと賞讃したのは昭和二年夏、その死の間際である。

——また、「旅順入城式」の諸篇を、写実の極意に達した筆法として、その作風を説明出来るような言葉を持たぬ、といい、『また、なにびともそれをみごとになし得ぬところを見ると、説明などは殆んど無駄なのであらう』と書いたのは昭和九年の川端康成である。そして、『怪異や神秘の領域を超えた内田氏の世界にも、私は相通ずるものを持つてゐる。多くの人々には狂人のたはごとに過ぎぬかもしれぬ作品に、遂に及ばずと恐れをなすのも、大方はそのゆゑである。』とも書いている。『ゴオゴリの狂気にくらべると、内田氏は東洋風の墨絵かもしれないし、その恐怖も弱い薄明りだが、そのかはりこまやかに鋭い。』（改造社版川端康成集第一巻「作家と作品」一九三四・五）

——また、「冥途」を芥川龍之介と同時期に読んだという萩原朔太郎は、「旅順入城式」を読んで、二三篇よんでいるうちに、

『僕はふと雨月物語を聯想した。そしてもつと線の細い、デリケートの近代神経を感覚した、すべてが夢と現実の中間にある、幽冥漂渺《へうべう》の世界である。氏にはポオのやうな戦慄はない。しかしもつと哀愁深くリリカルである。日本人のイメーヂにある「冥途」といふ言葉は、氏の文学の本質してゐる妖《あや》しさ、哀《かな》しさ佗しさなどを、最もよく表象してゐる如《ごと》く思はれる。』

と書いた。（昭和十一年・全輯百閒随筆のために）

「冥途」「旅順入城式」以後、いわゆる幽冥漂渺の作品がないわけではない。東京日記、北溟、虎、白猫、梅雨韻、鶴、菊の雨、青炎抄、流民、螢——サラサーテの盤、とほぼえ、ゆふべの雲、雲の脚、枇杷の葉、由比駅、などが挙げられる。随筆とははっきり異なるこれらの夢幻的作品は、「旅順入城式」以後、先生の文集の、それも巻頭に載っている場合が多いから、謂《い》うところの百鬼園随筆を読もうとする読者は、ひょいと戸惑う。しかし、先生がほんとうに目指しているもの、『文章ノ道ノイヨイヨ遠クシテ嶮シキヲ思フ』というのは、やはり「冥途」の世界なのかもしれぬ。

筆蹟を求められて、先生はしばしば、次のように書く。

　忘却来時道

6　阿房の鳥飼

小石川白山御殿町にいた頃、近所の小鳥屋の店先に小さな可愛らしい木兎《みみずく》が一匹いたので、急に欲しくなった。聞くと二円五十銭だという。持っているお金をはたけば買えるが、しかしそれっきりで家に帰ればお金はない。物議をかもすと思ったが、先生はそんな場合けっして我慢が出来ない。みみずくを買ってしまうのである。この木兎は猛禽の仲間だそうで、目白などを食うという。先生の家の廊下の欄間や、戸袋にかけた籠の中で盛んに鳴き交わしていた目白や柄長などが、急にだまってしまったので先生はそれに気がついた。これはえらい物を買って来たと思った。

わたしは小鳥のことはまったく解らない。最近も、先生のところの鶯は鳴いていますか、と或る人から聞かれたから、そうですね、元気に鳴いているようですよ、とこたえた。その鶯はその人を介して先生が手に入れたものなので、先生の所へしょっちゅう出入りするわたしに、消息をたずねたわけである。その後、先生にその話をしたら、君はなんにも知らないで困ったものだ、と散散であった。鶯は具合がわるくて、鳴く時期になってもさっぱり鳴かないので先生が心配していたのである。

由比の西山温泉へ行く途中、家家の軒に小鳥の籠が吊ってある。先生は足をとめて、籠の中の小鳥（多分、目白だと思う）の姿を、やさしい視線で見ている。小鳥はながめるだけでも愉《たの》しいらしいが、わたしにはその愉しさがわからないから、見とれている先生のそばでぼんやり待っているだけである。――松江へ行ったとき、菅田庵へのぼってゆく崖道ぞいの茂みで、うぐいすがしきりに鳴いていた。先生は菅田庵の茶室よりその鳴声の方が興味があるようで、聞き惚れていた。わたしは興味がないよりは、知らないのである。藪うぐいすの笹鳴きも何も知らないから、足元から鳴き立てられても平気なのである。

もとは小鳥の餌、あわせ粉の七分《ふん》とか五分《ふん》とかいうのを買ってくるように頼まれたけれど、この頃、用命がない。

多い時分には、五十羽近い小鳥を飼っていたそうである。木兎を飼った白山御殿町から駒込の曙町に移った時分には四十五六羽の鳥を二階の南向きの縁側にあげて、朝から晩まで勉強もしないで、どこにも外出せず、――『餌を摺《す》つてやつたり、粟や黍《きび》の殻《から》を吹いたり、水を換へたり、籠の盆に溜まつてゐる糞をごりごり掻《か》き落としたり、鳥を色色な籠に入れ換へて見たり、さうして置いて眺めてゐると、この鳥にこの籠は少し大き過ぎてうつりが悪いと思つて入れ換へたり、こんな細い鳥はこの幅広い籠は似合はないと気がついて又入れ換へたり、青い羽子《はね》の鳥に赤い盆の鳥籠は配合が即《つ》き過ぎてゐるからいやだと思つて又入れ換へたり、凡《およ》そそんな事計《ばか》りして毎日毎日暮らしてゐました。』（『百鬼園随筆』・阿呆の鳥飼）

しい。

「冥途」の発想と完成は、小鳥の世話に寧日ないのでいくらかおそくなったと云っては云い過ぎかも知れない。その時分は小鳥籠の間に埋まって、原稿を書いていたことは事実らしい。

それが昭和十年頃になると三十五羽になった。種類は、野じこ、目白が各七羽。みそさざい、日雀、茅くぐり、雲雀など二羽又は三羽ずつ。鶯、よしきり、ひたき、小雀《こがら》、尾長などが一羽ずつ。外《ほか》に五六羽の野鳥。

『百円の鶯でも卅銭の真鶸《まひわ》でも、買つてしまへば同じ物である。その鶯が落鳥したから、百円棒に振つた様な事を考へるのは大間違ひであつて、百円と云ふ金を失つたのは買つた時であり、損は既にその時にすませてゐる。惜しかつたと云へばその時の事であるから、あんまり惜しければ、買はなければよかつたまでの話で、買つてしまつてから後は、鶯が長生きしようと、ぢきに死なうと、その鳥が惜しかつたり、可哀想だつたりするだけで、もうお金の話ではなくなつてゐる。』（続阿房の鳥飼）

□

青地豊二郎という名前が創作の主人公で出てくる。なにかもっともらしいし、根処がありそうな名前である。先生の書くものなら大体見当がつくつもりでいるから、訊《き》くのは癪だから訊かなかったが、これは小鳥の名だった。蒿雀《あおじ》頬白《ほおじろ》。

□

二十年五月二十五日、午後十時半、B29から落ちるモロトフ焼夷弾が次次と先生の身近かに燃え出した。防空壕の中で先生は覚悟をきめて、八畳の間においてあった目白の飼桶《こおけ》を、表の荷物の傍に出させ、持ち運び用の小さな袖籠の中に苦心して移した。そのあと玄関の駒と鶸の飼桶も表に出したが、爆風と火の粉のひどい中ではとてもそっちまで手が廻らない。飼桶の戸や障子を外《はず》して飛び出せるようにと思ったが、昔読んだ「クオバヂス」にローマの戦火を目がけて近郊の森の鳥が飛び込んで死んでしまうことが書いてあったのを思い出す。焼けて仕舞うのなら何年も住み馴れた籠の中で死なせてやろうと、駒と鶸は可哀そうだがあきらめた。（東京焼盡）

先生の文章で小鳥を書いた作品は多い。銘鶯会、続銘鶯会、大瑠璃鳥、柄長撿校、柄長勾当、目白、頰白、河原鶸、目白落鳥、佛法僧落つ、葦切、うぐひす、鵯、などがすぐに思い浮かぶ。小鳥だけの文集が出来ないものかと思う。

終戦の年の五月、袖籠に入れて焼夷弾の焔の中を持って逃げた目白は、二十二年八月十七日、先生の手の中で死んだ。

『……。先月三十一日以来、心配しつづけた挙《あ》げ句《く》にて、特にこの二三日は家内と交《かは》り番子に手の平《ひら》に抱きつづけ、夜も家内の手の平に抱いたまま寝る程気を遣《つか》つた。今朝からいよいよ元気なく、顔がきたなくなつた様だと云つてゐたら、到頭私の手の中で死んだ。小さな頭を指先で撫《な》でてやり、いつ迄も涙止まらず。……。』

「目白落鳥」の中の日記に先生はそう書いている。

7　阿房列車以後

単行本『阿房列車』は第一から第三まで三冊刊行されている。以後は「阿房列車」としてではなく、「八代紀行」、「千丁の柳」、「臨時停車」と八代へ行った紀行が三篇ほどある。「八代紀行」は、三十二年初夏と晩秋に二回八代へ行った紀行文章。「千丁の柳」は、小説新潮の取材旅行でその雑誌の編集者椰子《やし》さんと写真家の小石清氏と同道して、八代・熊本へ行った。千丁の柳は、熊本から七ツ目の八代に著く一ツ手前の千丁駅を出て右側、田圃の畦道のそばに大きく枝を垂れた柳があって、その下に祠《ほこら》がある。八代へ行く時、いつもそれが目につき、注意して見るようになったのである。

小石清氏は門司在住の写真家。戦前、赤外線写真の「新緑の大阪城」で第一回商工大臣賞とかを受賞。報道写真連盟役員。編集者の椰子さんとは古くからの友人で、この時は門司からわたし共と一緒になって、八代、熊本と四日三晩、同じ宿で同じお膳に坐ってお酒をのんで談論風発した。何を喋って風発したか忘れたけれど、小石清の酔いっぷりは、これはまた見事で、或る程度酔うと、おれはもう駄目だ、と一言云うなり、そのまま直角に後ろに伸びてしまうのである。すると椰子さん、というのは小林博さんのことだが、小林さんが心得えた手附で、後ろへ倒れる直前の小石清をふわっと受け止めて、あれはどういう具合にやるのか呼吸はわからぬが、座布団をまるめて肩に引っ下げるような、実に旨い具合に肩に掛けて、となりの座敷へ運んで行ってしまう。

翌日はけろっとしている。文庫版の先生の随筆集を持っていて、私は昔から百鬼園随筆の愛読者でありまして、これは文庫本でたいへん失礼ですが、署名だけでも戴きたいのですが、と先生の前に伺候して云うのである。先生は余り丁寧な愛読者の前で少少照れくさそうに、その文庫の扉に、松濱軒であくびばかりしていた時に得た句を一句書きとめた。

天草の稲妻遠し松の宿

□

写真を撮るのが目的の旅行だから、先生もカメラを余り気にしなかった。それに小石さんも先生に対して細かな神経を使っていた。

松濱軒の庭園、熊本城、水前寺公園などでたくさんの写真を撮った。帰途は博多から西海号に乗換えるので一時間三十分の待合せ時間がある。小石カメラマンの慰労もふくめて博多駅待合室脇のスナックバアに這入り、おでんのコンニャク、がんもどきにトーストパン、冷奴にもつ焼と妙な取合せで、コップ酒をのんだ。小石さんはこのバアの顔馴染だそうで、みんないい機嫌になってお喋りした。西海号に乗るべく、跨線橋の階段の前あたりで少少御機嫌の先生が、小石カメラマンの向けるカメラに、さようならという風に白い手袋の手を挙げて、軽く敬礼した。乗車してすぐ食堂車へゆき、スナックバアの続きをつづける。白い食卓の端にカメラが二台きらきら不安定に揺れている。小石清は大分酔っている。しかし後ろへ引っくり返る訳にはいかない。大丈夫かなとはらはらしたが、それが小石清のことかカメラをか、自分でもハッキリしない。間もなく門司駅構内に列車が入ったので、小林博さんが小石清の肩を抱きかかえる恰好で、門司駅のホームに降ろした。停車時間があるから、階段の下まで送って行ったそうである。――それが三十二年の六月廿一日。

七月五日、(以下は小林さんの話と新聞記事によるのだが) 福岡市内に出張した小石清は、帰途、博多駅スナックバアで飲んで、跨線橋階段でころんで後頭部を打ち、駅長室で暫らく横になっていた、門司行終列車が出ると云われて慌てて乗車して、列車の中でもひどく転んだらしい。門司に著いて顔見知りの記者に助けられて車で自宅へ帰った。翌日門司市民病院で手当したが頭部骨折のため七日午前死去した。

八代に著く前の、車窓から千丁の柳を瞬間にとらえた写真をはじめ、松濱軒の庭、熊本城を背景とした数十枚と、博多駅で先生が白い手袋をはめた手をあげてさようならしたのに至るまで、小石清の手によって焼付けられたアルバムが、先生とわたし宛へ送られて来たのは、ちょう度、その頃である。

8　俳句のこと少少

天草の稲妻遠し松の宿――は、まったくの即興であって、先生はその後長くは記憶にとどめていない様子である。

『一体、俳句と云ふものは、詠《よ》み捨てておけばいいものである。そんな事を云ふと、斯《し》界《かい》の専門家が承服しないかも知れないが、しかし俳句が餘技であると云ふ意味ではないので、餘技も本職もなく、抑《そもそ》も作者の署名などと云ふ、思ひ切りの悪い添へ書きなんか、ない方がいいやうな気がするのである。』

と、随分思いきったことを、昭和九年に先生は書いている。『百鬼園俳句帖』をその年に刊行する事になって、自作の句を選び、句帖の整理がまとまったあとの感想であって、うれしくもあり、また余計なことをしたような気掛りもある、と「風稿録」（昭和九年『無絃琴』収録）のなかで書いている。

「風稿録」は、陸軍教授兼海軍嘱託教授の頃、京都に用事があって、午食を食堂車で済ませた先生が、しきりに句意が動くので、喫煙室でウイスキーを取りよせて、生憎《あいにく》手帳がなかったから、官用乗車割引証の入った紙袋の両面に、俳句を一ぱい書きつけたのである。そんなに一ぺんに俳句が出来るということはめずらしかった。汽車が御殿場線の下りになって暑くなってきたから、窓を細目に開けた。すると、手に持っていた紙袋を、はげしい風が引ったくるように吹きさらっていってしまった。非常にがっかりして、改めてまた新しい句を按ずる感興もなくなった。考えてみると、吹き飛ばされた句は、みんな秀句であったように思われてくるのである。紙袋の中身より、天来の感興として書きつらねたたくさんの俳句の方が惜しい気がしてくる。——しかし、段段日がたち、年月が過ぎたあとから考えると、句稿を吹き飛ばされた事が、何とも云われないすがすがしい気持がしてくる。

『俳句は立派な文学であり、藝術とは即ち表現である。風の如《ごと》き感興が一つの形を得て、一聯の韻律に纏《まと》まつた時に、初めて詩と呼ばれる。それまでが大切な契機であり、そこから先はどうでもいいのではないかと考へる。自分の詠嘆を記憶しようとするのは、さもしく、繰返さうと思ふのは、しつこい。個性などと云ふ物は、個性のない者から見れば尊いかも知れないが、その本人には無意味であるべき筈である。』

そう考えて、俳句集補遺の句稿綴をめくりながら、先生は止めどもなく欠伸《あくび》をした。

俳諧のむずかしいことはよく判らないが、芭蕉の「文台外《は》ずせば即ち反故《ほご》なり」という意味も、おそらくそんなことなのだろう。しつこく愛著しない。むかしの自分の俳句を、忘れているのもある。それで、ぼくにこんな句があったかね、と、ひとが句を指定して揮毫を依頼してきたのを示して、こともあろうにわたしに確認したりするのである。

□

先生はもう忘れていると思うのですけれど、と或る時、御機嫌のいい時を見てわたしが云った。――古い年代、十年以上も前の手紙なら、先生の書簡集として纏めて活字にしてもいいかとわたしが訊いたら、先生は、仕様がない、と云われました、あれは本当ですね。いいですね。

すると先生は、――いや、あの時は少しお酒がはいっていたのかも知れない。まだ、まだ、エけませんね。

9　色紙・跋文・その外

「孟浪山　平山三郎君　百鬼園」という扁額がわたしの机の上に懸っているが、何時《いっ》書いてもらったものか忘れた。孟浪は朦朧であり、朦朧車夫のもうろうである。その外に、俳句を書いて戴いた軸が数本あるが、これは随分古いものである。最近は墨をすり筆を執る機会が少ないようだから、わたしもそのついでにという訳にはいかない。横手の平源で、先生が正面切って揮毫されたような書を是非一枚書いて戴きたいのだが、その機会がない。

お酒をのんでいて、先生が何気なく喋った金言的な言葉を、それは非常にいい言葉だから銘記しておきますと云ったら、今度何かの折りに書いておいてやると云う。暫らくしたら、その言葉とドイツ語の原文も色紙に書いてくださった。

父ニナルノハヤサシイ
父デアル事ハ六ヅカシイ

色紙はもう一枚あって、先生のむかしの俳句帖から先生が忘れてしまった句を探がし出した事が書かれてある。うら若葉の句はこれは僕の句かね、まるでおぼえがないんだけれど——と先生が云うので、わたしが確かめたのである。

昭和三十九年四月二十一日
平山三郎君　百鬼園
さらし搗《つ》く杵《きね》の雫《しづく》やうら若葉
ノ句ヲ探シテ確カメテ貰ツタ序《ツイデ》ニ思ヒ浮カブ句ヲ録ス
川鼠顔を干し居る薊《あざみ》かな
木蓮や屏《へい》の外吹く俄風《にはかかぜ》
滾滾《こんこん》と水湧き出でぬ海鼠《なまこ》切る
ナドアレド作句ノ前後ハハツキリシナイガ
うららかや藪の向うの草の山
ハイツモ思ヒ出ス　ソノ他
小宮サン宛
ヤツト引ツ越シマシタガ

この丘に宵宵のはやて春を待つ

長男久吉夭死ス

蜻蛉の眠りて暮れし垣根かな

□

三十一年六月『夜の周辺』という徒《いたず》らに長い小説を三笠書房から単行本として刊行して貰った、その跋文《ばつぶん》を先生に書いていただいた。

『平山君の小説は面白くない。折角《せっかく》長い間掛かつて書き上げた物を、はたから口を出して面白くないなどと云はなくてもいいと思ふけれど、版元から僕に何か云へと頼まれたので止《や》むを得ず何か云ふ事にする。云ふとなれば義理にも面白いとは申せない。尤《もっと》も面白くないのは彼が、彼と云ふのは貴君だよ、貴君が面白くしようとしたけれど面白くないと云つてゐるのではない。そもそも面白い小説を書かうなどと考へてはゐなかつたであらうし、又そんながらでもない。その当然の帰結として面白くないよ。しかしながら小説と云ふものが面白かつたらお仕舞《しまひ》だね。飛行機がちつとも落ちなくなつたらう。落ちないなら汽車で間《ま》に合ふ。それがどう関聯があるかつて。どう云ふ事もないが、そんなものだよ貴君。何だつてあんなふうにぐづりぐづり書いて来たのだ。結構の上の布置《ふち》按排《あんばい》、そんな言葉は今ははやらない。言葉がはやらないのは、だれも考へてゐないからか知ら。「夜の周辺」にそんなものはなかつた様だ。大体退屈な一筋道で、長い。その道をとぼとぼとやつて来る内に、「新緑の街にて」の前後から非常によくなつた。別に面白くなつたわけではないが、しかしながら地がよくなると、面白い事を書いてゐるのでなくても面白くなる。これが本ものの面白さなんだよ貴君。面白くもない物を書いてゐる内に、ひとりでに面白くなると云ふ事は作者自身は知らないだらう。でも矢つ張りさうだね。面白くとはお願ひしないから、面白くなくていいから、この続きでもう一奮《ひとふん》発《ばつ》した所をお待ち申す。

　昭和三十一年六月二日

　肥後ノ国八代ノ逆旅《ゲキリョ》松濱軒ノ雨声ヲ聴キテ　　百鬼園誌ス』

□

阿房列車に関連して先生の事をいろいろ書いて見ようと思うんですが、出来上がって本になるようでしたら、なにか跋文を書いて戴けないでしょうか。

――先生は暫らくわたしの顔を眺めていたが、やがてこう云われた。

それは平山君、駄目だよ。貴君が僕の事を書くのは勝手だけれど、それに僕が跋文を書くなんて。そんな、うわあごに物が食っついたようなことは、僕はいやだよ。――御免蒙る。

昭和四十年一月　朝日新聞社刊行

『実歴阿房列車先生』　終

百鬼園先生追想

蝙蝠の夕闇浅し

六畳の茶の間の真ん中に据えた幅広い洋食卓に坐ると、すぐ、奥さんを急《せ》かしてシャムパンを抜かせる。コルク栓が景気のいい音ですぐに抜ける時もあるし、馴れた奥さんの手に負えないのは私に廻ってくる時もある。その間も先生はもどかしげにこちらの手元を追っている。栓の抜ける音でこどもの様に声をあげたりする。

作年の初夏の頃、そのシャムパンをまずひと口飲んでから、「こないだ、めずらしい俳句ができたから、忘れないうちに書いておこうと思うんだ」と、前から考えていたことをいう様に云われた。気づくと卓上の隅には既に色紙と筆硯が揃っていた。日常些事、萬端の手順が整っていなければ事が運ばないたちだから、この日の手順も前前から考えておいたことだろう。——色紙を斜めに持って、巻紙にでも書く姿勢で、筆を執った。

かうもりの
夕闇浅し
町明り　百閒

前ぶれもなく、自分から揮毫したものを頂戴するのは私としても滅多にないことである。

いつもは、何かの次《つ》い手《で》に色紙が手元に余って、筆に墨を含ませたまま、俳句を何か思い出してくれとせっつく様に云われるので、昔の百鬼園俳句帖の中の句を私はいそいで思い出そうとするのだが、とっさのことに口ごもっていると、先生はじれったがって、さっさと即興的な文字を書いてしまうのである。たとえば、仁義礼智信、とか、天清鶴能高、とか。すこし酔っては、亭主ヲ諫ム・亀鳴きて貴君は酒に吃るなり。やや酩酊するときまって、長い屏つひ小便がしたくなり。

　即興ではない蝙蝠の句を書いていただいて、その時、うす明りの残る町中のこうもりは、先生との旅のどこかで見たことがある様な気がした。おそらく旅での属目にちがいない。——ひとに示したものではこれが最後の句になってしまった。

＊

「阿房列車」はすでに二十年昔の話だが、その時分、自分の乗る列車の編成を、先頭の機関車から尾灯のついた列車標識まで自分の目で確かめないと気がすまない風だった。ステッキで機関車の胴体をひっぱたく様な真似をして、列車の編成を先頭から車尾まで、東京駅の歩廊を颯爽と闊歩して行かれるのに私が蹤《つ》いていかれぬ程だった。汽車に乗ることが楽しくて仕様がないという風にも見えた。二十五年に始まり、三十二年頃まで好きな汽車旅行がつづけられた。とくに熊本の向うの八代・松濱軒がひどく気に入って前後十数度訪れた。——三十一年六月、宮城道雄撿校の東海道刈谷駅構外での奇禍は先生にとって思ってもみない衝撃だった。その翌年、家猫ノラの失踪が深い傷心に追討ちをかける様に起こり、日常を攪乱した。

二十四年「贋作吾輩は猫である」以後、連載「百鬼園随筆」は休載することなく小説新潮誌に続けられていたが、原稿は一日にせいぜい三、四枚、少ないと一、二枚の、おどろく程の遅筆で、それが終るのが夜の十時十一時になるのはしょっ中だった。それから一日に一度のお膳に向かって、明け方近くまでゆっくり盃をかたむける。眠るのは夜明けから昼過ぎ迄。原稿を書いている時でなくともそれが毎日の慣習になったから、昼間と夜の時間がさかさまになった。訪問者は、いったい何時頃先生の家へ行ったら面会できるのか判断がつかない。初めての訪問者はいっさい面会謝絶。親しいひとも、門柱の「春夏秋冬日没閉門」、そして玄関の引戸の上に貼った「世の中に人の来るこそうれしけれ　とはいふもののお前ではなし」云々を見て呼鈴《よびりん》を押すのをためらった。

著書の校正その他身辺の雑用をまとめて持って行くものだから私の訪問は警戒された。——なんにも用事のないお客がいちばん有難いのだが、平山は用事のカタマリみたいな男だから大いに迷惑するといわれた。迷惑がられてもその時時の用件は片附けなければ萬端埒《らち》があかないから、箇条書きにしたのを一つ一つ片附けて、さて一献の始まるのが夜八時過というのはしょっ中のことだった。それで、気がつくのは、いつも終電車に近い時間で、或るとき、先生が妙案を思いついた。目ざまし時計を食卓の隅に置いて、十二時過ぎると突如酔いが吹ッ飛ぶ様なベルの鳴る装置にした。この装置は或る時期かなりの効果があったけれども、そのうち先生のお酒が少しずつ弱くなられて、何か酔余のおしゃべりをしているうちに応答がないので、見ると、先生は背後の床柱に頭を凭《もた》れて、ふかぶかと眠っておられる。私は目ざまし時計はそのままにして、盃を前にして眠って居る先生にお辞儀をして食卓を離れる。傍《かたわ》らの椅子で奥さんも既にこっくりしている。——その時分から日本酒はごく少量になって、専《もっぱ》らシャムパンになった。和製三鞭酒の中罎である。シャムパンにはおからが合っている、などと云って、酢をたっぷり掛けたおからの小皿を私にも取り分けてくれる。おからを皿からこぼすようでは長者にはなれぬなどと呟いたり、おからでシャムパン、おからでシャムパン、とその語呂《ごろ》を他愛なくよろこんで繰り返した。

＊

正月三日の御慶ノ会、五月二十九日の摩阿陀会《まあだかい》に出席できない年が三年程つづいた。去年（昭和四十五年）の夏時分には、それでも自分の足で、寝間から廊下へ出て洋食卓のある座敷まで、奥さんに肩をしっかり支えられて、ゆっくり歩いて辿《たど》りつけた（三畳が三間並んだ奥に六畳の新座敷を建て増してそこに洋風の食卓を据えた）。——一ト足一ト足、重い危《あぶ》なげな足を引きずりながら、自分に号令をかける気持からか、あるいは自嘲からか、口誦《くちずさ》むのは、チンチンゴウゴウ、チンゴウゴウ、電車ノミチハ十文字……昔昔の市内電車の歌だった。私は、先生が食卓にたどりつかれるまで、呼吸を詰める様にして、待つ。立ち上がって手を貸そうものなら拂い退《の》けられるにきまっている。食卓にようやくのことに落著かれて、先ずシャムパングラスに手を伸ばす。用件はいっさいそのあとで、それも一つの用事がすむと、「今日はもうそれでいいことにして、あとは適当にたのむよ、僕はもうクタクタにくたびれた」と手を振られる。——物事を適当に片附けるなどと、それを先生自身のくちから云われると私は不意をつかれた様にうろたえてしまう。あの気難しさが少しずつ衰えて、無くなってゆくのを見るのはつらいことだった。——盃を持って、らちもない雑談のうちに、椅子の背に凭れて眠ってしまわれることが多くなった。

＊

四十五年七月、「猫が口を利《き》いた」を書いた。その執筆メモによると、六日、二枚、七日、ナシ、八日、一枚半、計三枚半。——こひ夫人が背後から両肩をしっかり支えながら、ペンを執《と》らせて一行一行と書きすすめていったという。四百字詰原稿紙三枚半で、九月号小説新潮に載った。二十年以上にわたる「百鬼園随筆」連載のさいごになってしまった。文集・単行本はふつう三百枚以上の原稿が無いと形にならない。さいごの文集になった『日没閉門』は巻頭「日没閉門」から「猫が口を利いた」まで十九篇、いずれも十枚程の短章で、計百八十枚。――随筆「日没閉門」は、この本の書名にするため、前著『残夢三昧』（四十四年刊行）に収録しないで取りのぞいておいたものだが、原稿枚数が計百八十枚程の文集が刊行されることになった。

「目出度目出度の」「枝も栄えて」「葉が落ちる」「雨が降ったり」「二本松 剣かたばみの終話」と収録文章の中に、岡山の造酒屋志保屋の旧《ふる》い家系をたどった連作があるので、内田家の家紋・剣カタバミを本のどこかに入れてもらいたい、と先生がとくに註文される。何時《いつ》もは自分の文集の装釘について余りむずかしい註文を出さないのだが、版元・新潮社の山高登さんに頼んで、剣カタバミの正確な紋柄を探して貰った。家紋を文集に入れる、縁起でもないという聯想は強《し》いて考えない事にした。

単行本『日没閉門』の刊行が捗らなかったのは、「猫が口を利いた」以後、まだ三、四篇の百鬼園随筆が執筆され、収録される筈だったからで、しかし小説新潮誌には休載が続き、結局、前記の様に原稿枚数の不足の儘《まま》に一冊として纏めることになったのである。

――四十六年二月初旬、ようやくその校正刷が出はじめた。

大きな食卓のある座敷の方へ出て来られることは既に出来ない。旧い三畳の真ん中の部屋を寝間にして、先生は横臥したままの日常だった。臥《ふ》せた先生の傍、次の三畳の間の敷居あたりに私は坐って、奥さんが運んでくれるお盆の上のシャムパンをいただく。先生は横になったまま、シャムパン杯《グラス》にストローを入れて飲まれる。ビニールの管で吸い飲むシャムパンは旨くなさそうだった。――校正刷をその枕元でひろげて、不審な箇所を次つぎに訊くのだけれど、先生の文字と言葉遣いについての神経はさほど衰えているとは思えない。

――書きたいことはもう二三きまっている。早く床上げして机に向うつもりだ。……そうだね、その前に、ステーションホテルで快気祝いをしよう、と云われる。満更《まんざら》、カラ元気でもなさそうだった。「葉が落ちる」文中、漱石が岡山で旭川の洪水に遭った年代は明治二十五年夏、漱石は田舎の高等学校の教授ではなく、まだ、帝国大学英文科の学生の筈ですねと云うと――今、そこを直すのはたいへんなことだから、老いたる、老百鬼園の思い違いと云うことにしておこうよ、と云われた。また、その時も、講談社から刊行されることになっている全集について雑談した。

――二段組というのは、いやだねえ、と半ばは諦めた口調だった。それにボクは『百鬼園全集』という書名で出してもらいたいんだが……。

横臥している位置から、壁に貼ってある岡山後楽園の庭園写真が見える様になっている。国鉄のカレンダーから千切って、大分以前からその場所に貼ってある色褪せた風景写真だ。シャムパンのストローに唇を近づけながら、先生の視線は時どき私の肩越しにそちらへ向いている様子だった。

＊

文集『日没閉門』の出来を待ちかねておられた。四月二十日は、見本の出来が一日ちがいで間に合わなかった。

棺の中に、旅に出る時いつも離さなかった籐のステッキと共に家紋剣カタバミを見返しに押した日没閉門一部を納めた。

（小説新潮・四十六年四月）

枕辺のシャムパン

世の中に人の来るこそうるさけれ、とはいふもののお前ではなし。そして、世の中に人の来るこそうれしけれ、とはいふもののお前ではなし、という蜀山人をもじった狂歌を書いて玄関の呼び鈴の上に貼っておいたのは、二十年も前のことだ。しかし、面会謝絶には変わりはない。あたらしい訪問者には誰にも会わなかった。

二つの会——誕生日の五月二十九日を祝う摩阿陀会《まあだかい》、その同じ顔ぶれが正月の年賀に次つぎに来られては迷惑というので、一遍にステーションホテルに集めてご馳走してしまう正月三日の御慶《ぎょけい》ノ会。この二つの会は、先生還暦の年にはじまったので、すでに第二十二年目のわけだが、その会にも出席できない年がここ三年つづいた。恒例の挨拶をカセットテープに吹き込んで、席上、集まった人達は、その主賓の席に先生が坐っている様に、神妙に聞き入った。

「……諸君、僕はもうくたびれたヨ……」妙に嗄《しわ》がれた声が流れてきた。

一歩も外出しない年がつづいた。小説新潮誌に連載している「百鬼園随筆」は、「阿房列車」以後、二十年ちかい間、一回の休載もなく毎月執筆された。それが四十五年九月号の「猫が口を利いた」で、以後、休載になっている。「猫が……」は、足腰が立たず横になっている自分の寝床のなかに猫がもぐりこんできて、口を利いたり、粗相をしたりして困るという、無気味な、いつもとはちがって中途で切れてしまった感じの短章である。しかし、これだけのものを書くにも随分辛《つ》らかっただろうと思われた。

去年の夏には、それでも自分の足で、寝間から食卓まで、奥さんに肩をしっかり支えられて、ゆっくりとたどりつけた。一ト足一ト足重い危ない足どりを、私は食卓に坐わって身体をかたくして待ったものである。やっとたどりついた食卓の椅子に、息を切らして、先ずシャムパン盃に手をのばす。用件はいっさいそのあとで、しかし私の呼ばれた用件は二つや三つではないのだから、あまり酔ってしまわれては話が片付かないのだが、ひとつの用事がすむと「今日は、もうそれでいいことにして、あとはまた、あらためて、ということにしよう、少し、くたびれたヨ」または、「適当に願《ね》ゲエますヨ、僕はもうクタクタだヨ」といわれる。やがて、話をつづけているうちに、ふと気がつくと椅子の背にもたれて眠っていることもあって、こっくりしている先生を起こさぬように、私は黙ってお辞儀をして椅子から立ち上がることがあった。

原稿を書くのに、奥さんが背後から身体を支えていたというのも「猫が……」を書く二、三ヶ月前からのことだった。

その冬ごろから、食卓まで起きて来ることをやめた。床の中で横になったまま、シャムパンを飲まれる。――枕元に私を坐わらせて、私にもシャムパンをすすめるのだが、ストローで吸い飲むシャムパンはおいしくはなさそうであった。「もうそろそろ床上げして、来月号の原稿を書く準備をするつもりだから、その前にみんなを招《よ》んで快気祝いをしよう」と云うくらいだった。

ストローは真ッすぐで飲みにくそうだから、このごろ売ってる半分に曲がるビニールの管様のものを持って行ったら、余り気に入った顔もしなかった。

――昨夜おそく、先生の飲み残したシャムパンが瓶に半分ほどと、お盆の上に曲がったビニール製ストローが置いてあった。奥さんが、「……残したんだから飲んでやって頂戴」と云ってグラスに注いで下さった。私はとても一口には飲めなかった。――これを書く稿紙も先生の机上に、使い残してあったもので、ペンも日常使われたものを拝借した。この僭越が許されることが私にはまだ本当のことと思えない。

（東京新聞・四十六年四月二十一日）

塀の外吹く俄風　百閒先生三回忌

永い間の経験の集積を横からながめると、我儘という形に纏まっている――と、晩年の「百鬼園随筆」のどこかに書いているくらいだから、自分の我儘なことは十分に承知していたのである。――まったく我儘で、そのうえ頑固で、いったん云い出したことはどこまでも通してしまう。尤《もっと》もその我儘にいっぽん筋が通っていないわけではなかったが。

藝術院会員に推されて、いやだからいやだと云い出したときも、頑固に我儘を通したわけで、――しかし、毎月お金の遣《や》りくりに苦労して、長年鍛えた錬金術もそろそろ底をついてきた時期だから、せっかくの年金、いや、会員推薦をむげにことわってしまうのは、と、ごく俗っぽい計算で私などは大いに不満だった。

それで、その年、昭和四十二年の暮の或る夕方の事だが、先生と雑談の間に、川端康成氏から先生宛に来簡があったと聞いて私は目をかがやかした。それは是非拝見させて下さいと私が頼むと、先生は暫らく考えていたが、やがて机の端に置いてあった封筒を取り出した。ペン書きの速達封書の表に郵税十円不足の紙片が貼ってある。

書簡は――お目にかかってお話し申上げたいと存じましたが御許しが得られない様です

から手紙で失礼させて戴く、藝術院会員御辞退のご意向を院より伝えられまして私どもは大へん心残りに存じております、云々。以下、辞退を翻意する様、懇切に説いた、たしか大判洋紙にぎっちり五六枚の長文の手紙で、終行は、「ごく御心安くお聞き届けて下さいまして会員を御承引いただけますならば多くの会員も喜びますでせうし私も幸ひこの上なく存じます」と結んであったのを今もおぼえている。

——読み終えて、私のかねての不満はますます内攻し、頑固で、我儘な先生がうらめしく思えた。そのあと、例によって先生と向かい合って食卓に坐ったけれども、酒杯を重ねるにしたがって私は恨みごとに似た不満をくどくどと申立てたらしいので、到頭、先生は顔色をかえた。

「同じことを、何遍、繰りかえしたら君は気がすむんだ、もうその話は僕の前で二度としないで貰いたい」——めずらしい怒声で、あの大きな眼で睨《にら》み据えられた。

その翌月の御慶ノ会には出席できなかったが、それでも、気に入らぬことには怒鳴るだけの気力があった。

＊

昭和四十四年の冬、文集『残夢三昧』が出たあと、岡山の旧い造酒屋志保屋の家系をたどる「目出度目出度の」以後一聯の回想を書きついだ時分から、妙に、次の文集の刊行を出し急ぐ風にみえた。——毎月欠かさない「小説新潮」の執筆枚数を、念を押すように云って、薄くてもいいから、もう、本にならないかね、としきりに云うのである。書名は『日没閉門』と始めから決まっていた。装釘にはとくに註文はないけれど、家紋「剣かたばみ」の正確な図柄をどこかに必ず入れてもらいたいと云われる。単行本にする手順はすっかり整っているのだが、なにしろ収録する篇数、原稿の枚数が一冊とするに足りないのである。「百鬼園随筆」の毎月の執筆枚数が、十五枚、十枚と月月に少なくなっていた。八月号掲載「陸海軍隊萬萬歳」が五月中旬から書き始めて翌月八日までに十四枚。九月号掲載「猫が口を利いた」は、執筆メモによると、

七月六日始メ　2枚　七日（ナシ）八日　1枚半（計三枚半）

「猫が……」の初案文題は「うるさい、うるさい」——それを改題したのである。何がうるさかったのであろう。

以後、「百鬼園随筆」は雑誌の後記に休載の旨が掲げられた。

＊

一昨年（昭和四十六年）の三月上旬、先生のやすんでいる枕元に坐って、『日没閉門』の最終校正刷をひろげようとすると、——見なくて済むなら、それでもうお任《まか》せするから、よろしく頼むヨ、と云って手を振った。

三畳が三間並んだ真ン中の部屋にやすんでいるから、枕元という云い方は正確ではない。敷居を間において、横になっている先生の視線の丁度いい具合の位置に私は坐るのだが、校正刷を見るのも億劫らしく、それでもシャムパン杯を枕の脇において、ビニールのストローで吸いながら——君の持ってきたこのストローは、どうも具合がよくない、などと文句を云ったり、——もうちょっと、左へ坐ってくれ、と指図されたりする。私の坐った位置がわるいと背後の壁に掛った岡山後楽園のカレンダー写真が先生から見えなくなるのである。

その三月末、私は四国へ旅行するので、途次、岡山へ寄って、先生の幼な友達、岡崎貞一郎さんへ先生の消息をこまごま伝えてくれる様云いつかった。

烏城《うじょう》の見える旭川の岸辺、古京町のあたりは私には初めてではない。先生が夢にまで見るという旧い岡山のおもかげは大方は失われたが、相生橋《あいおい》へかかる手前の土塀のかげに木蓮の枝枝が風に揺れて僅かに白い花びらを残しているのを見た。岡山駅の売店で後楽園の絵葉書を二三種求めた。先生が嬉しい顔をする筈はないだろうが、煤《すす》けてしまったカレンダーよりはいいだろうと思った。

*

『日没閉門』は一日二日の違いで出来上がった本をお見せできなかった。——『內田百閒全集』第一巻出来は歿年の秋、そして今年、四月二十日に三回忌をむかえる同じ日に最終第十巻が刊行される。——その三回忌には、東京上高田にある菩提寺・金剛寺に墓標と、その傍に句碑が建立される。いずれも摩阿陀会有志の芳意によるものである。

木蓮や塀の外吹く俄風　百閒

（小説新潮・四十八年四月）

百鬼園の鉄道

＊新幹線阿房列車

東海道新幹線の着工された年、昭和三十四年の正月、「これからの鉄道を語る」座談会が交通新聞で催されたことがある。その席上、わが百閒先生曰《いわ》く、

——そんなに早く走っても仕様がないですョ。それより東京・大阪ノンストップ二十時間というのはどうです。少少、金はかかるでしょうが……。

出席の方々、島技師長、十河総裁、遠藤幹線調査室長、青木槐三氏、いずれも話のつぎ穂に困っただろうと思う。

もし、と仮定するのはイミがないかも知れないが、百閒先生がもし存命で、元気でいられたなら、新幹線阿房列車は運転されただろうか。——煤煙の匂いはすぐ旅情につながる、煤煙といっても風呂場や工場の煙ではダメで、機関車から出た煙でなければ趣きがない、などと頑固なことをいってはいるが、もともとは明治のハイカラ、新し物好きだから、「早すぎて困る」というのは、その場の冗談であって、何んにも用事はないけれど、岡山

駅のホームで一ぷくして、さて、九州八代まで足をのばしたかも知れぬと思うのである。——故郷の岡山の旭川畔はともかくとして、お気に入りの八代には幾度でも行きたいと云っていた。

＊

子供の時から汽車が好きで好きで、段段年を取ったが、汽車崇拝の気持は子供の時からちっとも変らない。外《ほか》の事では随分分別がつき利口になっている様だが、汽車というものを対象におくかぎり、余り育っていないと自分で云っている。余り育っていないと自認するその先生が、東京駅一日名誉駅長になったのは、ちょうど二十年前の鉄道八十周年記念の行事で、金筋の駅長帽をすこし面映《おもは》ゆく、しかし元気で、そして大層なご機嫌だった。その昭和二十七年を前後にして、北海道をのぞく全国の阿房列車行脚が開始されたのだが、ひまつぶしにその走行キロを計算してみたら、二萬五八〇〇キロ、網走・鹿児島間を四往復半したことになる。いまさらあきれる外はない。その間、うつり過ぎる車窓の四季おりおりの風光をあかず眺め入ったわけで（食堂車にいた時間も相当あるが）あきれるとともに、哀愁をおびた汽笛のひびき、煤煙の匂いがなつかしくないこともない。

思い出した事が一つある。阿房列車車中にて、阿房列車の先生が、――昔、こういう歌があったんだがねえ、といわれた。曰《いわ》く、「汽車が著く、車掌が戸を開け藝妓が降りる。それに見とれて間《あわい》おっこちる。れるへ。オヤオヤ大変だ、後の始末は誰がする。駅長、助役」――さのさ節と同じ節で「レール節」というのだそうであるが、そのレール節で、ほかの文句を知らないかというのである。さのさ節もよく知らないのに、レール節の歌の文句を知っている筈がない。そのうち、なにかで調べておきましょう、と私はこたえたのだが、それから二十年経ってしまった。

（交通新聞・四十六年十月）

＊

＊列車時刻表

明治四十年代、大学生の頃の帰省で岡山への往き帰り、いつも汽車の左側の窓辺に腰をかける習慣だったから、顔の左面が煤煙で黒ずんでしまったという。また、汽車に乗って、新聞や週刊誌を読んでる人、まして居眠りなどしているヤツの気が知れないというのだから、先生の汽車好きは少しばかり度を過ぎていた。戦後すぐ、乗り物のことばかり蒐《あつ》めた文集『立腹帖』がある。その序文に次の様に書いている。

自稿ノ中カラ乗リ物ニ関係ノアル文章バカリヲ纂《アツ》メテ本書ヲ編《ア》ンダ。乗リ物ト云フ中ニモ汽車ガ大部分デアル。自分ノ作ヲ読ミ返シテ見ルト、何カノキッカケガアレバ汽車ノ事ヲ一生懸命ニ記述シテヰル。子供ノ時ノ汽車ニ対スル憧憬ガ大人ニナッテモ年ヲ取ッテモ抜ケナイノデアラウ。今デモ折リガアレバ汽車ニ乗ッテ、車輪ガ線路ノ継《ツ》ギ目毎《ゴト》ニ刻ムリヅムニ自分ノ気持ヲ合ハセタイト念ズル。立腹帖ト云フ名ハ巻頭ノ文題ヲ冠シタ迄デアル。

昭和二十一年五月　百閒

汽車に乗って車輪が線路のつぎ目ごとに刻むリズムに自分の気持を合わせたいと思って後年の阿房列車の旅がはじまったのであろう。戦後、急行列車の運行が戦前の時刻表に少しずつ戻ってゆくのをたのしみにしていた。「列車時刻表」が売り出されると、忘れずに買っといて下さい、と頼まれた。鉄道職員の事務用「全国駅名一覧」とか「鉄道辞典」などを見せると、暫らく貸りておいていいかねと嬉しそうな顔をした。阿房旅行がはじまってからは、食卓の脇には日記帳と時刻表と字書がいつも大事に重ねて置かれてあった。

四月二十日——以後、初七日もすんで、かねがね机辺の整理をいいつかっていたので、思いきって書斎の蔵書類を片付けていると、列車時刻表がひと山、ほこりにまみれて出てきた。旧いのは昭和十八年度のもあった。——時刻表の山は、まだあらためて見ていないけれども、おそらく、各頁を丹念にくりかえし眺め調べたために、手ずれがしているのではないかと思われる。——もう一度、八代の手前の車窓から千丁の柳をながめたい、といわれていたのだが……。

（交通新聞・四十六年五月）

＊千里之門

文集『戻り道』に「その時分」という明治大正の鉄道の思い出をかいた文章がある。——大正五年から何年かの間、士官学校の教官になって市ヶ谷本村町の高台に在《あ》った学校へ通った。お濠端の甲武線の一部分、汽車、電車を眺める機会が多かった。——『市ヶ谷見附から四谷見附へ出る間の麴町の丘がお濠《ほり》の方へ突き出てゐる所に小さな隧道があつた』『その隧道の入口の頭の上の煉瓦の壁が額になつて大きな字が浮き彫にしてあつた。何と書いてあつたか思ひ出せない。昔の絵葉書を見ればすぐ解《わか》るだらう。知つてゐる人もあるに違ひないが私はどうも判然《はっきり》しない。「千里之門」ではなかつたかとも思ふけれど確かではない』とある。——随筆「その時分」の執筆は昭和十八年、掲載誌は鉄道省の雑誌「大和《たいわ》」である。この小トンネルの額字を私はどこかで調べたことがある、それが古い手帳に書いてあった。

甲武鉄道　四谷見附　兜ト甲武ノ図紋章

市ヶ谷口　兜ト明治廿四ノ図紋

三番町隧道四谷口　石額「通済門」「聖功及大隧」「貸路達遐方」の聯《れん》
市ヶ谷口　石額「既済門」「一行乍相失」「千里蚤為隣」の聯

――私の調べたとき既に交通博物館に保存されていたのかも知れない。――書き取ったメモを百閒先生に手渡したかどうかを忘れたのでここに誌してみた。

＊汽笛一声

昭和十年に書いた随筆「汽笛一声」に「手沢《しゅたく》の本まで米塩に代へなければならぬ様《やう》な貧乏を通つたので、蔵書と云ふものがなくなつてしまつた私の手許《てもと》に、鉄道唱歌の初版本が残つてゐるのは誠に難有《ありがた》い」という一節がある。

戦中、十九年頃、東京の空に空襲警報のサイレンが鳴り出した時、先生は毎日のように出社していた日本郵船の嘱託室へ、焼かれては困る大事な蔵書、自分の著書などをぼつぼつ運んでおいたのである。その中には、漱石の吾輩ハ猫デアルの初版本上中下三冊があったり、定価六銭・明治三十三年発行・鉄道唱歌一集二集があったりした。いずれも岡山で中学生の頃買い求めた大事な本である。

二十年五月、麹町五番町の借家・百鬼園居は空襲の焼夷弾で焼失した。郵船のロッカアに運んでおいた大事な書籍はむろん助かった。

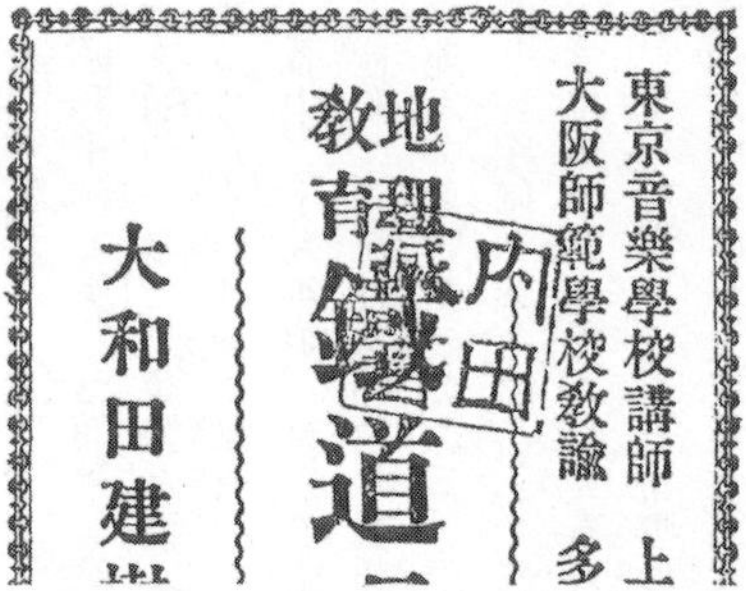

二十七年、阿房列車の旅がひとまず終って、第一冊目の単行本『阿房列車』の巻末に附録として「大和田建樹作歌・地理教育・鉄道唱歌」の歌詞をぜんぶ入れようと思う。——ところが、その冊子・鉄道唱歌がどこへ蔵《しま》い込んだのか、大事にしまい過ぎて、出て来ないのである。百鬼園居のせまい書斎の押入、埃《ほこり》っぽい書棚のあちこちを探すのだが、消え失せた。阿房列車の校正刷は出始めているし、気が気ではない。たとえ、阿房列車に間に合わなくとも、あの冊子が無くなったら、取りかえしのつかぬことをした、と百鬼園先生は人知れず懊悩したのである。眠られぬ夜もあったか知れない。

「内田百閒戦後日記」の二十七年三月の項に、「長イ間探ガシテキタ『鉄道唱歌』ガ出テ来タ、一集ト二集也」とあって日記帳の間に紙片が挟んであった。

鉄道唱歌　3月24日未明　寝テキテ古写真ノ風呂敷ガ気ニナリ起キテカラ探ガス出テ来タ鉄道唱歌ヲヨミテ　オ恥シイガ涙ポロポロ

——長いあいだ探していた物が発見されたよろこびか、少年時の懐旧のナミダかわからない。「鉄道唱歌」のうすい表紙には「内田蔵書」と押されてあった。

（交通新聞・五十一年十二月）

百閒全集刊行前後

昭和四十六年二月の「文藝家協会ニュース」に淺見淵さんの「百閒氏近況」とした短文が載っている。――小説新潮に多年にわたって連載されている百鬼園随筆を読むことが毎月の楽しみだったが、数ヶ月前に連載が突然プッツリと途切れて、それっ切りになってしまっている。「そこで案じていたところ、平山三郎君から貰った近信の端に、たまたま次のような百閒氏の最近の消息が洩らされていた。同憂の士もいるに違いないと思うので披露させて貰う。(略)ちなみに、百閒氏はこの五月二十九日で八十二歳になる」と前おきして平山の「百閒氏の消息」がつぎのように紹介された。――「百閒先生は昨秋から連載が執筆できず、病臥というほどでもなく、横臥して、シャムパングラスにシャムパンを注いで、ストローで飲んでいる様なしだいですが、思考力の方は少しも衰えが見えません。五、六年前にはおからでシャムパンをのんでいましたが、このごろの横臥ではオカラはうまく口に這入らぬわけで、専らストローで、ねながらシャムパンと云うことになりました」

拙文をそのまま百閒消息として紹介して下さったのには恐縮した。淺見さんは東京新聞の文藝時評で毎月のように百鬼園随筆の読後感をていねいに書かれていたので、前年の秋、

「猫が口を利《き》いた」という短い文章以後百鬼園随筆がとぎれたので、身辺を心配されておられた。なにしろ「百鬼園随筆」は三十一、二年頃から毎月休みなく続いた連載だから読者が気にするのは当然である。

――浅見さんと百閒先生は面識がない。わたしは浅見さんが戦中上総一ノ宮に疎開していた時分から親しく存じ上げている。東浪見《とらみ》の造酒家秋場淳氏の家で銘酒総聖をよく酌んだ。百鬼園もうじん時代の早稲田砂利場のもようを浅見さんはわたしに語ってきかせたりした。

浅見さんの短文「百閒氏近況」が四十六年二月。この時分には「百閒全集」刊行の話はすでに具体的にすすんでいて、その編纂のために私は国鉄を早めに辞《や》めることにした。辞める前に、四国へ旅した。丸亀に少年時代からの友人がいる。岡山にも寄って来ましょうか、と先生に訊くと、それでは岡崎の眞さんによろしく近況を伝えてくれ、と云った。それが三月中旬の事である。前年の冬以来、三畳間の真ン中に布団を敷いたままで臥せている先生は、シャムパンを抜かせて私にすすめたりした。自分は横になったままシャムパングラスに口をつけた。私の持ってきた曲がったストローでは具合がわるいらしかった。岡山古京町の幼友達・岡崎眞一郎さんへの手土産が用意されてあった。――岡山では、岡崎さん不在でお会いすることができなかった。古京《ふるぎょう》の町並をぬけ、相生橋を渡って、快晴の空に烏城をしみじみ仰いだ。復原した岡山城を先生はむろん知らない。旭川の流れもひさしぶりに見入ったが、私に感慨の起こるはずもなかった。
――四月二十日、国会図書館で明治の文章世界のトヂ込みを見ているところへ家の者が慌しく迎えに来た。机上のものを放って、先生の家へとんで行った。

＊

浅見淵さんが「日本読書新聞」に「内田百閒の印象」を書いたのは四十六年六月。百閒没後、全集の刊行を聞いてその評判記を書いてくれたのである。――浅見さんの見た百閒、全集刊行の前後のことも詳しいので、長文だが、写させていただく。二、三ヶ所些細なまちがいはあとで註を加えることにする。

「内田百閒の印象　浅見淵」の小見出し「ダンディズムが骨の髄まで」は読書新聞編輯部でつけたものだろう。小見出しは略すことにする。

ぼくは内田百閒の顔を一度だけ見ている。こんど内田百閒全集十巻が講談社から刊行されるに際し、編集一切をまかされて嘱託として入社した平山三郎の『夜の周辺』という小説集が出て、その出版記念会があった時である。十何年か前のことだ。会場は東京駅のステイション・ホテルのレストラン。この席上においてであった。平山君は当時国鉄の厚生課にいてその課の雑誌を編集していた。平山君と百閒とのつきあいは約三十年に及び、彼はいわば百閒の唯一の弟子である。そもその馴れそめは、平山君はシナ事変のころ国鉄の観光雑誌「大和」を編集していた。たまたまその時分日本郵船会社の嘱託になっていた百閒を郵船ビルに訪ね、原稿を依頼したところ、意外にも快諾してくれ、それから親しくなったという。平山君は百閒の熱心な愛読者だったので、最初断られることを覚悟で訪問したのである。ところが、自分は汽車が大好きだから、鉄道の雑誌なら喜んで書かして貰うといって、さっそく書いてくれたのだという。爾来、阿房列車の名コンビになるに到ったのである。また、平山君は校正のベテランだが、百閒もこの世で最も尊敬していた夏目漱石の第一次の漱石全集が刊行された時、その校正を担当し、このため漱石文法辞典をつくったほどの丹念さの持ちぬしだ。このことも、百閒をして平山君を愛さしめるに到ったようだ。

閑話休題。さて、百閒の印象である。いま理髪店から出て来たような、寸分隙きのない端正な顔つきの中に、どこか気難かしそうないかつさがあった。また、服も折り目のキチンとついた舶来物らしい立派な生地だった。百閒は何事も一流主義だったらしいが、それが頷《うなず》けた。だが、ぼくはそういう百閒を見守りながら、百閒が何かの作品に書いていた事実を不図《ふと》思い出しておかしくなった。（平山註・創作集『冥途』を出したあと、芥川龍之介に）〝内田百閒氏の詩的天才を信ずる〟と嘆賞せしめたにも拘らず、百閒が広く世に知られるようになったのは、昭和九年に第二短編集『旅順入城式』が岩波書店から上梓されてからである。『冥途』刊行以来、じつに十一年の長年月を要している。このかん、早稲田付近のその頃火事が多いので有名だった通称砂利場の、早稲田ホテルという安アパートで暮らしていた時分は、高利貸に追掛けられたりされて一番難渋な時代だったらしい。しかも、理髪の時には、友人に金を借り、タクシーに乗って銀座界隈の一流の理髪店へ出掛けたという。つまり、ぼくは、百閒の顔を見守りながら、骨の髄まで染《し》み込んでいるらしいこのダンディズムを思い出して微笑を覚えたわけである。

前置が長くなってしまった。高橋義孝は百閒文学の特色として、諧謔乃至《ないし》はユーモア、観察即表現の異常で強靱なリアリズム、幻想的でしかも幻想界の曖昧《あいまい》を明確に描いていること、以上の三要素を挙げ、なお且《か》つ、人間の生きているということの漠然たる悲哀の情が全作品に底流していることを指摘している。全く同感である。この悲哀の情が最も横溢しているのは、最初の夫人との別居生活の経緯を描いた昭和十一年作の「蜻蛉眠る」(初め「相剋記」として発表)である。(中略)

全集の話に移ろう。初め全集は来月あたりから出る筈になっていたところ、本文がすべて旧漢字旧仮名遣いなので、この旧漢字を揃えている印刷所が少く、印刷所探しで延引の止《や》むなきに到ったそうだ。しかし、九月から正確に毎月出る由。A5版(雑誌大)8ポ二段組で、毎巻平均六〇〇頁の全十巻の豪華本。一巻に、発行年代順で四、五冊分の単行本が収められるという。定価は未定。だが、無闇に高い値段にはならぬようだ。

百閒は寡筆《かひつ》で、一日二枚乃至三枚、一ヵ月平均二十枚の執筆量だったそうだが、それでいて、塵《ちり》も積れば山となるで、四十七冊の単行本がある。これが平山君の正確な校正のもとに、全部収容されるわけである。そして、最終巻の第十巻の巻尾には、百鬼園書簡、年譜、著作書誌、逸文（編纂本序文等）、参考文献、未刊「続百閒座談」なども載る。以上は、ぼくが古い馴染《なじ》みの平山君に会って確かめた話である。内田百閒全集全十巻が刊行されれば、改めて百閒文学の香気の高さが広く再認識されるのではないか。これを期待する。ぼく自身は、新装の全集本で悠《ゆ》っくり再読することを今から楽しみにしている。

――淺見さんが一度だけ内田百閒の顔を見たという『夜の周辺』出版記念会に、百閒先生は出席していない。淺見さんの思いちがいをいまになって指摘するのは申しわけないが、出版記念会当日の「金蘭簿」の、芳名のあとに、先生の筆でこう書いてある。

以上ハ昭和三十一年七月三十一日夕五時ヨリ東京驛地階れすとらん東京ニテ催セル平山三郎作
夜の周辺ノ上木《ジヤウボク》記念会ニ参集セラレタル芳名之録也
金蘭ソレ六十四亦奐《マタクワン》ナラズヤコノ事ヲ誌シテ後カラ作者ヲ祝フ　当夜ノ缺席者　百鬼

「金蘭ソレ六十四」——交友の親しいことのたとえで、六十数名も集まって、さぞ盛会だったろうと先生が欣《よろこ》んでくれたのだ。先生は当日出席しないが「金蘭簿」には署名すると前以って云っていたのである。また、会場はホテルではなく地下のレストラン東京。「大和」は観光雑誌ではなく職員の志気を高揚する奉公会の機関誌。淺見さんが百閒を見かけた出版記念会は、ほかに思いあたるのがあるが今は略す。「正漢字正かなづかひ」で印刷所が見つからず刊行が延びていたのは事実で、やむなく新潮社専属の印刷所でとくべつに組んでもらう事になった。奇特な話である。

淺見さんの文中、「この悲哀の情が最も横溢しているのは」、小説「相剋記」と書いているが、ここで昔の百閒作品を思い出したのは、この作の発表当時、「百閒の小説」という淺見さんの文藝時評があるためである。昭和十三年秋刊行・淺見淵評論集『現代作家研究』に入っている。

「内田百閒氏の『相剋記』を読んで、僕は近頃まれな感動をおぼえた。ある箇所では涙さへさそはれた」と書出しにある。末尾の数行をうつさせていただく。——

——百閒氏の随筆の面白さは、無意識の行動の面白さである。一瞬、痴呆の姿で理智的な精神が凝固してゐる面白さである。つまり、放恣的な忘我の姿が描かれてゐることである。ところで僕は「相剋記」をよむまで気が附かなかつたが、百閒氏がなぜさういふものを随筆に描くかといふと、じつに「相剋記」にあらはれてゐるやうな孤独地獄から逃がれようとしてであつたのだ。そのことに気が附いて改めて振返つてみると、百閒氏の随筆が我々に迫つてくる所以《ゆゑん》のものがハッキリしてくるのである。すなはち、百閒氏のはげしい人懐《ひとな》つこさが底流してゐる故《ゆゑ》、随筆にあんな風に切実さを伴つて来てゐるのである。

（昭和十一年六月）

四十七年十二月に出た「内田百閒全集」第八巻の附録月報のために浅見さんから「稲門堂と砂利場」という原稿をいただいた。「冥途」を出した頃の稲門堂書店と早稲田終点の奥の砂利場の回想である。その全集八巻を持って、浅見さんと神田のやぶそばで少少お酒をのんだ。――浅見さんはまったく健康人のように振るまっていた。話題は百閒全集に終始した。

四十八年三月、八王子の病院で浅見淵さんは亡くなられた。

日と月の詮索

「七体百鬼園」（昭和十四年『菊の雨』所収）は雅号の説明からはじまる。「百閒」の音を延ばして「百鬼園」としたのは、ただ音だけの洒落で、字の意味には何のかんけいもない。借金取りが百人も来るので百鬼園かとバカな事を云うのがいた。もっとタチのわるいのは、百の字を江戸っ子のなまりでよむと、ヒがシになる、それで百鬼園は借金をもじったのかと念を押すのがいたと云う。

早稲田の砂利場の安下宿屋に蒙塵していた頃、学校の同僚たちが「砂利場の大将はどうしてるだろう」と案じてくれた。それで、自ら、砂利場の大将ということにした。ドイツ語教師だから、これをドイツ語でいうとジェネラル・ジャリヴー。「ノ」を入れると「フォン」だから「退役陸軍大将フォン・ジャリヴー」となる。

その砂利場の下宿を這い出して市ヶ谷合羽坂《かっぱざか》に借家して九年過ごした。或る時、むしゃくしゃしたので床屋で一厘刈の丸坊主になった。たちまちにして大入道が出来上がった。以来、合羽の音をとって「哈叭入道《かっぱ》」と号する事にした。

その次に引っ越したのは麴町土手三番町で、ヒマさえあれば琴を弾いていたので土手撿校と号したが、先生筋の宮城撿校に遠慮して、撿校の一つ下の勾当《こうとう》に甘んずることに自分できめ、宮城撿校に手紙を出す時、差出し名を「土手ノ勾当」とした。勾当には都名《いちな》ということが許されているので「土手之都《どてのいち》」とした。

つぎは、子供の時に磯山天香先生について書を習った時、号を「志道」とつけてくれた。「志」の字は生家の屋号・志保屋の志である。

さいごに、本名の榮造。——祖父も同じ名前で、造酒屋・志保屋の跡をつぐ筈を順番が孫の榮造にまで来ない内に父の代で貧乏してつぶれてしまった。そうでなかったら、内田榮造は酒屋の大旦那で、名前だけは福福しい。

それで「七体百鬼園」の筆者「内田百閒氏」が司会者になって、以上の六名を出席者にして座談会を催すことになった。——『混雑を避ける為、脚本の初めに書く様《やう》な風にして列《なら》べて見る』とある。

百鬼園先生　金融業　五十歳位
退役陸軍大将フォン・ジャリヴー　国籍不明　私立大学の語学教授　五十歳位
哈叭入道　職業不詳　五十歳位
土手之都勾当　琴の名人　但し晴眼也　五十歳位
志道山人　風流人　五十歳位

志保屋榮造　落ちぶれた旦那　五十歳位

――司会者百閒で座談会がはじまるが、話題がすこしも順序立ててないから、勝手放題なおしゃべりになって、しまいには、

百閒「いやもうから云ふ会をするのは懲《こ》り懲《ご》りした、人格の分裂だか聯想の不統一だか知らないが、あなた方は何を云つてゐるのか一向わけが解《わか》らん。……」「身体《からだ》のあつちこつちがむしやくしやする。散会散会。みんな早く帰つて下さい」

フォン・ジャリヴーは、縫いボタンのついた詰襟服の前をキチンと合わし、山高帽をかむって出て行った。そのほかの出席者も思い思いの風態で散会するのである。

＊

「鬼の冥福」は高利貸妻島の話だが、その書出しは『志道山人の晩酌してゐるところへ、私が顔を出したので、ロの軽くなつてゐる山人がいきなり変な話を始めた』

「蜻蛉眠る」の書出しは、『青地豐二郎氏が、目に立つ程白くなつた口髭の、垂れ下がつた先を指の腹でかき上げながら、……話し出した』――この作品の一人称は青地豐二郎なのである。

あをじ・頬白《ほおじろ》のもじりなのだが、そう云えば「頬白先生」という映画があった。東宝映

画頰白先生の主人公の名前は、藤田百庵。同じく古川ロッパ主演で演劇「百鬼園先生」が有楽座で公演されたのは昭和十四年のことだ。『頰白先生と百鬼園先生』という正木ひろし装画の本が出たりした。

十四年刊行の文集に『鬼苑横談』というのがある。——いま、全集でそれを確かめようとしたら、目次に「鬼園横談」「続鬼園横談」そして「鬼苑日記」と列記してある。本文も同じく「鬼園」である。はッとして、慌てて原本を持ってきて披《ひら》いて見ると、やっぱり「鬼苑横談」が正しい。「内田百閒全集」第四巻収録の「鬼苑横談」目次・本文の標題「鬼園横談」は真ッ赤な誤植であります。お詫びします。尤も、苑も、園も同じじゃないかと云われると益ます立つ瀬がない。

十五年正月に「百鬼園城」で催された鹿鍋の案内状には——百鹿園主人拝、と署名がある。また、その年末「馬食会」の案内には「百馬園主人」とある。

戦後になって、二十五年の「贋作吾輩は猫」の主人公は五沙彌先生。これは原典の猫の苦沙彌のパロディに過ぎない。その贋作猫には、蛆田百減という貧乏文士が出てくるのだから、おどろく。

二十七年、編纂本で『ふくろう先生』が出た。学生達を具して雑司ヶ谷の墓地あたりを歩きまわる「梟《よふ》先生」その他が入っている。梟林記・梟林漫筆など、妙に梟を好む先生である。『「夏の夜更けに町裏や森の外《はづ》れの道を歩き廻つてゐると、方方で梟の鳴く声が聞こえた」「ほうほう」と聞こえるから「そら、阿房阿房と云つてるぢやないか」』と云ったが、自分ではほんとにそう思って聞いたためしはないというのである。雑司ケ谷辺にはむかし梟が多かったらしい。

「百」を取って、鬼園は『鬼園の琴』という文集がある。酔って、戯筆に、100キ円、などとふざけた署名がある。

ふざけた署名といえば、「百閒書簡」の中で、自由自在に百鬼園をバリエーションしている。

百鬼苑　百鬼隊　洎溾園（百鬼園がうるおってきたのでサンズイがついた）　哈叭道入
合羽鬼　合羽尊　合羽ノ守　本舗百鬼園　合羽坂道人　土手撿校　土手百間　睡鬼園
土手ノ都　鬼拝　稀塩酸人　フオン・ジヤリヴー　金殿曲楼主人

百閒主筆文章と俳句の冊子「べんがら」の連載「Bengala 帝国出納省告示第三八号ノ八」の文末署名は「ひやッ」。

「日本近代文学大事典」（講談社版）の內田百閒に、訓《よ》みのルビが振ってあった。「ひやつけん」。

＊

さて、百間か、百閒か。簡野道明「字源」には、閒＝カン・ケン「間は閒の俗字なり」と出ている。「閒＝六尺ノ称」とあるから、すると岡山の「百閒川」かと云うことになる。閒食・閒諜・閒話休題・閒接、すべて門に月である。尤も、月も日も、字画は同じだ。百間か、百閒かに就いて、出隆《いでたかし》さんが「百閒全集」月報に寄稿せられて、疑問を解《と》いておられる。

……今度の全集の題名では、どうしたわけでか「日」が「月」に伸びているようだが、古くは「日」だったし、古い僕には「月」よりも「日」の方が暖かく親しい。なるほど漢和辞典などでは、「閒」が本字すなわち本当の漢字であり、「間」はその俗字らしいが、日本字では川幅の六百尺は「百間」であって「百閒」とは書かれない。

出博士は本棚から「お墨つきの著書三十余冊を取り出して」（つまり著者から寄贈された署名本を並べて）まず、表紙・扉頁・奥附とに著者名がどう印刷され、どう墨書されているかを著作年代順に調べて、「日とあるか月になってるか、こまかに書きとってみた」――

つぎに短かく調査の結果だけを報告することにする。

一、処女出版『冥途』以来、敗戦前までに出した本では、表紙や扉頁や奥附けに見える木版または活版で印刷された著者のペン・ネームの門構えの中は、だいたい「日」すなわち「百間」。ただし、昭和十四年刊の『鬼苑横談』の扉頁、三雲祥之助氏装の木版刷り、および同十八年刊の『戻り道』の扉頁の木版刷りでだけは、「日」でなく「月」すなわち「百閒」となっている。

一、敗戦後に出たものでは、だいたいどこでも「日」ではなく「月」すなわち「百閒」と印刷されている。ただし、二十二年刊行の『新方丈記』新潮社版、富本憲吉氏装の表紙と扉頁との木版刷りでは「日」になっていて逆にその奥附けの活版刷りの著者名は「月」になっている。

一、僕宛の寄贈本の扉頁に墨書された自署名では、『冥途』のは「内田榮造」。以後昭和十一年七月刊の『有頂天』までの数冊はすべて「百間」。だが、翌十二年六月刊の『居候匆々』にだけは署名なく、ついで同十二年十月刊の『随筆新雨』以後敗戦前までの十余冊のうち「榮造」または「榮」とある二冊を除く他の十冊ほどは、印刷では「日」なのに僕への自筆では「月」に伸びて、「百閒」となっている。そして、戦後に寄贈されたもの数冊では、門も日もなく月もなく、すべて「百鬼園」となっている。

結語、これを要するに、内田君は読者に対しては、東京焼盡以前はまだ「日」のある

「百間」、焼盡以後は冷たい「月」に変わった「百閒」であったが、僕に対しては、すでに昭和十二年以来、日は月に化け、戦後にはさらに鬼になっていた。それは愛すべき鬼才の筆であった。（七三・一・七）

——以上が出隆さんの「百鬼園先生と二山博士」の後半である。出さんの調べは念入りで、まことに整然としている。出さんの云うように『鬼苑横談』『戻り道』の扉頁が「月」になっているのは、それが著者自身の墨書・題簽によるもので、活字ではなかったからだと私には思われる。門構えに月の活字はその時分でも作字しなければ無かったらしい。この頃だって「閒」は、月を取ってつけたような、へんな活字があって、ゆううつになる事が多いのである。

百鬼園座談

1

むかしの「週刊朝日」連載、徳川夢聲対談「問答有用」の担当記者だった足田輝一さんが、――内田百閒と夢聲対談が終ったあと、謝礼を差し出したときのことを「わたしの失敗」談として書いておられる。

対談謝礼の金一封をおそるおそる百閒翁と夢聲老の手もとへさし出すと、夢聲老は、やァどうも、とか云いながらポケットへおさめたが、百閒翁のほうは、じろりと見ただけで手を出そうともしない。

「なんですか、コレハ。失礼です、コンナものは、アトで宅の方にとどけるものです」

と、どうしても受取ってくれない――というのである。

私も雑誌の編輯をながねんやっていて、座談会の終ったあと、出席者に謝礼を出すタイミングに迷うことがしょっ中だった。相手が受けとりやすいように、なるべく目立たず差し出すのは呼吸がいった。私のばあいはコクテツあての受取書がいるから二重に気を使った。その場で袋をあけて受取にハンコを押してくれと云うのは、いかにも云いにくい。それを「大問答有用」のあと、百閒翁は、金一封の袋をどうしても受取ってくれない。それを「大あやまりで、幾重にも頭をさげ、やっと、会場から送りだした」と、足田さんは書いている。そして、「夢聲老も百閒翁も、今は亡《な》い。人生の機微にふれるような、週刊誌の読みものも、見当らぬようだ」とつけくわえておられる。（雑誌「現代」五十五年七月号）

百閒翁という呼びかたはなかなかシャレてると思うので私も使うが――座談会のあとの百閒翁の謝礼の受けとり方については、昔むかし、夢聲老も書いている。

「なんたる事です」と威力のこもった声で百閒翁は、その時、怒ったと夢聲老は云うのである。「こんな無礼千萬な扱いをうけたのは、ボクは生れて初めてです。人を呼んでおいて、喋《しゃべ》らせておいて、その場で金を出すとはナニゴトですッ」――一同シーンとして、返すことばがなかったというのだ。

この一件は、戸板康二さんもさい近の「ちょっといい話」に書いておられる。それによると、

……百閒先生、烈火のごとく怒って、「今ここで、袋ごと千切って、川に投げこみたい」と云ったので、「申しわけありません。では、明日あらためて、お宅にお届けします」と詫び、返してもらおうと思って手を出すと、「きょうは、もらっておきます」。

というのだ。前の夢聲老のは随筆「問答落穂集」（三十年秋）にある。また、扇谷正造氏

にもこの時の対談こぼれ話があるそうだ。いずれも、内田百閒という気むずかしい、小にくらしい、しかし骨太い風格がうかがえる。一席しゃべってカネをもらう藝人とは違って、文士が恥らいを知っていた時分のウラ話だ。

こんど、百閒翁出席の座談会・対談速記だけをあつめた『百鬼園座談』を上・下二冊の単行本に上梓した。二十一年から二十五年までが上巻、百鬼園随筆につきものの貧乏ばなしに始まって漱石やノーベル賞を語り、東京駅長と撿校と共に談笑し、辰野隆、高田保、獅子文六と、そして、井伏鱒二、河盛好蔵両氏と世相を談じる。佳《よ》き時代ながら混迷の時代を語る十四篇の雑談は、なつかしい回想の意をふくめて無類におもしろい。校正刷をよみながらいくどか吹き出した。

下巻には、鉄道八十周年記念で一日駅長になった阿部眞之助・小汀利得とのテイ談「一日だけの駅長」、木村毅・堀内敬三・戸塚文子諸氏との汽車ポッポ雑談など、なんともなつかしい雑話・放談集である。出席諸氏の語る豊かな話題のかずかずが交響楽のごとき妙音をかなでる。

これは随筆・文章から得られるたのしさとはまたちがうものだ。私などはその合奏楽のなかから内田百閒の声調をほうふつと聞きとるのである。

（交通新聞・五十五年九月）

2

百閒文集に座談速記が収録されている最も早い例は、『有頂天』（昭和十一年夏）の巻末に宮城道雄との対談「音楽放談」である。「音楽世界」十一年二月号掲載、同誌編輯鹽入亀輔氏が司会。その時分、宮城道雄がビクターで出した「比良」が話題になっているのが、話が脇みちへそれて——「内田先生と宮城さんの交際は古いのですか」という質問に次のような応答がつづく。

内田　交際と云ふより弟子なのですが、僕の方が年が上だから……。

宮城　お弟子が先生になつちやつたのです。

内田　忽ちにして師弟の道が紊《みだ》れて、大きな顔をしてゐるのです。僕は宮城さんが東京に出て来られた時のことは知らない。東京で先生になられてから後に会つて知つてるのですから、頭は上げられないのですが……。

宮城　頭を上げつきり……。

内田　もう取り返しが附きませんね。僕が先きに死んで見せればいいのです。宮城さんが先きに死んだら可笑《をか》しいことになる。いよいよ先生だつたかと云ふことになる。

宮城　しかしあの頃はよく稽古は口実で、酒の座談会になつてしまつて……。

内田　あれはいけませんでしたね。ああ云ふことでは藝道は進みませんね。

——次ぎは十二年の夏、箏曲の会・桑原《そうげん》会が催されたあと、その演奏会始末を口述筆記した「桑原会自讃」だろう。同年八月号の「東炎」のためにわざわざ口述筆記の原稿を作ったものである。同誌二回連載。終章「人真似」に、

『自分で書けばいい事を談話筆記などと云ふ物物しい事にしたのは、これも盲宮城先生の真似をして見たのであつて、宮城さんの「雨の念佛」「騒音」等の随筆集はみな宮城さんの口述を筆記したものである。それで私も一度さう云ふ風にやつて見たくなつたから、幸ひその方にいくらか関係のある桑原會の事を口で述べて、どう云ふ工合《ぐあひ》か一寸《ちょっと》ためして見た』とある。

この口述の筆記者は東炎編輯・村山古郷さんである。（桑原会自讃『随筆新雨』所収）。「百鬼園俳談義」も口述筆記。十三年十二月「東炎」掲載。中に「百間川」という章があって、岡山市の東北郊に山陽本線の旭川の鉄橋があり、その東に百間川の鉄橋がある。カラ川で土手はあるが、どこが川だか解らない。田圃《たんぼ》の中に、土手が盛り上がっているだけである。中学生の頃、春の試験休み頃は、菜の花、大根の花、根深の坊主、れんげなどの咲き乱れた中に土堤が青青とうねっている。そこへ国文典の教科書を持ってぶらぶら出かけて行き、土手に寝ころんで、草いきれの中で動詞の活用などを暗記した。——それで

「百間」と俳号をつけたが、当時の俳号には一碧樓、六花、など何だか上に数字を冠《かぶ》せるのが流行《はや》ったので、『私は百を冠して、その流行を追つたと云ふ様な気持もあつたかも知れない』と述べている。（『鬼苑横談』と『百間座談』に収録）

昭和十七年五月下旬、東北帝大から招かれて宮城道雄と共に講演旅行した。演題「忘却」。

同年六月、慶応義塾から招かれて講演したが演題は「無題」。

右二回の講演はもともと講演はうまく出来ないから速記をとらなかった。しかし近刊の文集に収録することになって東北旅行から八十日ほど経ってから、草稿も何もないが、速記者を前に坐らして、「諸君は……」とひとり喋りで東北大学の講演のおさらいをした。それが一と先ず終って、一服したあと、こんどは二ヶ月程まえ慶応義塾でした講演「無題」の方に取りかかる。或る出版社の広い会議室の中で速記者を相手にひとり言《ごと》を云いつづけたのである。——「無題」の方は「作文管見」と題して、「忘却」と、もう一篇「警察官と私」（十七年秋・警察講習所での講話）は速記があったので、加えて三篇、昭和十六年七月刊行の文集『沖の稲妻』の附録になっている。

3

昭和十六年六月、三省堂から刊行された『百間座談』という本がある。序文の一節に、

『収録ノ各篇ハスベテ談話筆記又ハ速記ニヨルモノデアツテ、私自身ガ文章トシテ筆ヲ執《ト》ツタモノハ一篇モナイ。前半ハ対談又ハ座談会ノ速記ノ中カラ私ノ発言ダケヲ綴《ツヅ》リ合ハセテ首尾ヲトトノヘタ』

——百閒先生の発言だけを収めてあるから、呼び掛けた相手の名前が出て来ないかぎり、誰と対談しているのかわからない。——対談又は座談会の開催（掲載年月）が誌してあるから、当時の雑誌で百鬼園の名が出ている座談会・対談をさがすほかはない。

「秋宵世相談義」（昭和十四年九月）は、たまたま雑誌「話」（文藝春秋社・十四年十一月号）を手にして見ると、「秋宵会談」という題で載っている。お相手は高田保氏である。相手の話がいかに面白くても「百間座談」には載っていないから、対談の面白さはちょうど二分之一ということになる。その二分之一の散逸するのが惜しいような箇所がある。たとえば、次の様な会話で、こういうとき、百鬼園主人はどんな表情で受け答えしたのだろう。甚だ興味のある場面だ。むろん高田保の云ってることは冗談であろう。「王様の背中」は百閒作お伽噺集、谷中安規が装画した——

高田　あなたの「王様の背中」といふ童話を読んでゐますよ。これは読んでも教訓がありませんから安心して読んで下さいといふ序文のついてゐるやつだ。あれを夜店で買つて来た。

内田　ひどいね。

高田　もう一つひどいことを云ふと、あれに版画が載つてるでせう、僕はあれが好きで丹念に切り取つて、電気スタンドを自分で拵《こしら》へて、中へ影絵風に貼つたんです。それを今書斎で使つてゐます。

内田　何か出て来ないかな。

高田　ところが、僕は正直な話を云へば、買つたから內田さんの童話を読んだけれども、夜店で引つくり返して見ると版画が面白いんで買つたんです、十銭でしたよ。

内田　定価は三円五十銭ですよ。

高田　この版画を使つてスタンドの笠を拵へればいいなと思つて買つたんですが、本だから両面印刷になつてるので、裏の字が透《す》いて見えるんで困つた。

内田　三円五十銭ですが、安い一円五十銭のもある、どつちにしても怪《け》しからん話だな。そこまで安くなればどつちでも同じだ。

高田　しかし自分の本が夜店で売られてゐるのを見ると嬉しい気がするんですよ。……あれを自分の本が安く売られてゐるのは気が悪いといふ人がゐる。

内田　安くても何でも売れてゐればいい筈ですがね。

百閒先生のレトリック

なにしろ昔むかしの語学講師だから、言葉については敏感である。茶の間で、なんでもない世間ばなしをしていても、おかしな言葉づかいはたちまち聞きとがめて、首をひねる。自分でも判断のつかぬばあいは、おくさんにたしかめる。

「おうい、平山クンが今、妙なことをくちばしったよ」

障子の向う側の台所にいるおくさんに大きな声で告げるのである。百閒先生のおくさんは「ひ」と「し」の発音がまったく区別のつかない東京うまれで、したがって、ひゃく円としゃく円は一緒だが、東京の古いことば遣いならばたちどころに答えてくれる。たとえば――

……ハカマ・ハオリなんて云わないですよ。ハオリ・ハカマにむかしから決まったもんですよ。(または……)ヨコタテ十文字だなんて! タテヨコ十文字でしょ。

と云ったぐあいである。先生は、茶の間にいても書斎にいても、いつでも卓上・机上にちいさなメモ用紙をおいて、その場で思いついた事がらをメモしていた。むかしから、岡山の方言を思い出すとメモしていたらしい。昭和十年ころ、こういうことを書いている。

『明治四十二年に東京に出てから二十五年になる。今日までのところでも既に私が岡山の言葉をつかつた期間よりは、東京に来て自分の郷音がその儘《まま》では使へなくなつてからの方が長いのである。その二十五年の前半を私は郷里からその儘移した家族と共に住んで、家の内と外とで食ひ違ふ言葉の矛盾に苦しんだ。自分の言葉を相手によつて二重に用ゐなければならなかつたのである。二十五年の後半は東京生れの家族の間に伍するめぐり合せになつたので、次第に私の言葉は郷音から離れて来ると同時に、記憶に残つた昔の言葉と今現に用ゐる自分の言葉との間の食ひ違ひが段段はつきりして来て、それを紙片や手帳の端《はし》に書き留めた語彙《ごゐ》が以前の旧稿の上に更《さら》に倍加した。』……

（「岡山市方言集稿本序説」・『有頂天』所収）

岡山生まれの百閒先生が、岡山市の方言を集録しておこうと思いついたのは、すでに大正三、四年のころだったそうで、集めただけの語を整理して小冊子にまとめようとした。すでにその時、小さな冊子にまとまるくらいの分量があつまっていたらしい。——その「旧稿」に昭和十年ころまでに書きとめた方言語彙が加わって、倍加したのである。そしてこの岡山市方言集は雑誌「方言」に昭和十年の十月号から順次掲載された。

岡山市の方言を集める習慣は、ずっと晩年までつづいていたようで、机辺にはいつもメモの束がわすれずに置いてあった。メモするのはむろん岡山市方言ばかりではない。その日その日の天気・温度から夕膳の御馳走の品名まで詳細に書きとめてあるけれども、「方言集」の整理は晩年まで念頭を去らなかったようだ。

「贋作吾輩は猫である」の一節に、主人公の五沙彌入道の家に岡山の古い知人が訪ねて来るところがある。

「げえさんせえ、げえさりませえ」……「をられるんでせうがな、げえさんせえ」……「この度《たび》はまたこつちはえらいけうとい事ぢやつたさうで、しかしもうどうぞお構ひんさんな。へえ」「……その時には雨がづどぼつこう降つてからに」「ほんまに、けうとい事ぢやつた思うて、みんな心配しましてなあ。来て見たら何の事もなうて、こんなええ事はありませんがな。まあ、げえさりませえ」

右は百鬼園随筆文章のなかで方言を使った唯一の例かと思われる。

――このあいだ文庫本で、文集『鶴』が出たあと、読者の問合わせがあって、岡山の少年時代の想い出を書いた「郷夢散録」のうち――『寒い冬の夜、ぶちようを下ろして、くぐり障子だけにした志保屋の店の獅噛《しがみ》火鉢の廻りに……』という文章の「ぶちよう」というのは誤植か、そうでなければぶちようとは何のことかと問われて、校訂者のわたしは返答にこまった。

そう云われれば、生家の造酒屋・志保屋の在る「古京町」には「ふるぎやうまち」と振り仮名・ルビを振ったけれども、これも心もとない。むかし、先生が「ぼくの生まれた町はフルギョウで、後楽園と同じ町内だ」と云っていたが、土地のひとは古京町と書いてフルギョウ・フルギョウと云い馴れているから、「マチ」とも「チョウ」とも云わないらしい。

先日、NHKラジオのFMで「百鬼園随筆」の朗読が一ヶ月ほど連続してあったとき、担当のひとから電話で念を押されたのは、やはり「ふるぎょうまち」でよろしいですか、というのである。

それでまた茶の間での百閒先生の戯言を思い出す。

戦後間もなくの外国の名提琴家の演奏会にはたいがいお伴した。そんなときに、ふっとまじめな顔をして「今日聴いたコンデルスゾーンのメンチェルトは……」などと云い出すのである。上と下と入れちがえて云うときはどうやら御機嫌のいいときらしい。鉄筋コンクリートをコッキンテンクリートと云ったりする。茶の間でお酒がはじまったりすると、こういう冗談・冗語がしきりにとび出した。——高田の馬場をひっくりかえしてババタノ高。

早稲田の車庫前の停留所は車庫の早稲田まえ。神楽坂上・肴町停留所がサカナ坂カグラまちうえ——ということになる。先生は得意気に鼻をふくらませている。

それから——「北町区役所前」を「区やちょう北区しょ前」と先生が云うから、ちょッと待ってくださいとわたしが云った。

「先生、北ちょう区役所前と仰言ったけれど、あすこはむかしから北マチなんですが……」

「しかし、市内電車の車掌はみんな北ちょう区役所前ッて云ってたぜ、貴君はずいぶん自信がある様だネ」

「牛込区北まち、タンスまち、あすこがわたしの本籍地、生まれたマチなんで、それで知ってるんです」

百閒先生はちょッとふしぎそうな表情でわたしの顔を見たが、それっきりこの会話はおしまいになった。

＊　＊

またの或る日、いかにも憮然とした顔で先生がつぶやいた。

「客観、主観……。貴君も、少し云いにくそうだが、しかし何もギモンを持たず、きゃくかん、しゅかんという。字引をひいても、そうなってるから文句をいう筋はないけれど、ボクたちの時代にはハッキリ、くわくくわん、すかん、と云っていたな。輓近、という言葉はちかごろあまり使われないが、ムカシは、べんきんと云っていた……」

また――「芥川は、まっしぐらと云うのを、まっくじらまっくじらと云ってよろこんでいたヨ」と或る時思い出して云った。

初期の百鬼園随筆で、漱石の思い出を断片的に書いているなかに――

洒落を云うことを漱石先生はきらった。しかし長い間に一、二度、漱石のくちから洒落を聞いたことがある。茶の間で夕食を御馳走になったとき、ちゃぶ台にまッ白い布がかけてあって、牛肉やネギが並んでいる。漱石がその布の端をつまんで、「これはシーツだよ」と云った。百閒たちが煮えるのを待ってハシをかまえていると、漱石先生は先に一口食べて――「きみたちはナベ食わないのか」と云った。

もう一度は、漱石山房での閑談で、帝劇で幸四郎がローシーと初めて外国の芝居を演じた時分で、いったい、幸四郎にそんなことができるかという話題になった。すると、「そりゃ、ローシーたらいいかと云えば、かうしろうと教えるのさ」と漱石が云った。「どうもそんな洒落を云われては高麗蔵だな」

と傍の小宮豊隆さんが云ったというのだ。（昭和十年「虎の尾」）

百閒はこのとき漱石先生の洒落を感心して聞いたのかどうかは書いていない。江戸ッ子の漱石先生がことばの遊びを好んだかどうかわからないが、百閒には洒落を云うゆとりはなかった様に思える。――百閒先生のくちから語呂あわせのごとき「洒落」を聞いた記憶はない。

これはシャレではないが――或る日、百閒居を訪ねたら、先生は眠むそうな顔をしておられた。

「ゆうべは原稿を書くために、いよいよ徹夜をしなければならないとカクゴして机に坐ったんだけれど、いやァ、平山くん、おどろいたねえ、ぼくは徹夜して居ねむりしちゃッた」

またの或る日——

「きょうは、K先生（医師）に来てもらって、チフスの予防注射をうけた。予防注射のあとはお酒を飲んではいけない。それはよくわかっている。けれども長年つづけたお酒をやめるわけにはいかない。それで、貴君、ぼくはなおかつ予防注射をしてもらったんだ。いかにぼくが衛生思想に徹底しているかわかるだろう」

と云ってえばっている。その夕はいつものようにお酒をおいしく飲んだのは云うまでもない。

玄関の訪問客が押すベルの下にカードが貼ってある。

世の中に人の来るこそうるさけれ
とは云ふもののお前ではなし　蜀山人
世の中に人の来るこそうれしけれ
とは云ふもののお前ではなし　主人敬白

——この「うるさけれ」と「うれしけれ」を食卓の上においたメモの端に書いて、文法上の対句の説明をこんこんとしてくれたことがあるけれども忘れてしまったのは残念である。

（言語生活・昭和五十七年二月号）

四谷の先生

飯田橋駅のホームから見ると、カーブした線路の向う側に、巨《おお》きな建物ができるらしい。飯田橋の四ツ辻からカグラ坂下にかけての町並が、建材や鉄骨でふさがれて、まことに不粋で、うっとうしい眺めである。ここは昨年あたりまで汚い掘割の水が淀んでいた場所で、滄桑の変、そうそうの変などと古いことばをおもい出すまでもない、町のすがたは年々歳々に変わってゆくらしい。——私の所蔵する木版画、山高のぼるさん刻画する「飯田橋附近ノ図」は、カグラ坂下から麴町の土手にのぼる道を駅のホームからながめた図だが、ホリの水が流れこむ脇に、明治の頃建てられたテイ信省の木造倉庫が克明にえがかれている。市ヶ谷方面の空は赤く夕焼けて、町はそちらから暮れかかっている景色である。——こういう画も、やがて古い東京の町のすがたをとどめる貴重なものになるにちがいない。

電車が飯田橋をでて、車窓にホリの水のゆたかに光るのが映ると、わたしは少年のように目をかがやかして風景から目を離すことができない。わたしはカグラ坂のとなり町でそだったので、或る夏の日にはこのあたりの水辺をバケツをさげ、ムギワラ帽で駆け走ったのである。——市ヶ谷の駅から見えるむかしの士官学校、いまの自衛隊のある丘、その隣りの市ヶ谷八幡神社はその時分住んでいた牛込ヤナギ町・原町《まち》あたりのウジ神で、ハチ巻に祭著の少年たちは、急傾斜な石段をオミコシを捧げ上げて神殿に向かってのぼっていった。——このごろ、市ヶ谷のホームで電車を待つ間、ふと市ヶ谷の丘の方に視線がゆくと、そこの急な石段を昇っていった少年たちの姿、神殿のウラの涼しい木蔭の風をわたしは感覚的に思いうかべるのだ。これは感傷ではなくわたしにはさわやかな回想だ。

四ッ谷見附の鉄橋が老朽したので近ぢかに新しく架け替えるという新聞記事をよんだのは昨年のことだろうか。——

四谷と市ヶ谷の土手の中間あたり、フタバ女学校のウラに内田百閒先生の家があった。（「四ッ谷」と書かず、四谷と書いた）——市ヶ谷駅に出る方がちょっとだけ近い、と先生はよく云ってたが、私は四谷駅からの方が便がいいので、先生の家へ行くにはいつも四谷からだった。それで私は「百閒先生」とは云わず「四谷の先生」ですませていた。もっとも「市ヶ谷の先生」ではムカシ市ヶ谷にはカンゴクがあったのでぐあいがわるい。ムカシというのは戦前のことである。そのころ百閒居は土手三番町（のちに五番町と改称したが）という妙な町名で、軍需大臣官邸の広大な、長い長い塀のはずれ、うっかり歩いて行くと見落してしまうような小さな二階家だった。

東京空襲が連日連夜はげしくなった二十年三月の、たしか或る日曜日の夕方、鉄カブトを背負いゲートルを巻いて、わたしは中央線アサガヤから窓ワクにベニヤ板を打ちつけた上り電車に乗った。国鉄本社練成課の職員も日曜日だが宿直のために出社するのだが、どれほどの役に立ったか知れたものではない。

——途中、案の定、空襲のサイレンが鳴って、車内灯は消え電車は動かなくなった。まっ暗のまま二、三度徐行して、四谷のトンネルに這入り、しゃっくりをする様に動き出して、四谷駅にたどりついた。それッきり電車は動き出す気配がない。まッ暗なホームを駆けるように抜けて階段を上がって、戸外に出た。うっすらと雪が積もっていた。フタバ女学校の前の土手にそって右へ曲がる。なんとか大臣官邸の長い塀のはずれに、四谷の先生の小さな二階家が見えた。しかも二階の障子窓のぼんぼりのごとく灯っているのを見たときは、立ちどまって息をつくほどに安堵した。……

わたしはそのとき市ケ谷から九段に出て、神田牛ケ淵を丸ノ内へ出るつもりでいたのだが、うす雪のつもる九段・ヤスクニ神社のわきまで来て、立ちつくした。見下ろす神田の町の遠望は、雪空の下で真赤に炎をあげていた。

このあいだ出た『百鬼園戦後日記』をよんでいると、しきりに「四谷駅の歩廊で涼んだ」とか、東京駅から「同車の平山を四谷で下車させて歩廊で話す」という記載が目についた。

四谷駅のホームの上の四谷見附の鉄の橋梁は、巨大なドオームになっているから風通しがいい。四谷の先生は「ぼくは電車から降りると何時《いつ》もここのベンチに腰を下ろして一服するンだ、いい風が吹いて来るヨ」と云っていた。一緒に乗ってきた平山を途中下車させて、とくに要件があるはずもない。風に吹かれながらのムダ話である。

「……ぼくはね、日本郵船の嘱託になったころ、アメリカ通いの船に乗せてもらって、サンフランシスコに著いたら、甲板から向うの景色を眺めて帰って来ようと思った。アメリカには何の用事もないし、知らない土地やめずらしい所を見物する興味も持ちあわせていないからね。ただ船の中からだいたいのところを眺めて来れば、それでよろしい」

「それで、先生、実行したんですか」と私はあきれて先生の顔を見た。

「……郵船の人にそのハナシをしたら、それはダメです。船が著けば向こうの役人が調べに来る。なんの目的もない、ただ船の上から向こうを眺めるだけで帰るンだと云っても承知しません、と云われたよ」と云って、四谷の先生はホームのベンチでタバコをうまそうに吹かした。

阿房列車の発想はこのときすでに百鬼園先生の胸中にあったのかも知れない。

（交通新聞・昭和五十七年五月）

百鬼園居は日没閉門

麹町六番町の、いちめん焼野原のなかに百閒先生の新居ができたのは昭和二十三年の五月のことだ。三畳が三間、なんの藝もなくフスマで仕切られて並んでいる。ひと呼んで百鬼園の三畳御殿というのだが、戦中、空襲で罹災した四谷土手の掘立小屋での生活を思えば、なるほど、御殿と呼ばれてもふしぎではない。

——ありがたいことには、貴君《きくん》、便所にも屋根がついてるヨ。

と、百閒先生流の冗談を云った。小屋暮しの時分はむろん厠殿はなかった。小屋のウラに椎の大樹が葉を繁らせている。その時分、先生のところでは、トイレに行くのを「ウラにちょっと」と云っていた。雨でも降ればウラに行くのにカサを差して大さわぎだったが、三畳御殿ではその心配はない。

或る日、訪ねると、

——こないだ大井が来て、門のわきにサクラの苗木を植えてってくれた。

と先生が云った。百鬼園新居は番町小学校のウラ側で、道路から十メートル程引っ込んでいるが、門といっても竹の生垣で仕切りをした門柱があるだけだ。大井征《ただす》さんは法政大学のフランス語の講師で、昔むかしの百閒先生の後輩である。

——そのサクラのそばに、ヤナギを植えたいけれど、平山君、どこか探してきてくれませんか。

と先生が云うので、私は承知した。

大井さんがサクラの苗木を持って来たからその傍にヤナギを植えるというのはごく単純な組合せであって寓意はないのだろう。

「ヤナギ・サクラをこきまぜて、都の春の朝風に……」という歌い出しの軍歌があるのをふと私は思い出したが、くちに出すのはやめた。初期の百鬼園随筆で「郷夢散録」に出てくる少年期の回想、日清戦争の時分のガイセンの歌だとあとでたしかめた。

先生にたのまれて、青山南町の植木屋から芽吹きヤナギを一本百五十円で買い求めた。添え木にした竹の棒のほうが太いくらいで、つる草のように伸びた数本の穂先が髪の毛のようにゆれるのを押さえながら、都電に乗って赤坂見附のりかえ、四谷の先生にとどけた。門柱のわきに植わっているサクラの苗木からすこし離してひわひわした芽吹きヤナギを植えた。

百鬼園先生還暦の翌年（昭和二十五年）から、誕生日を祝う会・摩阿陀会《まあだかい》がはじまった。その席上、先生が長ながとあいさつするのが恒例で、第何回目かの席上で。こんなことを話し出した。

――ぼくは、寿命に従うことをよそうと思う。ぼくはヤナギの枝で首をくって果てようと思う。こんどその決心をした。柳の枝なら、垂れた葉隠れにぶら下がることになって背景がいい、又、化けて出るにも好都合である。……僕が首をくくるヤナギは、こないだ買ってきて、門のわきに植えてある。ぼくより背が高い。高さは今でも間に合う。けれども幹の根元の太さが人さし指ほどで、上の方は鉛筆の軸くらいしかない。枝はマッチ棒ほどで、じきに大きくなると思うが、ぼくがぶら下がるにはもう少し、いましばらく待たなければならぬだろう。……

などと、くちから出まかせをえんえんと述べたあと、ご自分のための祝杯を高だかと挙げたのである。

大井さんの植えたサクラは、焼けあとの六番町の土が性に合ったのか、ずんずん伸びて、次の春、枝に一輪の花をつけた。ただの一輪で、その年はあとからツボミは出なかった。

『たつた一輪の若樹のさくら花、その薄色の花瓣の可愛いかつた事、後にも先にも見た事がない。』

と、これは三十五年の春、大井征が亡くなったとき、その回想・追悼の記「とくさの草むら」の終りに書いている。

サクラの幹もヤナギの枝も年ごとに伸びて、大きくなって、競い合うように百閒居の屋根の高さをこえている。――新しく立てた丸太の門柱に、垂れ下がったヤナギの葉先が触れ、地面にはサクラの花片が散りしく。

なんにも用事がない客なら大いにかんげいするが、小むずかしい用件をもった訪客は、会いたくないなどと先生が云い出したのは何時《いつ》ごろからだろう。玄関の呼鈴の下に「世の中に人の来るこそうるさけれ　とは云ふもののお前ではなし」と貼札した。門の木戸を閉じて、門柱にセトの札をうちつけた。

春夏秋冬　日没閉門　爾後ハ急用ノ外オ敲キ下サイマセヌ様ニ

先生が四十六年に亡くなって、先生夫人が海辺の町に転居されたあと、麹町の旧百鬼園居はしばらくそのままで在《あ》ったが、つい先日、訪ねると、そのあたりはきれいさっぱり取払われて広びろと車の駐車場にかわり果てていた。むろんサクラもヤナギも跡方もない。

（『百人一樹』・五十八年二月）

解説

酒井順子

「阿房と云うのは、人の思わくに調子を合わせてそう云うだけの話で、自分で勿論阿房だなどと考えてはいない。用事がなければどこへも行ってはいけないというわけはない。なんにも用事がないけれど、汽車に乗って大阪へ行って来ようと思う」

「阿房列車」シリーズの第一回、「特別阿房列車」の冒頭部分が、こちら。阿房列車の精神を示す、名書き出しです。

この書き出しの推敲前の原稿が、本書には載っています。著者の手元に保管されている原稿によって、私達は「阿房列車」冒頭部分が誕生する過程を、知ることができるのです。

阿房列車ファンにとって、「ヒマラヤ山系」はお馴染みの人物。「特別阿房列車」には、「国有鉄道にヒマラヤ山系と呼ぶ職員がいて年来の入魂である。年は若いし邪魔にもならぬから、と云っては山系先生に失礼であるが、彼に同行を願おうかと思う」

と、さらっと紹介されていますが、以降延々と、彼は百閒と旅を続けることになる。

ヒマラヤ山系氏は、旅の同行者のみならず、内田百閒にとっては弟子のような秘書のよ

うな存在でした。阿房列車の旅においては、百閒に対していつも、

「はあ」

と、気のない返事をしている、山系氏。百閒のわがままや頑なこだわりを、その飄々とした姿勢で受け止めたり、受け流したりしています。二人は弥次喜多と並ぶ、日本の紀行文学における名コンビなのです。

国鉄の職員といっても、山系氏は駅員や運転士ではなく、編集関係の部署にいました。もともと百閒の大ファンであり、「はあ」とつれない返事をしているように見えても、そこには深い敬慕がこもっています。

実際、百閒にとって山系氏は、またとない相棒だったのでしょう。特別阿房列車の旅の当時、百閒六十一歳、山系三十三歳。親子ほどに年が離れていますが、一人旅ができない百閒にとって、若い山系氏の存在は、心強かったに違いありません。彼は、あからさまに百閒のご機嫌を取るわけではなく、さり気なく百閒の様子を見つつ、旅をつつがなく進行させています。お酒の付き合いもできるし、国鉄職員なので旅の手配もお手の物。

しかし何よりも良かったのは、山系氏が鉄道のことを「好きすぎない」という部分ではないでしょうか。

「貴君は、汽車の旅行が好きかね」

と、百閒が山系氏に尋ねたのは、昭和二十五年のこと。用はないけれど大阪に行こうか

と思うのだ、と。

対して山系氏は、

「わたしは自分が国鉄職員だから、汽車が好きかきらいかと訊かれれば、まあ、嫌いではないとこたえる程度」

という感覚。

もしも山系氏が、今で言うところの鉄道おたく気質で、百閒以上に汽車に夢中になっていたり、行く気まんまんだったりしたら、阿房列車シリーズは長く続かなかったような気がします。鉄道が好きな男性というのは、それぞれが独自な「好き」の様式を持っている、一国一城の主。互いに鉄道好きであったら、両雄が並び立たない状態になったことでしょう。山系氏が、百閒は好きだけれど鉄道のことは「嫌いではない」という程度であったからこそ、この旅は成立しました。

「実歴阿房列車先生」を読んだ後に「阿房列車」シリーズを読み返してみると、それぞれの言い分や事情が見えてきます。「特別阿房列車」において、山系氏が持ってきた鞄を百閒は「犬が死んだ様なきたならしいボストンバッグ」と記していますが、「実歴」を読めば、その鞄を持って来ざるを得なかった事情がわかる。

また「鹿児島阿房列車」に出てくる、熊本は八代の、松濱軒。ここに泊まった百閒と女中さんとの、おむすびにまつわる可笑《おか》しなやりとりが「阿房列車」に記されているわけですが、百閒の心を捉えていたのは、女中さんではなく、松濱軒の庭でした。

「このお庭の眺めが、半日ぼんやり眺めていても先生を飽かせないのである。それでわざわざ汽車に乗って、お庭を眺めて、のんびり欠伸《あくび》をするだけの目的で、前後十回以上も八代へ行った」

と、「実歴」にはあるのです。

汽車に乗って遠くに行っても、どこも見物せずに、ただ帰ってくるだけ。箱根、江ノ島、日光には絶対に行きたくないという観光嫌いの百閒が通いつめた、八代。今とは交通事情も異なる中で、遠い八代に頻繁に足を運ぶとは、どのような魅力がその地にあったのか。

……と思うわけですが、

「小さな椅子くらいある脇息に凭《もた》れて、先生は一日じゅうでもいいから、じいっとして坐っていたいのである。——どうして、こんなに気に入ってしまったのか。説明することはむずかしい」

と、山系氏は記すのです。

百閒は、好きになったら徹底的に好き、という気質を持つ人であったようです。食べ物にしても、気に入ったら延々と同じものを食べ続ける方だったと、本書にはある。そしてきっと山系氏のことも、同じように気に入っていたのではないでしょうか。

松濱軒には私も一度、行ったことがあります。烏滸《おこ》がましくも私、かつて「女流阿房列車」という本を出したことがあり、その中で「JRの特急を使わずに、二十四時間でどれだけ遠くに行くことができるか」を検証する旅をしたのです。

夜の十二時に横浜から「ムーンライトながら」に乗って、大垣へ。東海道本線から山陽本線に入り、相生で乗り継いで三原まで。呉線で広島へ行き、ふたたび山陽本線に乗って門司まで。さらには鹿児島本線に乗り継ぐと、夜の十二時に八代に着く、という旅程(二〇〇六年当時)でした。やたらと疲れて、熊本の遠さを実感したことを覚えています。

翌日は、松濱軒を見物に行きました。それは、八代城主が母のために建てた邸宅と庭園。百閒が通っていた頃は旅館として営業していましたが、今は国の名勝として一般公開されています。見事な庭ではあったのですが、私は前日の疲れのせいか、

「ほう」

と、ヒマラヤ山系氏のような感想しか漏らすことができませんでした。

百閒の時代は、しかし八代まで行くのに、もっと時間がかかっていたのです。「鹿児島阿房列車」では、鹿児島で泊まった翌日、肥薩《ひさつ》線で八代に行っていますが、「雷九州阿房列車」においては、急行「きりしま」に乗り、

「昨日東京を立ってから二十六時間目に、八代に著いて下車した」

とあります。「疲れた」とか「飽きた」といったことは一言も書かず、汽車に乗ることをひたすら楽しんだ百閒は、松濱軒に一晩滞在して、翌日の午後にはもう八代を発ちまし

た。

ただ乗っているだけで、満足。その感覚は、今となっては先進的です。本書には、東海道新幹線が着工された昭和三十四年、「これからの鉄道を語る」との座談会に百閒が出席した時のことが記されています。当時の十河国鉄総裁、新幹線の父と言われた島技師長といったメンバーを前に、

「そんなに早く走っても仕様がないですョ。それより東京・大阪ノンストップ二十時間というのはどうです。少少、金はかかるでしょうが……」

と百閒は語った、と。山系氏はその発言について、「その場の冗談」と書いておられますが、まんざら冗談でもなかったのではないかという気が、私はしています。

リニアが走ったら東京・大阪間が一時間余になると言われていますが、そろそろ私達は、「そんなにスピードアップしなくても、いいんじゃないの?」という気分になっています。目的地に速く着くと便利かもしれないけれど、それによって失われるものもあります。あえてゆっくりと日本を巡る豪華列車も、今は流行りなのですから。

百閒は同じような感覚を、昭和三十四年という高度成長期に、既に持っていました。目的地に着くことだけが重要ではないと、知っていたのでしょう。

「実歴阿房列車先生」は、そんな百閒を最もよく知る人による、百閒に対する愛の書です。戦地で、「日本へ帰れたらお前は何をやりたい」かと戦友に聞かれ、

「自分の好きな作家の作品を、好きな装釘にした本を作る出版をやりたいな」と答えた、山系氏。そうしてできた本が「御馳走帖」でした。

百閒は、「特別阿房列車」において、「汽車に乗るのは随分暫く振りである」と書いています。前に乗ったのは約十年前、つまり戦前。

「今こうして昔に返ったいい列車に乗れるのも、足許に落ちた焼夷弾を身体で受けなかったお陰である」

とあって、鉄道に乗ることが当たり前にはできなかった長い年月が、そこには横たわっているのです。

「阿房列車」では二人が淡々とした付き合いをしているように記されていますが、百閒が山系氏を私財で大学に入学させ、娘の雛祭りを祝う様からは、親心のようなものが滲みます。山系氏もまた子供のように、百閒の最期まで尽くしていました。

百閒の晩年、「あとは適当にたのむよ、僕はもうクタクタにくたびれた」と言われ、「あの気難しさが少しずつ衰えて、無くなってゆくのを見るのはつらいことだった」と書く、山系氏。そんな氏の文章からは、そこはかとなく〝百閒感〟のようなものが漂ってくるのであって、それは共に旅をすることによって育まれたリズムの共振がもたらしたものではないかと、私は思うのです。

（さかい・じゅんこ　エッセイスト）

編集付記

一、『実歴阿房列車先生』は一九六五年一月に朝日新聞社より単行本が、八三年十一月に「百鬼園先生 追想」の諸篇を増補した旺文社文庫版が刊行された。

一、本書は旺文社文庫版を底本とした。ただし、巻末の年譜は割愛した。

一、底本中、明らかな誤植と思われる箇所は訂正し、難読と思われる語にはルビを付した。また、一部の旧字については新字に改めた。

一、本文中、今日の人権意識に照らして不適切な語句や表現が見受けられるが、著者が故人であること、刊行当時の時代背景と作品の文化的価値を考慮して、底本のままとした。

中公文庫

実歴《じつれき》阿《あ》房列車《ほうれっしゃ》先生《せんせい》

2018年 9 月25日　初版発行
2018年11月10日　再版発行

著　者　平《ひら》山《やま》三郎《さぶろう》

発行者　松田陽三

発行所　中央公論新社
〒100-8152　東京都千代田区大手町1-7-1
電話　販売 03-5299-1730　編集 03-5299-1890
URL http://www.chuko.co.jp/

DTP　ハンズ・ミケ
印　刷　三晃印刷
製　本　小泉製本

Published by CHUOKORON-SHINSHA, INC.
Printed in Japan　ISBN978-4-12-206639-7 C1195

中公文庫既刊より

各書目の下段の数字はISBNコードです。978－4－12が省略してあります。

う-9-4　御馳走帖　内田百閒《ひゃっけん》

朝はミルク、昼はもり蕎麦、夜は山海の珍味に舌鼓をうつ百閒先生の、窮乏時代から知友との会食まで食味の楽しみを綴った名随筆。〈解説〉平山三郎

202693-3

う-9-11　大貧帳　内田百閒

お金はなくても腹の底はいつも福福である――質屋、借金、原稿料……飄然としたなかに笑いが滲みでる。百鬼園先生独特の諧謔に彩られた貧乏美学エッセイ。

206469-0

う-9-10　阿呆の鳥飼　内田百閒

鶯の鳴き方が悪いと気に病み、漱石山房に文鳥を連れて行く……。『ノラや』の著者が小動物たちとの暮しを綴る掌篇集。〈解説〉角田光代

206258-0

う-9-5　ノラや　内田百閒

ある日行方知れずになった野良猫の子ノラと居つきながらも病死したクルツ。二匹の愛猫にまつわる愛情と機知とに満ちた連作14篇。〈解説〉平山三郎

202784-8

う-9-6　一病息災　内田百閒

持病の発作に恐々としつつも医者の目を盗み麦酒をがぶがぶ……。ご存知百閒先生が、己の病、身体、健康について飄々と綴った随筆を集成したアンソロジー。

204220-9

う-9-7　東京焼燼《しょうじん》　内田百閒

空襲に明け暮れる太平洋戦争末期の日々を、文学の目と現実の目をないまぜつつ綴る日録。詩精神あふれる稀有の東京空襲体験記。

204340-4

か-18-10　西ひがし　金子光晴

暗い時代を予感しながら、喧噪渦巻く東南アジアにさまよう詩人の終りのない旅。『どくろ杯』『ねむれ巴里』につづく放浪の自伝。〈解説〉中野孝次

204952-9

か-18-11
世界見世物づくし
金子光晴
放浪の詩人金子光晴。長崎・上海・ジャワ・巴里へと至るそれぞれの土地を透徹な目で眺めてきた漂泊の詩人が綴るエッセイ。
205041-9

か-18-12
じぶんというもの
金子光晴 老境随想
金子光晴
友情、恋愛、芸術や書について――波瀾万丈の人生を経て老境にいたった漂泊の詩人が、人生の後輩に贈る人生指南。〈巻末イラストエッセイ〉ヤマザキマリ
206228-3

か-18-13
自由について
金子光晴 老境随想
金子光晴
自らの息子の徴兵忌避の顚末を振り返った「徴兵忌避の仕返し恐る」ほか、戦時中も反骨精神を貫き通した詩人の本領発揮のエッセイ集。〈解説〉池内恵
206242-9

か-18-14
マレーの感傷
金子光晴 初期紀行拾遺
金子光晴
中国、南洋から欧州へ。詩人の流浪の旅を当時の雑誌掲載作品や手帳などから編集する。晩年の自伝三部作へ連なる原石的作品集。〈解説〉鈴村和成
206444-7

か-18-7
どくろ杯
金子光晴
『こがね蟲』で詩壇に登場した詩人は、その輝きを残し、夫人と中国に渡る。長い放浪の旅が始まった――青春と詩を描く自伝。〈解説〉中野孝次
204406-7

か-18-8
マレー蘭印紀行
金子光晴
昭和初年、夫人三千代とともに流浪する詩人の旅はいつ果てるともなくつづく。東南アジアの自然の色彩と生きるものの営為を描く。〈解説〉松本亮
204448-7

か-18-9
ねむれ巴里
金子光晴
深い傷心を抱きつつ、夫人三千代と日本を脱出した詩人はヨーロッパをあてどなく流浪する。『どくろ杯』につづく自伝第二部。〈解説〉中野孝次
204541-5

た-34-4
漂蕩の自由
檀一雄
韓国から台湾へ。リスボンからパリへ。マラケシュで迷路をさまよい、ニューヨークの木賃宿で安酒を流し込む。「老ヒッピー」こと檀一雄による檀流放浪記。
204249-0

各書目の下段の数字はISBNコードです。978－4－12が省略してあります。

た-34-5
檀流クッキング
檀　一雄
この地上で、私は買い出しほど好きな仕事はない——という著者は、人も知る文壇随一の名コック。世界中の材料を豪快に生かした傑作92種を紹介する。
204094-6

た-34-6
美味放浪記
檀　一雄
著者は美味を求めて放浪し、その土地の人々の知恵と努力を食べる。私達の食生活がいかにひ弱でマンネリ化しているかを痛感せずにはおかぬ剛毅な書。
204356-5

た-34-7
わが百味真髄
檀　一雄
四季三六五日、美味を求めて旅し、実践的料理学に生きた著者が、東西の味くらべはもちろん、その作法と奥義も公開する味覚百態。〈解説〉檀　太郎
204644-3

き-7-5
春夏秋冬　料理王国
北大路魯山人
美味道楽七十年の体験から料理する心、味覚論語、食通閑談、世界食べ歩きなど魯山人が自ら料理哲学を語り、手掛けた唯一の作品。〈解説〉黒岩比佐子
205270-3

た-13-5
十三妹《シイサンメイ》
武田泰淳
強くて美貌でしっかり者。女賊として名を轟かせた十三妹は、良家の奥方に落ち着いたはずだったが……中国古典に取材した痛快新聞小説。〈解説〉田中芳樹
204020-5

た-13-6
ニセ札つかいの手記　武田泰淳異色短篇集
武田泰淳
表題作のほか「白昼の通り魔」「空間の犯罪」など、独特のユーモアと視覚に支えられた七作を収録。戦後文学の旗手、再発見につながる短篇集。
205683-1

た-13-7
淫女と豪傑　武田泰淳中国小説集
武田泰淳
中国古典への耽溺、大陸風景への深い愛着から生まれた、血と官能に満ちた淫女・豪傑の物語。評論一篇を含む九作を収録。〈解説〉高崎俊夫
205744-9

た-13-9
目まいのする散歩
武田泰淳
歩を進めれば、現在と過去の記憶が響きあい、新たな記憶が甦る……。野間文芸賞受賞作。巻末エッセイ「丈夫な女房はありがたい」などを収めた増補新版。
206637-3

た-15-5
日日雑記
武田百合子
天性の無垢な芸術者が、身辺の出来事や日日の想いを、時には繊細な感性で、時には大胆な発想で、心の赴くままに綴ったエッセイ集。〈解説〉巖谷國士
202796-1

た-15-6
富士日記（上）
武田百合子
夫泰淳と過ごした富士山麓での十三年間の日々を、澄明な目と天性の無垢な心で克明にとらえ天衣無縫な文体でうつし出した日記文学の傑作。田村俊子賞受賞作。
202841-8

た-15-7
富士日記（中）
武田百合子
天性の芸術者である著者が、一瞬一瞬の生を特異な感性でとらえ、また昭和期を代表する質実な生活をあますところなく克明に記録した日記文学の傑作。
202854-8

た-15-8
富士日記（下）
武田百合子
夫武田泰淳の取材旅行に同行したり口述筆記をする傍ら、特異の発想と表現の絶妙なハーモニーで暮らしの中の生を鮮明に浮き彫りにする。〈解説〉水上　勉
202873-9

た-30-10
瘋癲《ふうてん》老人日記
谷崎潤一郎
七十七歳の卯木は美しく驕慢な嫁颯子に魅かれ、変形的間接的な方法で性的快楽を得ようとする。老いの身の性と死の対決を芸術の世界に昇華させた名作。
203818-9

た-30-11
人魚の嘆き・魔術師
谷崎潤一郎
愛親覚羅氏の王朝が六月の牡丹のように栄え耀いていた時分——南京の貴公子の人魚への讃嘆、また魔術師と半羊神の妖しい世界に遊ぶ。〈解説〉中井英夫
200519-8

た-30-13
細　雪（全）
谷崎潤一郎
大阪船場の旧家蒔岡家の美しい四姉妹を優雅な風俗・行事とともに描く。女性への永遠の願いを〝雪子〟に託す谷崎文学の代表作。〈解説〉田辺聖子
200991-2

た-30-18
春琴抄・吉野葛
谷崎潤一郎
美貌と才気に恵まれた盲目の地唄の師匠春琴。その弟子佐助は献身と愛ゆえに自らも盲目となる——代表作『春琴抄』と『吉野葛』を収録。〈解説〉河野多恵子
201290-5

各書目の下段の数字はＩＳＢＮコードです。978－4－12が省略してあります。

た-30-24
盲目物語
谷崎潤一郎
長政・勝家二人の武将に嫁し、戦国の残酷な世を生きた小谷方と淀君ら三人の姫君の境涯を、盲いの法師が絶妙な語り口で物語る名作。〈解説〉佐伯彰一
202003-0

た-30-25
お艶殺し
谷崎潤一郎
駿河屋の一人娘お艶と奉公人新助は雪の夜駆落ちした。幸せを求めた道行きだった筈が……。芸術とは何かを探求した「金色の死」併載。〈解説〉佐伯彰一
202006-1

た-30-26
乱菊物語
谷崎潤一郎
戦乱の室町、播州の太守赤松家と執権浦上家の確執を史的背景に、谷崎が〝自由なる空想〟を繰り広げた伝奇ロマン（前篇のみで中断）。〈解説〉佐伯彰一
202335-2

た-30-27
陰翳礼讃
谷崎潤一郎
日本の伝統美の本質を、かげや隈の内に見出す「陰翳礼讃」「厠のいろいろ」を始め、「恋愛及び色情」「客ぎらい」など随想六篇を収む。〈解説〉吉行淳之介
202413-7

た-30-28
文章読本
谷崎潤一郎
正しく文学作品を鑑賞し、美しい文章を書こうと願うすべての人の必読書。文章入門としてだけでなく文豪の豊かな経験談でもある。〈解説〉吉行淳之介
202535-6

た-30-45
歌《うた》々《うた》板《はん》画《が》巻《かん》
谷崎潤一郎 歌
棟方志功 板
文豪谷崎の和歌に棟方志功が「板画」を彫った二十四点に、挿画をめぐる二人の愉快な対談をそえておくる。芸術家ふたりが互角にとりくんだ愉しい一冊である。
204383-1

た-30-46
武州公秘話
谷崎潤一郎
敵の首級を洗い清める美女の様子にみせられた少年――戦国時代に題材をとり、奔放な着想をもりこんで描かれた伝奇ロマン。木村荘八挿画収載。〈解説〉佐伯彰一
204518-7

た-30-47
聞《きき》書《がき》抄《しょう》
谷崎潤一郎
落魄した石田三成の娘の前にあらわれた盲目の法師。彼が語りはじめたこの世の地獄絵巻とは。菅楯彦による連載時の挿画七十三葉を完全収載。〈解説〉千葉俊二
204577-4

た-30-48

月と狂言師

谷崎潤一郎

昭和二十年代に発表された随筆に、「疎開日記」を加えた全七篇。空爆をさけ疎開していた日々のなかできれぎれに思いかえされる風雅なよろこび。〈解説〉千葉俊二

204615-3

た-30-50

少将滋幹《しげもと》の母

谷崎潤一郎

母を恋い慕う幼い滋幹は、宮中奥深く権力者に囲われた母の元に通う。平安文学に材をとった谷崎文学の傑作。小倉遊亀による挿画完全収載。〈解説〉千葉俊二

204664-1

た-30-52

痴人の愛

谷崎潤一郎

美少女ナオミの若々しい肢体にひかれ、やがて成熟したその奔放な魅力のとりことなった譲治。女の魔性に跪く男の惑乱と陶酔を描く。〈解説〉河野多恵子

204767-9

た-30-53

卍（まんじ）

谷崎潤一郎

光子という美の奴隷となった柿内夫妻は、卍のように絡みあいながら破滅に向かう。官能的な愛のなかに心理的マゾヒズムを描いた傑作。〈解説〉千葉俊二

204766-2

た-30-54

夢の浮橋

谷崎潤一郎

夭折した母によく似た継母。主人公は継母への憧れと生母への思慕から二人を意識の中で混同させてゆく。谷崎文学における母恋物語の白眉。〈解説〉千葉俊二

204913-0

た-30-55

猫と庄造と二人のをんな

谷崎潤一郎

猫に嫉妬する妻と元妻、そして女より猫がかわいくてたまらない男が繰り広げる軽妙な心理コメディの傑作。安井曾太郎の挿画収載。〈解説〉千葉俊二

205815-6

た-30-6

鍵 棟方志功全板画収載

谷崎潤一郎

妻の肉体に死をすら打ち込む男と、死に至るまで誘惑することを貞節と考える妻。性の悦楽と恐怖を限界点まで追求した問題の長篇。〈解説〉綱淵謙錠

200053-7

た-30-7

台所太平記

谷崎潤一郎

若さ溢れる女性たちが惹き起す騒動で、千倉家のお台所はてんやわんや。愛情とユーモアに満ちた筆で描く抱腹絶倒の女中さん列伝。〈解説〉阿部 昭

200088-9

各書目の下段の数字はISBNコードです。978－4－12が省略してあります。

い-38-3
珍品堂主人　増補新版　井伏鱒二
風変わりな品物を掘り出す骨董屋・珍品堂を中心に善意と奸計が織りなす人間模様を鮮やかに描く。関連エッセイを増補した決定版。〈巻末エッセイ〉白洲正子
206524-6

い-38-4
太宰治　井伏鱒二
師として友として太宰治と親しくつきあった井伏鱒二。二十年ちかくにわたる交遊の思い出や作品解説など太宰に関する文章を精選集成。〈あとがき〉小沼　丹
206607-6

さ-77-1
勝負師　将棋・囲碁作品集　坂口安吾
木村義雄、升田幸三、大山康晴、呉清源……、盤上の戦いに賭けた男たちを活写する。小説、観戦記、エッセイ、座談を初集成。〈巻末エッセイ〉沢木耕太郎
206574-1

な-73-1
麻布《あざぶ》襍記《ざっき》　附・自選荷風百句　永井荷風
東京・麻布の偏奇館で執筆した小説「雨瀟瀟」「雪解」、随筆「花火」「偏奇館漫録」等を収める抒情的散文集。初の文庫化。〈巻末エッセイ〉須賀敦子
206615-1

く-2-2
浅草風土記　久保田万太郎
横町から横町へ、露地から露地へ。「雷門以北」「浅草の喰べもの」ほか、生粋の江戸っ子文人による詩趣豊かな浅草案内。〈巻末エッセイ〉戌井昭人
206433-1

よ-5-11
酒談義　吉田健一
少しばかり飲むというの程つまらないことはない——。飲み方から各種酒の味、思い出の酒場まで、ユーモラスに綴る究極の酒エッセイ集。文庫オリジナル。
206397-6

よ-5-10
舌鼓ところどころ／私の食物誌　吉田健一
グルマン吉田健一の名を広く知らしめた「舌鼓ところどころ」、全国各地の旨いものを紹介する「私の食物誌」。著者の二大食味随筆を一冊にした待望の決定版。
206409-6

よ-5-12
父のこと　吉田健一
ワンマン宰相はワンマン親爺だったのか。長男である著者の吉田茂に関する全エッセイと父子対談「大磯清談」を併せた待望の一冊。吉田茂没後50年記念出版。
206453-9

よ-5-9
わが人生処方
吉田健一
独特の人生観を綴った洒脱な文章から名篇「余生の文学」まで。大人の風格漂う人生と読書をめぐる随想集。吉田暁子・松浦寿輝対談を併録。文庫オリジナル。
206421-8

う-37-1
怠惰の美徳
梅崎春生
荻原魚雷 編
戦後派を代表する作家が、怠け者のまま如何に生きてきたかを綴った随筆と短篇小説を収録。真面目で変でおもしろい、ユーモア溢れる文庫オリジナル作品集。
206540-6

や-1-3
とちりの虫
安岡章太郎
ユーモラスな自伝的回想、作家仲間とのやりとり、鋭く笑える社会観察など、著者の魅力を凝縮した随筆集。阿川弘之と遠藤周作のエッセイも収録。〈解説〉中島京子
206619-9

や-1-2
安岡章太郎 戦争小説集成
安岡章太郎
軍隊生活の滑稽と悲惨を巧みに描いた長篇「遁走」ほか、短篇五編を含む文庫オリジナル作品集。巻末に開高健との対談「戦争文学と暴力をめぐって」を併録。
206596-3

あ-13-4
お早く御乗車ねがいます
阿川弘之
にせ車掌体験記、日米汽車くらべなど、日本のみならず世界中の鉄道に詳しい著者が昭和三三年に刊行した鉄道エッセイ集が初の文庫化。〈解説〉関川夏央
205537-7

あ-13-5
空旅・船旅・汽車の旅
阿川弘之
鉄道のみならず、自動車・飛行機・船と、乗り物全般に並々ならぬ好奇心を燃やす著者。高度成長期前夜の交通文化が生き生きとした筆致で甦る。〈解説〉関川夏央
206053-1

あ-13-6
食味風々録
阿川弘之
生まれて初めて食べたチーズ、向田邦子との美味談義、海軍時代の食事話など、多彩な料理と交友を綴る、自叙伝的食随筆。〈巻末対談〉阿川佐和子〈解説〉奥本大三郎
206156-9

あ-13-7
乗りもの紳士録
阿川弘之
鉄道・自動車・飛行機・船。乗りもの博愛主義の著者が、車内で船上で、作家たちとの楽しい旅のエピソードを、ユーモアたっぷりに綴る。〈解説〉関川夏央
206396-9

各書目の下段の数字はISBNコードです。978－4－12が省略してあります。

あ-13-8
完全版 南蛮阿房列車（上）
阿川弘之
北杜夫ら珍友・奇人を道連れに、異国の鉄道を乗りまくる。ユーモアと臨場感が満載の鉄道紀行。上巻は「欧州畸人特急」から「最終オリエント急行」までの十篇。
206519-2

あ-13-9
完全版 南蛮阿房列車（下）
阿川弘之
ただ汽車に乗るためだけに、世界の隅々まで出かけた紀行文学の名作。下巻は「カンガルー阿房列車」から「ピラミッド阿房列車」までの十篇。〈解説〉関川夏央
206520-8

よ-5-8
汽車旅の酒
吉田健一
旅をこよなく愛する文士が美酒と美食を求めて、金沢へ、そして各地へ。ユーモアに満ち、ダンディズムが光る汽車旅エッセイを初集成。〈解説〉長谷川郁夫
206080-7

か-30-6
伊豆の旅
川端康成
著者の第二の故郷であった伊豆を舞台とする小説と随筆から、代表的な短篇「伊豆の踊子」、随筆「伊豆序説」など、全二十五篇を収録。〈解説〉川端香男里
206197-2

え-10-8
新装版 切支丹の里
遠藤周作
基督教禁止時代に棄教した宣教師や切支丹の心情に強く惹かれた著者が、その足跡を真摯に取材し考察した紀行作品集。〈文庫新装版刊行によせて〉三浦朱門
206307-5

せ-9-1
寝台急行「昭和」行
関川夏央
寝台列車やローカル線、路面電車に揺られ、懐かしい場所、過ぎ去ったあの頃へ。昭和の残照に思いを馳せ、含羞を帯びつつ鉄道趣味を語る、大人の時間旅行。
206207-8

せ-9-2
汽車旅放浪記
関川夏央
『坊っちゃん』『雪国』『点と線』……。近代文学の舞台となった路線に乗り、名シーンを追体験する。鉄道と文学の魅惑の関係をさぐる、時間旅行エッセイ。
206305-1

い-3-11
のりものづくし
池澤夏樹
これまでずいぶんいろいろな乗り物に乗ってきた。地下鉄、バス、カヤックに気球から馬まで。バラエティ豊かな乗り物であっちこっち、愉快痛快うろうろ人生。
206518-5